字大师精品集

石评梅精品集

本书编写组◎编

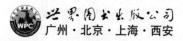

世界图书出版公司
广州·北京·上海·西安

图书在版编目（CIP）数据

石评梅精品集／《中国现代文学大师精品集》编委会编．—广州：
广东世界图书出版公司，2009.4（2024.2 重印）
（中国现代文学大师精品集）
ISBN 978－7－5100－0602－9

Ⅰ．石… Ⅱ．中… Ⅲ．文学－作品综合集－中国－现代 Ⅳ．I216.2

中国版本图书馆 CIP 数据核字（2009）第 056142 号

书　　名	石评梅精品集	
	SHIPINGMEI JINGPINJI	
编　　者	《中国现代文学大师精品集》编委会	
责任编辑	钟加萍	
装帧设计	三棵树设计工作组	
出版发行	世界图书出版有限公司　世界图书出版广东有限公司	
地　　址	广州市海珠区新港西路大江冲 25 号	
邮　　编	510300	
电　　话	020-84452179	
网　　址	http://www.gdst.com.cn	
邮　　箱	wpc_gdst@163.com	
经　　销	新华书店	
印　　刷	唐山富达印务有限公司	
开　　本	787mm×1092mm　1/16	
印　　张	13	
字　　数	120 千字	
版　　次	2009 年 4 月第 1 版　2024 年 2 月第 11 次印刷	
国际书号	ISBN　978-7-5100-0602-9	
定　　价	59.80 元	

前言

    中国现代文学的时间跨度大致为从 1919 年五四运动开始到 1949 年中华人民共和国建立为止。从五四新文化运动到 1937 年抗战爆发为其前半期，从抗战爆发到新中国建立为后半期。

    世界进入 20 世纪，世界列强把中国变成了半殖民地半封建国家，民族危机感对 20 世纪中国民族的文化心理产生了不可估量的影响，以"天下之中"自诩的中国当政者再也撑不下去了。现代与传统、新思潮与旧意识的斗争愈演愈烈。

    先是兴起"白话文运动"，接着就是陈独秀和胡适极力倡导文学现代化。从此，就如打开了闸门的洪水，现代文学以汹涌澎湃之势，义无反顾地冲决一切阻力，不可遏止地成就了一片汪洋。因而，一种崭新的文学形态在深重的危机感和中国古典文学厚重的土壤上诞生了。

    进入 20 世纪 20 年代，现代文学的影响和实践范围进一步拓展，由泛泛的思想和宣传转化为具体而专门的文学实践。

    全国各大城市风起云涌般地出现了种种刊物，各报纸也纷纷办起了副刊，有意无意地发表了许多散文、小说、小品等白话文学作品，一时竟甚成风气，为现代文学开辟了阵地。全国各地也涌现出了许多青年文学社团，造就了一大批卓有建树的现代文学作家。一时间，写散文，写小说，写诗歌，写小品，写剧本，翻译欧、美、日文学作品……出专集、出结集、出选集……蔚为大观。

    现代文学的作者们在自己的作品中生动地抒写了自己的禀性、气质、情思、嗜好、习惯、修养、人生经历和人生哲学，生动地表现自己的思想感情和人格；无情地撕破了道貌岸然的面具，彻底地反对封建主义桎梏，完全摒弃了为圣人解经、为圣人立言的旧思想、旧传统，字里行间充满了民族觉醒和自我解放的诉求。这反映了作者们由封闭型思维体系向开放型思维体系的转化，亦即由自我完善、自我调节、自我延续向面对世界、面对新潮、面对社会人生的转化。

当然，各作者的经历不同，其间中西、新旧、激进与保守思想的差异也必然存在。但无论如何，中国现代作家自觉地将文学的内容和形式与时代联系起来，共同地给现代文学规定了明确的目的：即文学的创作是这样一种时代的工作，它本身是历史向未来过渡的一个重要部分。而未来，必然是比以前更加美好的，更加有希望的。

石评梅（1902～1928）是中国现代女作家中生命最短促的一位。原名石汝璧，因喜爱梅花，后自号评梅。山西省平定县人。其父为清末举人。石评梅自幼便得家学滋养，其父为其发蒙，并先后就读于太原师范附小、太原女子师范。她除酷爱文学外，还爱好绘画、音乐和体育，是一位天资聪慧、多才多艺的女性。后与冰心、庐隐被公认为民初才女。1919～1923年，石评梅在北京女子高等师范学校读书，毕业后担任北京师大附中女生部主任兼体育教师。

在女校读书时，石评梅结识了中国共产党早期活动家高君宇，两人因同乡而相识，至互相爱慕，但当他们冲破重重阻力，准备谈婚论嫁时，高君宇却因积劳成疾，于1925年2月病逝。这给了石评梅以巨大打击，在无限哀痛之中，在爱与悔恨的交织之下，她写下了一篇篇催人泪下的作品。

内心长期过度的悲痛侵蚀着她的生命。1928年，石评梅猝患脑膜炎，医治无效，亦死于当年高君宇病逝的协和医院。

她死后，和高君宇同葬于北京陶然亭公园之中。

本书选编了石评梅作品的大部分，基本上反映了作者的思想和艺术风格。

中国现代文学大师精品集编委会

散　文

母　亲 ………………………………… (2)

玉　薇 ………………………………… (10)

露　沙 ………………………………… (13)

梅　隐 ………………………………… (16)

漱　玉 ………………………………… (19)

葡萄架下的回忆 ……………………… (23)

素　心 ………………………………… (28)

给庐隐 ………………………………… (31)

寄山中的玉薇 ………………………… (35)

寄海滨故人 …………………………… (38)

天　辛 ………………………………… (44)

父亲的绳衣 …………………………… (48)

醒后的惆怅 …………………………… (50)

夜　航 ………………………………… (51)

"殉尸" ………………………………… (54)

一片红叶 ……………………………… (57)

象牙戒指 ……………………………… (59)

最后的一幕 …………………………… (61)

缄情寄向黄泉 ………………………… (64)

烟霞余影 ……………………………… (69)

心之波 ………………………………… (76)

红粉骷髅 ……………………………… (80)

狂风暴雨之夜 ………………………… (82)

我只合独葬荒丘 ……………………… (85)

肠断心碎泪成冰 ……………………… (89)

梦回寂寂残灯后 ……………………… (93)

无穷红艳烟尘里 ……………………… (97)

梦　回 ………………………………… (99)

归　来 ……………………………… (102)

社　戏 ……………………………… (104)

恐　怖 ……………………………… (106)

石评梅精品集

中国现代文学大师精品集

深夜絮语 …………………………… （109）

梦　呓 ……………………………… （112）

墓畔哀歌 …………………………… （115）

灰　烬 ……………………………… （119）

偶然草 ……………………………… （122）

花神殿的一夜 ……………………… （124）

绿　屋 ……………………………… （127）

血　尸 ……………………………… （129）

雪　夜 ……………………………… （132）

爆竹声中的除夕 …………………… （135）

小　说

弃　妇 ……………………………… （140）

红鬃马 ……………………………… （145）

余　辉 ……………………………… （153）

归　来 ……………………………… （155）

被践踏的嫩芽 ……………………… （158）

白云庵 ……………………………… （162）

匹马嘶风录 ………………………… （169）

卸装之夜 …………………………… （179）

噩梦中的扮演 ……………………… （181）

毒　蛇 ……………………………… （183）

偶然来临的贵妇人 ………………… （186）

惆　怅 ……………………………… （188）

晚　宴 ……………………………… （190）

忏　悔 ……………………………… （192）

一　夜 ……………………………… （200）

散文

母　亲

　　母亲！这是我离开你，第五次度中秋，在这异乡——在这愁人的异乡。

　　我不忍告诉你，我凄酸独立在枯池旁的心境，我更不忍问你团圆宴上偷咽清泪的情况。

　　我深深地知道：系念着漂泊天涯的我，只有母亲；然而同时感到凄楚黯然，对月挥泪，梦魂犹唤母亲的，也只有你的女儿！

　　节前许久未接到你的信，我知道你并未忘记中秋；你不写的缘故，我知道了，只为了规避你心幕底的悲哀。月儿的清光，揭露了的，是我们枕上的泪痕；她不能揭露的，确是我们一丝一缕的离恨！

　　我本不应将这凄楚的秋心寄给母亲，重伤母亲的心；但是与其这颗心，悬在秋风吹黄的柳梢，沉在败荷残茎的湖心，最好还是寄给母亲。假使我不愿留这墨痕，在归梦的枕上，我将轻轻地读给母亲。假使我怕别人听到，我将折柳枝，蘸湖水，写给月儿，请月儿在母亲的眼里映出这一片秋心。

　　把清嫂很早告诉我，她说：

　　"妈妈这些时为了你不在家怕谈中秋，然而你的顽皮小侄女昆林，偏是天天牵着妈妈的衣角，盼到中秋。我正在愁着，当家宴团圆时，我如何安慰妈妈？更怎能安慰千里外凝眸故乡的妹妹？我望着月儿一度一度圆，然而我们的家宴从未曾一次团圆。"

　　自从读了这封信，我心里就隐隐地种下恐怖，我怕到月圆，和母亲一样了。但是她已慢慢地来临，纵然我不愿撕月份牌，然而月儿已一天一天圆了！

　　十四的下午，我拿着一个月的薪水，由会计室出来，走到我办公处时，我的泪已滴在那一卷钞票上。母亲！不是为了我整天的工作，工资微少，不是为了债主多，我的钱对付不了，不是为了发的迟，不能买点异乡月饼，献给母亲尝尝，博你一声微笑。只因：为了这一卷钞票我才流落在北京，不能在故乡，在母亲的膝下，大嚼母亲赐给的果品。然而，我不是为了钱离开母亲，我更不是为了钱弃乡。

　　你不是曾这样说吗，母亲：

2

"你是我的女儿,同时你也是上帝的女儿,为了上帝你应该去爱别人,去帮助别人。去吧!潜心探求你所不知道的,勤恳工作你所能尽力的。去吧!离开我,然而你却在上帝的怀里。"

因之,我离开你漂泊到这里。我整天地工作,当夜晚休息时,揭开帐门,看见你慈爱的像片时,我跪在地下,低低告诉你:

"妈妈!我一天又完了。然而我只有忏悔和惭愧!我莫有捡得什么,同时我也未曾给人什么!"

有时我胜利的微笑,有时我痛恨地大哭,但是我仍这样工作,这样每天告诉你。

这卷钞票我如今非常爱惜,她曾滴满了我思亲泪!但是我想到母亲的叮咛时,我很不安,我无颜望着这重大的报酬。

因此,我更想着母亲——我更对不起遥远的山城里,常默祝我尽职的母亲!

十五那天早晨很早就醒了,然而我总不愿起来;母亲,你能猜到我为了什么吗?

林家弟妹,都在院里唱月儿圆,在他们欢呼高亢的歌声里,激荡起我潜伏已久的心波,揭现了心幕底沉默的悲哀。我悄悄地咽着泪,揭开帐门走下床来;打开我的头发,我一丝一丝理着,像整理烦乱一团的心丝。母亲!我故意慢慢地迟延,两点钟过去了,我成功了的是很松乱的髻。

小弟弟走进来,给我看他的新衣裳,女仆走进来望着我拜节,我都付之一笑。这笑里映出我小时候的情形,映出我们家里今天的情形;母亲!你们春风沉醉的团圆宴上,怎堪想想寄人篱下的游子!

我想写信,不能执笔;我想看书,不辨字迹;我想织手工,我想抄心经;但是都不能。我

后来想拿下墙上的洞箫，把我这不宁的心绪吹出；不过既非深宵，又非月夜，哪是吹箫的时节！后来我想最好是翻书箱，一件一件拿出，一本一本放回，这样挨过了半天，到了吃午餐时候。

不晓的怎样，在这里住了一年的旅客，今天特别局促起来，举箸时，我的心颤跳得更利害；不知是否，母亲你正在念着我？一杯红滟滟的葡萄酒，放在我面前，我不能饮下去，我想家里的团圆宴上少了我，这里的团圆宴上却多了我。虽然人生旅途，到处是家，不过为了你，我才缱恋着故乡；母怀是我永久倚凭的柱梁，也是我破碎灵魂，最终归宿的坟墓。

母亲！你原谅我吧！当我情感流露时，允许我说几句我心里要说的话，你不要迷信不吉祥而阻止，或者责怪我。

我吃饭时候，眼角边看见炉香绕成个卍字，我忽然想到你跪在观音面前烧香的样子，你惟一祷告的一定是我在外边"身体康健，一切平安"！母亲！我已看见你龙钟的身体，慈笑的面孔；这时候我连饭带泪一块儿咽下去。干咳了一声，他们都用怜悯的目光望我，我不由地低下头，觉着脸有点烧了。

母亲！这是我很少见的羞涩。

林家妹妹，和昆林一样大；她叫我"大姊姊"；今天吃饭时，我屡次偷看她，不晓得为什么因为她，我又想起围绕你膝下，安慰欢愉你的侄女。惭愧！你枉有偌大的女儿；母亲！

你枉有偌大的女儿！

吃完饭，晶清打电话约我去万牲园。这是我第一次去看她们创造成功的学校：地址虽不大，然而结构确很别致，虽不能及石驸马大街富丽的红楼，但似乎仍不失小家碧玉的居处。

因此，我深深地感到了她们缔造艰难的苦衷了！

清很凄清，因她本有几分愁，如今又带了几分孝，在一棵垂柳下，转出来低低唤了一声"波微"时，我不禁笑了，笑她是这般娇小！

我们聚集了八个人，八个人都是和我一样离开了母亲，和我一样在万里外漂泊，和我一样压着凄哀，强作欢笑地度这中秋节。

母亲！她们家里的母亲，也和你想我一样想着她们；她们也正如我般绻怀着母亲。

我们漂零的游子能凑合着在天涯一角底勉为欢笑，然而你们做母亲的，连凑合团聚，互谈谈你们心思的机会都莫有。

因之，我想着母亲们的悲哀一定比女孩儿们的深沉！

我们缘着倾斜乱石，摇摇欲坠的城墙走，枯干一片，不见一株垂柳绿荫。砖缝里偶而有几朵小紫花，也莫有西山上的那样令人注目；我想着这世界已是被人摒弃了的。

一路走着，她们在前边，我和清留在后边。我们谈了许多去年今日，去年此则的情景，并不曾令我怎样悲悼，我只低低念着：

惊节序，

叹沉浮，

秾华如梦水东流；

人间何事堪惆怅，

莫向横塘问旧游。

　　走到西直门，我们才雇好车。这条路前几月我曾走过，如今令我最惆怅的，便是找不到那一片翠绿的稻田，和那吹人醺醉的惠风；只感到一阵阵冷清。

　　进了门，清低低叹了口气，我问问"为什么事你叹息？"她莫有答应我。多少不相识的游人从我身旁过去，我想着天涯漂泊者的滋味，沉默地站在桥头。这时，清握着我手说：

　　"想什么？我已由万里外归来。"

　　母亲！你当为了她伤心，可怜她无父无母的孤儿，单身独影漂泊在这北京城；如今歧路徘徊，她应该向哪处去呢？纵然她已从万里外归来，我固然好友相逢，感到快愉。但是她呢？她只有对着黄昏晚霞，低低唤她死了的母亲；只有望着皎月繁星洒几点悲悼父亲的酸泪！

　　猴子为了食欲，做出种种媚人的把戏，栏外的人也用了极少的诱惑，逗着它的动作；而且在每人的脸上，都轻泛着一层胜利的微笑，似乎表示它们是聪明的人类。

　　我和清都感到茫然，到底怎样是生存竞争的工具呢？当我们笑着小猴子的时候，我觉着似乎猴子也正在窃笑着我们。

她们许多人都回头望着我们微笑,我不知道为了什么! 琼妹忍不住了。她说:

"你看梅花小鹿!"

我笑了,她们也笑了;清很注意的看着栏里。琼妹过去推她说:

"最好你进去陪着她,直到月圆时候。"

母亲! 梅花小鹿的故事,是今夏我坐在葡萄架下告诉过你的;当你想到时,一定要拿起你案上那只泥做的梅花小鹿,看着她是否依然无恙;母亲! 这是我永远留着它伴着你的。

经过了眠鸥桥,一池清水里,漂浮着几个白鹅;我望着碧清的池水,感到四周围的寂静。我的心轻轻地跳了,在这样死静的小湖畔,我的心不知为什么反而这样激荡着? 我寻着人们遗失了的,在我偶然来临的路上;然而却失丢了我自己竟守着的,在这偶然走过的道上。

在这小桥上,我凝望着两岸无穷的垂柳。垂柳! 你应该认识我,在万千来往的游人里,只有我是曾经用心的眼注视着你,这一片秋心,曾在你的绿荫深处停留过。

天气渐渐黯淡了,阳光慢慢叫云幕罩了;我们踏着落叶,信步走向不知道的一片野地里去。过了福香桥,我们在一个小湖边的山石上坐着,清告诉我她在这里的一段故事。

四个月前清、琼、逸来到这里。过了福香桥有一个小亭,似乎是从未叫人发现过的桃源。那时正是花开得十分鲜艳的时候,逸和琼折下柳条和鲜花,给她编了一顶花冠,逸轻轻地加在她的头上。晚霞笑了,这消息已由风儿送遍园林,许多花草树林都垂头朝贺她!

她们恋恋着不肯走,然而这顶花冠又不能带出园去,只好仍请逸把它悬在柳丝上。

归来的那晚上就接到翠湖的凶耗! 清走了的第二个礼拜,琼和逸又来到这里,那顶花冠依然悬在柳丝上,不过残花败柳,已憔悴得不忍再睹。这时她们猛觉得一种凄凉紧压着,

不禁对着这枯萎的花冠痛哭！不愿她再受风雨的摧残，拿下来把她埋在那个小亭畔；虽然这样，但是她却造成一段绮艳的故事。

我要虔诚地谢谢上帝，清能由万里外载着那深重的愁苦归来，更能来到这里重凭吊四月前的遗迹。在这中秋，我们能团集着；此时此景，纵然凄惨也可自豪自慰！

母亲！我不愿追想如烟如梦的过去，我更不愿希望那荒渺未卜的将来，我只尽兴尽情地快乐，让幻空的繁华都在我笑容上消灭。

母亲！我不敢欺骗你，如今我的生活确乎大大改变了，我不诅咒人生，我不悲欢人生，我只让属于我的一切事境都像闪电，都像流星。我时时刻刻这样盼着！当箭放在弦上时，我已想到我的前途了。

我们由动物园走到植物园，经过许多残茎枯荷的池塘，荒芜落叶的小径；这似我心湖一样的澄静死寂，这似我心湖边岸一样的枯憔荒凉。我在幽风堂前望着那一池枯塘，向韵姊说：

"你看那是我的心湖！"

她不能回答我，然而她却说：

"我应该向你说什么？"

我深深地了解她的心，她的心是这般凄冷。不过在这样旧境重逢时，她能不为了过去的春光惆怅吗？母亲！她是那年你曾鉴赏过她的大笔的；然而，她如椽的大笔，未必能写尽她心中的惆怅，因为她的愁恨是那样深沉难测呵！

天气阴沉沉地令人感着不快，每个人都低了头幻想着自己心境中的梦乡；偶然有几句极勉强的应酬话，然而不久也在沉寂的空气中消失了。

清似乎想起什么一样,站起身来领着我就走,她说:"我领你到个地方去看看。"

这条道上,莫有逢到一个人。缘道的铁线上都晒着些枯干的荷叶,我低着头走了几十步,猛抬头看见巍峨高耸的四座塔形的墓。荒丛中走不过去,未能进去细看;我回头望望四周的环境,我觉着不如陶然亭的寥阔而且凄静,萧森而且清爽。陶然亭的月亮,陶然亭的晚霞,陶然亭的池塘芦花,都是特别为坟墓布置的美景,在这个地方埋葬几个烈士或英雄,确是很适宜的地方。

母亲!在陶然亭芦苇池塘畔,我曾照了一张独立苍茫的小像;当你看见它时,或许因为我爱的地方,你也爱它;我常常这样希望着。

我们见了颓废倾圮,荒榛没胫的四烈士墓,真觉为了我们的先烈难过。万牲园并不是荒野废墟,实不当忍使我们的英雄遗骨,受这般冷森和凄凉!就是不为了纪念先贤,也应该注意怎样点缀风景!我知道了,这或许便是中国内政的缩影吧!

隔岸有鲜红的山查果,夹着鲜红的枫树,望去像一片彩霞。我和清拂着柳丝慢慢走到印月桥畔;这里有一块石头,石头下是一池碧清的流水;这块石头上,还刊着几行小诗,是清四月间来此假寐过的。她是这样处处留痕迹,我呢,我愿我的痕迹,永远留在我心上,默默地留在我心上。

8

我走到枫树面前,树上树下,红叶铺集着。远望去像一条红毡。我想拣一片留个纪念,但是我莫有那样勇气,未曾接触它前,我已感到凄楚了。母亲!我想到西湖紫云洞口的枫叶,我想到西山碧云寺里的枫叶;我伤心,那一片片绯红的叶子,都给我一样的悲哀。

月儿今夜被厚云遮着,出来时或许要到夜半,冷森凄寒这里不能久留了;园内的游人已归去,徘徊在暮云暗淡的道上的只有我们。

远远望见西直门的城楼时,我想当城圈里明灯辉煌,欢笑歌唱的时候,城外荒野尚有我们无家的燕子,在暮云底飞去飞来。母亲!你听到时,也为我们漂泊的游儿伤心吗?

不过,怎堪再想,再想想可怜穷苦的同胞,除了悬梁投河,用死去办理解决一切生活逼迫的问题外,他们求如我们这般小姐们的呻吟而不可得。

这样佳节,给富贵人作了点缀消遣时,贫寒人确作了勒索生命的符咒。

七点钟回到学校,琼和清去买红玫瑰,芝和韵在那里料理果饼;我和侠坐在床沿上谈话。她是我们最佩服的女英雄,她曾游遍江南山水,她曾经过多少困苦;尤其令人心折的是她那娇嫩的玉腕,能飞剑取马上的头颅!我望着她那英姿潇洒的丰神,听她由上古谈到现今,由欧洲谈到亚洲。

八时半,我们已团团坐在这天涯地角,东西南北凑合成的盛宴上。月儿被云遮着,一层一层刚褪去,又飞来一块一块的絮云遮上;我想执杯对月儿痛饮,但不能践愿,我只陪她们浅浅地饮了个酒底。

我只愿今年今夜的明月照临我,我不希望明年今夜的明月照临我!假使今年此日月都不肯窥我,又那能知明年此日我能望月!在这模糊阴暗的夜里,凄凉肃静的夜里,我已看见了此后的影事。母亲!逃躲的,自然努力去逃躲,逃躲不了的,也只好静待来临。

我想到这里,我忽然兴奋起来,我要快乐,我要及时行乐;就是这几个人的团宴,明年此夜知道还有谁在?是否烟消灰熄?是否风流云散?

母亲!这并不是不祥的谶语,我觉着过去的凄楚,早已这样告诉我。

虽然陈列满了珍馔,然而都是含着眼泪吃饭;在轻笼虹彩的两腮上,隐隐现出两道泪痕。月儿朦胧着,在这凄楚的筵上,不知是月儿愁,还是我们愁?

杯盘狼藉的宴上,已哭了不少的人;琼妹未终席便跑到床上哭了,母亲!这般小女孩,除了母亲的抚慰外,谁能解劝她们?琼和秀都伏在床上痛哭!这谜揭穿后谁都是很默然地站在床前,清的两行清泪,已悄悄地滴满襟头!她怕我难过,跑到院里去了。我跟她出来时,忽然想到亡友,他在凄凉的坟墓里,可知道人间今宵是月圆。

夜阑人静时,一轮皎月姗姗地出来;我想着应该回到我的寓所去了。到门口已是深夜,悄悄的一轮明月照着我归来。

月儿照了窗纱,照了我的头发,照了我的雪帐;这里一切连我的灵魂,整个都浸在皎清如水的月光里。我心里像怒涛涌来似的凄酸,扑到床缘,双膝脆在地下,我悄悄地哭了,在你的慈容前。

9

玉 薇

久已平静的心波，又被这阵风雨，吹皱了几圈纤细的银浪，觉着窒息重压的都是乡愁。谁能毅然决然用轻快的剪刀，挥断这自吐自缚的罗网呵！

昨天你曾倚着窗默望着街上往来的车马，有意无意地问我：

"波微！前些天你寄我那封信含蓄着什么意思？"

我当时只笑了笑，你说了几声"神秘"就走了。今天我忽然想告你一切，大胆揭起这一角心幕给你看：只盼你不要讥笑，也不要惊奇。

在我未说到正文以前，先介绍你看一封信，这封信是节录地抄给你：

飞蛾扑火而杀身，青蚕作茧以自缚，此种现象，岂彼虫物之灵知不足以见及危害？要亦造物网罗有一定不可冲破之数耳。物在此网罗之中，人亦在此网罗之中，虽大力挣扎亦不能脱。

君谓"人之所幸幸而希望者，亦即我惴惴然而走避者"，实告君，我数年前即为坚抱此趋向之一人，然而信念自信念，事实则自循其道路，绝不与之相伴；结果，我所讪笑为追求者固溺矣，即我走避者，又何曾逃此藩篱？

世界以有生命而存在，我在其狂涡呓梦之中，君亦在其狂涡呓梦之中；吾人虽有时认得狂涡呓梦，然所能者仅不过认识，实际命运则随此轮机之旋转，直至生命静寂而后已。

吾人自有其意志，然此意志，乃绝无权处置其命运，宰制之者乃一物的世界。人苟劝我以憬悟，勿以世为有可爱溺者；我则愿举我之经验以相告，须知世界绝不许吾人自由信奉其意志也。

我乃希望世人有超人，但却绝不信世上会有超人，世上只充满庸众。吾人虽或较认识宇宙；但终不脱此庸众之范围，又何必坚持违生命法则之独见，以与宇宙抗？

看完这封信,你不必追究内容是什么?相信我是已经承认了这些话是经验的事实的。

近来,大概只有两个月吧!忽然觉得我自己的兴趣改变了,经过许多的推测,我才敢断定我,原来在不知什么时候,我忽然爱恋着一个十七八岁的少女,她是我的学生。

这自然是一种束缚,我们为了名分地位的隔绝,我们的心情是愈压伏愈兴奋,愈冷淡愈热烈;直到如今我都是在心幕底潜隐着,神魂里系念着。她栖息的园林,就是我徘徊萦绕的意境,也就是命运安排好的囚笼。两月来我是这样沉默着抱了这颗迂回的心,求她的收容。在理我应该反抗,但我决不去反抗,纵然我有力毁碎,有一切的勇力去搏斗,我也不去那样做。假如这意境是个乐园,我愿作个幸福的主人,假如这意境是囚笼,我愿作那可怜的俘虏。

我确是感到一种意念的疲倦了。当桂花的黄金小瓣落满了雪白的桌布,四散着清澈的浓香,窗外横抹着半天红霞时;我每每沉思到她那冷静高洁的丰韵。朋友!我心是这样痴,当秋风吹着枯黄的落叶在地上旋舞,枝上的小鸟悼伤失去的绿荫时,我心凄酸的欲流下泪来;但这时偶然听见她一声笑语,我的神经像在荒沙绝漠寻见绿洲一样的欣慰!

我们中间的隔膜,像竹篱掩映着深密芬馥的花朵,像浮云遮蔽着幽静皎洁的月光,像坐在山崖上默望着灿烂的星辉,听深涧流水,疑惑是月娥环佩声似的那样令人神思而梦游。这都是她赐给我的,惟其是说不出,写不出的情境,才是人生的甜蜜,艺术的精深呢!

11

我们天天见面,然而我们都不说什么话,只彼此默默地望一望,尝试了这种神秘隐约的力的驱使,我可以告诉你,似在月下轻弹琵琶的少女般那样幽静,似深夜含枚急驱的战士般那样渺茫,似月下踏着红叶,轻叩寺门的老僧那样神远而深沉。但是除了我自己,绝莫有人相信我这毁情绝义的人,会为了她使我像星星火焰,烧遍了原野似的不可扑灭。

有一天下午,她轻轻推开门站在我的身后,低了头编织她手中的绒绳,一点都没有惊动我;我正在低头写我的日记,恰巧我正写着她的名字。她轻轻地叫了一声,我抬起头来从镜子里看见她,那时我的脸红了!半晌才说了一句不干紧要的话敷衍下去;坦白天真的她,何曾知道我这样局促可怜。

12

我只好保留着心中的神秘,不问它银涛雪浪怎样淹没我,相信那里准有个心在——那里准有个海在。

写到这里我上课去了。吃完饭娜君送来你的信,我钦佩你那超越世界系缚的孤渺心怀,更现出你是如何的高洁伟大,我是如何的沉恋渺小呵!最后你因为朋友病了,战争阻了你的归途,你万分诅恨和惆怅!诚然,因为人类才踏坏了晶洁神秘的原始大地,留下这疏散的鸿爪;因为人类才废墟变成宫殿,宫殿又变成丘陵;因为人类才竭血枯骨,攫去大部分的生命,装潢一部分的光荣。

我们只爱着这世界,并不愿把整个世界供我支配与践踏。我们也愿意戴上银盔,骑上骏马,驰骋于高爽的秋郊,马前有献花的村女,四周有致敬的农夫;但是何忍白玉杯里酌满了鲜血,旗麾下支满了枯骨呢?自然,我们永远是柔弱的女孩,不是勇武的英雄。

这几夜月儿皎莹,心情也异常平静。心幕上掩映着的是秋月,沙场,凝血,尸骸;要不然就是明灯绿帏下一个琴台上沉思的情影。玉薇!前者何悲壮,后者何清怨?

露 沙

昨夜我不知为了什么,绕着回廊走来走去地踱着,云幕遮蔽了月儿的皎靥,就连小星的微笑也看不见,寂静中我只渺茫地瞻望着黑暗的远道,毫无意志地痴想着。

算命的鼓儿,声声颤荡着,敲破了深巷的沉静。我靠着栏杆想到往事,想到一个充满诗香的黄昏,悲歌慷慨的我们。

记得,古苍的虬松,垂着长须,在晚风中;对对暮鸦从我们头上飞过,急箭般隐入了深林。在平坦的道上,你慢慢地走着,忽然停步握紧了我手说:

"波微!只有这层土上,这些落叶里,这个时候,一切是属于我们的。"

我没有说什么,捡了一片鲜红的枫叶,低头夹在书里。当我们默然穿过了深秋的松林时,我慢走了几步,留在后面,望着你双耸的瘦肩,急促的步履,似乎告诉我你肩上所负心里隐存的那些重压。

走到水榭荷花池畔,坐在一块青石上,抬头望着蔚蓝的天空;水榭红柱映在池中,蜿蜒着像几条飞舞的游龙。云雀在枝上叫着,将睡了的秋蝉,也引得啾啾起来。白鹅把血红的嘴,黑漆的眼珠,都曲颈藏在雪绒的翅底;鸳鸯激荡着水花,昂首游泳着。那翠绿的木栏,是聪明的人类巧设下的藩篱。

这时我已有点醺醉,看你时,目注着石上的苍苔,眼里转动着一种神秘的讪笑,猜不透是诅咒,还是赞美!你慢慢由石上站起,我也跟着你毫无目的地走去。到了空旷的社稷坛,你比较有点勇气了,提着裙子昂然踏上那白玉台阶时,脸上轻浮着女王似的骄傲尊贵,晚风似侍女天鹅的羽扇,拂着温馨的和风,袅袅的围绕着你。望西方荫深的森林,烟云冉冉,树叶交织间,露出一角静悄悄重锁的宫殿。

我们依偎着,天边的晚霞,似纱帷中掩映着少女的桃腮,又像爱人手里抱着的一束玫瑰。渐渐的淡了,渐渐的淡了,只现出几道青紫的卧虹,这一片模糊暮云中,有诗情也有画景。

远远的军乐,奏着郁回悲壮之曲,你轻踏着蛮靴,高唱起"古从军"曲来,我虽然想笑你的狂态浪漫,但一经沉思,顿觉一股冰天的寒风,吹散了我心头的余热。无聊中我绕着坛

13

边,默数上边刊着的青石,你忽然转头向我说:

"人生聚散无常,转眼漂泊南北,回想到现在,真是千载难遇的良会,我们努力快乐现在吧!"

当时我凄楚地说不出什么;就是现在我也是同样地说不出什么,我想将来重翻起很厚的历史,大概也是说不出什么。

往事只堪追忆,一切固然是消失地逃逸了。但我们在这深夜想到时,过去总不是概归空寂的,你假如能想到今夜天涯沦落的波微,你就能想到往日浪漫的遗迹。但是有时我不敢想,不愿想,月月的花儿开满了我的园里,夜夜的银辉,照着我的窗帏,她们是那样万古不变。我呢!时时在上帝的机轮下回旋,令我留恋的不能驻停片刻,令我恐惧的又重重实现。露沙!从前我想着盼着的,现在都使我感到失望了!

自你走后,白屋的空气沉寂的像淡月凄风下的荒冢,我似暗谷深林里往来飘忽的幽灵;这时才感到从前认为凄绝冷落的谈话,放浪狂妄的举动,现在都化作了幸福的安慰,愉快的兴奋。在这长期的沉寂中,屡次我想去信问候你的近况,但慵懒的我,搁笔直到如今。上次在京汉路中读完《前尘》,想到你向我索感的信,就想写信,这次确是能在你盼望中递到你手里了。

读了最近写的信,知你柔情万缕中,依稀仍珍藏着一点不甘雌伏的雄心,果能如此,我

14

觉十分欣喜！原知宇宙网罗，有时在无意中无端地受了系缚；云中翱翔的小鸟，猎人要射击时，谁能预防，谁能逃脱呢！爱情的陷入也是这样。

你我无端邂逅，无端结交，上帝的安排，有时原觉多事，我于是常奢望着你，在锦帷绣帏中，较量柴米油盐之外，要承继着从前的希望，努力作未竟的事业；因之，不惮烦嚣在香梦朦胧时，我常督促你的警醒。不过，一个人由青山碧水到了崎岖荆棘的路上，由崎岖荆棘又进了柳暗花明的村庄，已感到人世的疲倦，在这期内，彻悟了的自然又是一种人生。

15

在学校时，我见你激昂慷慨的态度，我曾和婉说你是"女儿英雄"，有时我逢见你和宗莹在公园茅亭里大嚼时，我曾和婉说你是"名士风流"，想到扶桑余影，当你握着利如宝剑的笔锋，铺着云霞天样的素纸，立在万丈峰头，俯望着千仞飞瀑的华严泷，凝思神往的时候，原也曾独立苍茫，对着眼底河山，吹弹出雄壮的悲歌；曾几何时，栉风沐雨的苍松，化作了醉醺阳光的蔷薇。

但一想到中国妇女界的消沉，我们懦弱的肩上，不得不负一种先觉觉人的精神，指导奋斗的责任，那末，露沙呵！我愿你为了大多数的同胞努力创造未来的光荣，不要为了私情而抛弃一切。

我自然还是那样屏绝外缘，自谋清静，虽竭力规避尘世，但也不见得不坠落人间；将来我计划着有两条路走，现暂不告你，你猜想一下如何？

从前我常笑你那句"我一生游戏人间，想不到人间反游戏了我"。如今才领略了这种含满了血泪的诉述。我正在解脱着一种系缚，结果虽不可预知，但情景之悲惨，已揭露了大半，暗示了我悠远的恐惧。不过，露沙！我已经在心田上生根的信念，是此身虽朽，而此志不变的；我的血脉莫有停止，我和情感的决斗没有了结，自知误己误人，但愚顽的我，已对我灵魂宣誓过这样去做。

十三，九，二十。

梅　隐

　　五年前冬天的一个黄昏,我和你联步徘徊于暮云苍茫的北河沿,拂着败柳,踏着枯叶,寻觅梅园。那时群英宴间,曾和你共沐着光明的余辉,静听些大英雄好男儿的伟论。昨天我由医院出来,绕道去孔德学校看朋友,北河沿败柳依然,梅园主人固然颠沛在东南当革命健儿,但是我们当时那些大英雄好男儿却有多半是流离漂泊,志气颓丧,事业无成呢!

　　谁也想不到五年后,我由烦杂的心境中,检寻出这样一段回忆,时间一天一天地飞掠,童年的兴趣,都在朝霞暮云中慢慢地消失,只剩有青年皎月是照了过去,又照现在,照着海外的你,也照着祖国的我。

16

　　今晨睡眼矇眬中,你廿六号的信递到我病榻上来了。拆开时,粉色的纸包掉下来,展开温香扑鼻,淡绿的水仙瓣上,传来了你一缕缕远道的爱意。梅隐!我欣喜中,含泪微笑轻轻吻着她,闭目凝思五年未见,海外漂泊的你。

　　你真的决定明春归来吗?我应用什么表示我的欢迎呢?别时同流的酸泪,归来化作了冷漠的微笑;别时清碧的心泉,归来变成了枯竭的沙滩;别时鲜艳的花蕾,归来是落花般迎风撕碎!何处重撷童年红花,何时重摄青春皎颜?挥泪向那太虚,嘘气望着碧空,朋友!什么都逝去了,只有生之轮默默地转着衰老,转着死亡而已。

　　前几天皇姊由 Sumatra 来信,她对我上次劝她归国的意见有点容纳了,你明春可以绕道去接她回来,省的叫许多朋友都念着她的孤单。她说:

　　　　在我决志漂泊的长途,现在确乎感到疲倦,在一切异样的习惯情状下,我常想着中华;但是破碎河山,糜烂故乡,归来后又何忍重来凭吊,重来抚慰呢?我漂泊的途程中,有青山也有绿水,有明月也有晚霞,波妹!我不留恋这刹那寄驻的漂泊之异乡,也不留恋我童年嬉游的故乡;何处也是漂泊,何时也是漂泊,管什么故国异地呢?除了死,那里都不是我灵魂的故乡。

有时我看见你壮游的豪兴,也想远航重洋,将这一腔烦闷,投向海心,浮在天心;只是母亲系缚着我,她时时怕我由她怀抱中逸去,又在我心头打了个紧结;因此,我不能离开她比现在还远一点。许多朋友,看不过我这颓丧,常写信来勉策我的前途,但是我总默默地不敢答复他们,因为他们厚望于我的,确是完全失望了。

近来更不幸了,病神常常用她的玉臂怀抱着我;为了病更使我对于宇宙的不满和怀疑坚信些。朋友!何曾仅仅是你,仅仅是我,谁也不是生命之网的漏鱼,病精神的或者不感受身体的痛苦,病身体的或者不感受精神的斧柯;我呢!精神上受了无形的腐蚀,身体上又受着迟缓而不能致命的痛苦。

你一定要问我到底为了什么?但是我怎样告诉你呢,我是没有为了什么的。

病中有一次见案头一盆红梅,零落得可怜,还有许多娇红的花瓣在枝上,我不忍再看她萎落尘土,遂乘她开时采下来,封了许多包,分寄给我的朋友,你也有一包,在这信前许接到了。玉薇在前天寄给我一首诗,谢我赠她的梅花,诗是:

> 话到飘零感苦辛,月明何处问前身?
> 甘将疏影酬知己,好把离魂吊故人;
> 玉碎香消春有恨,风流云散梦无尘,
> 多情且为留鸿爪,他日芸窗证旧因。

同时又接到天辛寄我的两张画片:一张是一片垂柳碧桃交萦的树林下,立着个绯衣女郎,她的左臂绊攀着杨柳枝,低着头望着满地的落花凝思。一张是个黯淡苍灰的背景,上边有几点疏散的小星,一个黑衣女郎伏在一个大理石的墓碑旁跪着,仰着头望着星光祈祷——你想她是谁?

梅隐!不知道哪个是象征着我将来的命运?

你给我寄的书怎么还不寄来呢?撄哥给你有信吗?我们整整一年的隔绝了,想不到在圣诞节的前一天,他寄来一张卡片,上边写着:

> 愿圣诞节的仁风,吹散了人间的隔膜,
> 愿伯利恒的光亮,烛破了疑虑的悲哀。

其实,我和他何尝有悲哀,何尝有隔膜,所谓悲哀隔膜,都是环境众人造成的,在我们天真洁白的心版上,有什么值得起隔膜和悲哀的事。现在环境既建筑了隔膜的幕壁,何必求仁风吹散,环境既造成了悲哀,又何必硬求烛破?

只要年年圣诞节,有这个机会纪念着想到我们童年的友谊,那我们的友谊已是和天地永存了。揆哥总以为我不原谅他，其实我已替他想得极周到，而且深深了解他的；在这"隔膜""悲哀"之中，他才可寻觅着现在人间的幸福；而赐给人间幸福的固然是上帝；但帮助他寻求的，确是他以为不谅解他的波微。

我一生只是为了别人而生存，只要别人幸福，我是牺牲了自己也乐于去帮助旁人得到幸福的；过去是这样，现在也是这样，不过我也只是这样希望着，有时不但人们认为这是一种罪恶，而且是一种罪恶的玩弄呢！虽然我不辩，我又何须辩，水枯了鱼儿的死，自然都要陈列在眼前，现在何必望着深渊徘徊而疑虑呢！梅隐！我过去你是比较知道的，和揆哥隔绝是为了他的幸福，和梅影隔绝也是为了他的幸福……因为我这样命运不幸的人，对朋友最终的披肝沥胆，表明心迹的，大概只有含泪忍痛的隔绝吧？

母亲很念你，每次来信都问我你的近况。假如你有余暇时你可否寄一封信到山城，安慰安慰我的母亲，也可算是梅隐的母亲。我的病，医生说是肺管炎，要紧大概是不要紧，不过长此拖延，精神上觉着苦痛；这一星期又添上失眠，每夜银彩照着紫蓝绒毡时，我常觉腐尸般活着无味；但一经我抬起头望着母亲的像片时，神秘的系恋，又令我含泪无语。梅隐！我应该怎样，对于我的生，我的死？

18

漱 玉

永不能忘记那一夜。

黄昏时候,我们由嚣扰的城市,走进了公园,过白玉牌坊时,似乎听见你由心灵深处发出的叹息,你抬头望着青天闲云,低吟着:"望云惭高鸟,临水愧游鱼……"

你挽着我的手靠在一棵盘蜷虬曲的松根上,夕阳的余辉,照临在脸上,觉着疲倦极了,我的心忽然搏跳起来!沉默了几分钟,你深呼了一口气说,"波微!流水年华,春光又在含媚的微笑了,但是我只有新泪落在旧泪的帕上,新愁埋在旧愁的坟里。"我笑了笑,抬头忽见你淡红的眼圈内,流转着晶莹的清泪。我惊疑想要追问时,你已跑过松林,同一位梳着双髻的少女说话去了。

从此像微风吹绉了一池春水,似深涧潜伏的蛟龙蠕动,那纤细的网,又紧缚住我。不知何时我们已坐在红泥炉畔,我伏在桌上,想静静我的心。你忽然狂笑摇着我的肩说:"你又要自找苦恼了!今夜的月色如斯凄清,这园内又如斯寂静,哪能让眼底的风景逝去不来享受呢?振起精神来,我们狂饮个醺醉,我不能骑长鲸,也想跨白云,由白云坠在人寰时,我想这活尸也可跌她个粉碎!"你又哈哈地笑起来了!

葡萄酒一口一口地啜着,冷月由交织的树纹里,偷觑着我们,暮鸦栖在树阴深处,闭上眼静听这凄楚的酸语。想来这静寂的园里,只有我们是明灯绿帏玛瑙杯映着葡萄酒,晶莹的泪映着桃红的腮。

沉寂中你忽然提高了玉琴般的声音,似乎要哭,但莫有哭;轻微地咽着悲酸说:"朋友!我有八年埋葬在心头的隐恨!"经你明白的叙述之后,我怎能不哭,怎能不哭?我欣慰由深邃死静的古塔下,掘出了遍觅天涯找不到的同情!我这几滴滴在你手上的热泪,今夜才找到承受的玉盂。真未料到红泥炉畔,这不灿烂,不热烈的微光,能照透了你严密的心幕,揭露了这八年未示人的隐痛!上帝呵!你知道吗?虚渺高清的天空里,飘放着两颗永无归宿的小心。

在那夜以前,莫有想到地球上还有同我一样的一颗心,同我共溺的一个海,爱慰抚藉我的你! 去年我在古庙的厢房卧病时,你坐在我病榻前讲了许多幼小时的过去,提到母亲死时,你也告过我关乎醒的故事。但是我哪能想到,悲惨的命运,系着我同时又系着你呢?

漱玉! 我在你面前流过不能在别人面前流的泪,叙述过不能在别人面前泄漏的事,因此,你成了比母亲有时还要亲切的朋友。母亲何曾知道她的女儿心头埋着紫兰的荒冢,母亲何曾知道她的女儿,怀抱着深沉在死湖的素心——惟有你是地球上握我库门金钥的使者! 我生时你知道我为了什么生,我死时你知道我是为了什么死;假如我一朝悄悄地曳着羽纱,踏着银浪在月光下舞蹈的时候,漱玉! 惟有你了解,波微是只有海可以收容她的心。

那夜我们狂饮着醇醴,共流着酸泪,小小杯里盛着不知是酒,是泪? 咽到心里去的,更不知是泪,是酒?

红泥炉中的火也熄了,杯中的酒也空了。月影娟娟地移到窗上;我推开门向外边看看,深暗的松林里,闪耀着星光似的小灯;我们紧紧依偎着,心里低唤着自己的名字,高一步,低一步地走到社稷坛上,一进了那圆形的宫门,顿觉心神清爽,明月吻着我焦炙的双腮,凉风吹乱了我额上的散发,我们都沉默地领略这刹那留在眼上的美景。

那时我想不管她是梦回,酒醒,总之:一个人来到世界的,还是一个人离开世界;在这来去的中间,我们都是陷溺在酿中沉醉着,奔波在梦境中的游历者。明知世界无可爱恋,但是我们不能不在这月明星灿的林下痛哭! 这时偌大的园儿,大约只剩我两人;谁能同情我们呢? 我们何必向冷酷的人间招揽同情,只愿你的泪流到我的心里,我的泪流到你的心里。

那夜是悱恻哀婉的一首诗,那夜是幽静孤凄的一幅画,是写不出的诗,是画不出的画;只有心可以印着她,念着她! 归途上月儿由树纹内,微笑地送我们;那时踏着春神唤醒的小草,死静卧在地上的斑驳花纹,冉冉地飘浮着一双瘦影,一片模糊中,辨不出什么是树影,什

么是人影？可怜我们都是在静寂的深夜，追逐着不能捉摸的黑影，而驰骋于荒冢古墓间的人！

　　宛如风波统治了的心海，忽然因一点外物的诱惑，转换成几于死寂的沉静；又猛然为了不经意的遭逢，又变成汹涌山立的波涛，簸动了整个的心神。我们不了解，海涛为什么忽起忽灭；但我们可以这样想，只是因那里有个心，只是因那里有个海吧！

　　我是卷入这样波涛中的人，未曾想到你也悄悄地沉溺了！因为有心，而且心中有罗曼舞踏着，这心就难以了解了吗？因为有海，而且海中有巨涛起伏着，这海就难以深测了吗？明知道我们是错误了，但我们的心情，何曾受了理智的警告而节制！既无力自由处置自己的命运，更何力逃避系缠如毒蟒般的烦闷？它是用一双冷冰的手腕，紧握住生命的火焰。

　　纵然有天辛飞溅着血泪，由病榻上跃起，想拯救我沉溺的心魂；那知我潜伏着的旧影，常常没有现在，忆到过去的苦痛着！不过这个心的汹涌，她不久是要平静；你是知道的，自我去年一月十八日坚决地藏裹起一切之后，我的愿望既如虹桥的消失，因之灵感也似乎麻木，现在的急掠如燕影般的烦闷，是最容易令她更归死寂的。

　　我现在恨我自己，为什么去年不死，如今苦了自己，又陷溺了别人，使我更在隐恨之上建了隐痛；坐看着忠诚的朋友，反遭了我的摧残，使他幸福的鲜花，植在枯寂的沙漠，时时受着狂风飞沙的撼击！

漱玉！今天我看见你时，我不敢抬起头来；你双眉的郁结，面目的黄瘦，似乎告诉我你正在苦闷着呢！我应该用什么心情安慰你，我应该用什么言语劝慰你？

什么是痛苦和幸福呢？都是一个心的趋避，但是地球上谁又能了解我们？我常说："在可能范围内赐给我们的，我们同情地承受着；在不可能而不可希望的，我们不必违犯心志去破坏他。"现在我很平静，正为了枯骨的生命鼓舞愉乐！同时又觉着可以骄傲！

这几天我的生活很孤清，去了学校时，更感着淡漠的凄楚；今天接到 Celia 的信，说她这次病，几次很危险的要被死神接引了去，现在躺在床上，尚不敢转动；割的时候误伤了血管，所以时时头晕发烧。她写的信很长，在这草草的字迹里，我抖颤地感到过去的恐怖！我不幸的人，她肯用爱的柔黄，捡起这荒草野冢间遗失的碎心，盛入她温馨美丽的花篮内休养着，我该如何地感谢她呢？上帝！祝福她健康！祝福她健康如往日一样！

这几夜月光真爱人，昨夜我很早就睡了，窗上的花影树影，混成一片，静极了，虽然在这雕梁画栋的朱门里，但是景致宛如在三号一样；只缺少那古苍的茅亭，和盘蜷的老松树。我看着月光由窗上移到案上，案上移到地上，地上移到床上，洒满在我的身上。那时我静静地想到故乡锁闭的栖云阁，门前环抱的桃花潭，和高冈上姐姐的孤坟。母亲上了栖云阁，望见桃花潭后姐姐的坟墓，一定要想到漂泊异乡的女儿。

22

这时月儿是照了我，照了母亲，照着一切异地而怀念的人。

十三，二，十三。

葡萄架下的回忆

生命之波，滔滔地去了，禁不住地还想，深沉的回忆。但有时他那深印脑海的浪花，却具着惹人不忘的魄力。在这生命中之一片碎锦，是应当永志的。一刹那，捉不住的秋又去了，但是不灭的回忆依然存在。

窗外的杨柳，很懊恼地垂着头，沉思她可怜的身世。那一缕缕的微笑，从瑟瑟的风浪中传出。在淡泊的阳光下，照出那袅娜的姿态，飘荡的影子，她对于这悲愁的秋望可像有无限的怨望！有时窗上的白纬纱，起伏飘荡的被风吹着，慢慢地挂在帐角上，但是一霎时，被一阵大风仍就把他吹下来，拖在地板上。在沉寂中，观察一个极细微的事物，都含着有无限的妙理，宇宙的奥藏，都在这一点吗？

那时候我很疲倦地睡在床上，想藉着这时候休息一下，因为我在路上，已经两夜失眠了；但是疲倦的神，还是不屈不挠的，反把睡天使驱出关外，更睡不着了！虽然拢上眼睛，但是那无限的思潮，又在魔海中萦绕……莫奈何，只好把眼睛睁开，望望那窗外的杨柳和碧蓝的天，聊寄我的余思。这时候想不到我的朋友梅影君来访我！不但是沉闷中的安慰，并且是久别后的乍逢。晤面后那愉快的意线从各人的心房中射出，在凝眸微笑中，满溢着无限的温情。

我记得那是极温和的天气，淡淡的斜阳，射在苍黄的地毡上；我们坐在窗旁的椅上，谈别后的情况，她还告诉我许多令我永久记忆的事……不过我们未见面时所预备的话，都想不起；反而相对默然。后来首问我暑假中家居的成绩，可惜我所消磨岁月的，就是望着行云送夕阳。除过猛烈的刺激，深刻的回忆……高兴时随便写几句诗外，实在莫有可称述的一样成绩，不过梅影她定要我念几首给她听，后来我扭不过她的要求，想起一首《紫罗兰》来——因为她是殉了《商报》的纪念物，算是一种滑稽的记忆。我读给她的诗是——

当她从我面前低着头，匆匆走过去的时候，

她的心弦鼓荡着我的心弦，

23

牵引着我的足踵儿，

到了紫罗兰的面前。

花上的蝶儿,猛吃一惊,嗔人扰她甜蜜的睡眠;

但是花儿很愉快的娜袅舞蹈着,

展开她一摺一摺的笑靥。

我想她心腔中,怀着什么疑团?

脑海里荡漾着什么波澜?

但是她准痴立着笑而不答!

当我无意中又遇着她的时候,

看她手里拿着鲜烂的花球,

衬着她玫瑰似的颊儿,乌云般的发儿,

水漾漾漆黑的眼珠儿,满溢着无穷的话头。

乌儿的音韵好像她抑扬的歌声;

花儿的丰姿,不知她自然活泼的娉婷。

当我慢慢的从紫罗兰的旁边离开她,

现着一点笑,

隐着一点愁。

她半喜半怨地倚着那紫罗兰不动。

人的痴心呵!

她恐怕旁人摘她的花。

朋友呵!

假如你脑海里镌深了她,

你随时能发现一朵灿烂的花,

又何必怕旁人摘她?

车轮和我的心轮一样,相扭着旋转;

我的心却在紫罗兰前。

小鸟笑着说:

朋友呵!

沉寂里耐着点吧!

不要把血和泪,

染在花瓣上,

使她永镌着心痛;

还不了你的怅惘沉闷!

　　我轻轻地读着,她静静地听。我知道她受了很深刻的刺激。她说:"朋友啊!你干吗!向着深思之渊中求空幻的生活。愉快之波是生命流中的浪花,你不要令她忽略,把光阴匆匆地过去。你就是绞尽脑汁,破碎心血,你向人间曾否找到一点真诚的慰藉?你看清新高爽的野外那伟大自然界,都要待我们去赏玩她,涵化她。天空中的云霞,野外的锦绣都是自然魂灵的住所。她们都含着笑,仰着头,盼我们去伴他。人生一瞥,当及时行乐。虽然处的是寂寞沉闷的生活中,但是大地团团,又何处非乐土呢?你的思想,比我狭闷得多,这种理想,只好自然界去融化你。去年我读你的《亡魂》一篇,我那时很危险你的理想不觉悟,后来我接你的信,知道你近来是有些觉悟。不过恐怕是一时的冲动,不仅又要消灭了……"我听了她这番忠告,非常的感激,我的思想虽然是环境造成的,但是环境又是谁来造成的?可是懦弱的青年,只有软化在恶环境的淫威下呻吟;就是不然,也只好满腹牢骚,亢喉高唱罢了。在虚伪冷淡的社会里,谁人肯将他心上的一滴热血付与人!可知道在充满着灰尘的世界上,愉快都是狡黠的笑声,所以我宁愿多接触一点浑厚温和的自然界:安慰这枯燥的生活,我不愿随风徵愿,在那满戴假面具的人群里讨无趣!梅影知我最深,她因我握别北京有二月余,水榭赏荷已为逝波。篱畔访菊,又当盛秋;于是她就提议要到城南公园一睹园林秋色。那时我很愉快的允许,遂去准备我们的行进,当我坐着车出宣武门的时候,各种的车和扰扰攘攘的行人,除了汽车内坐着很安详舒适的阔佬们外,他们面上都现着恐惧的神气!因为路窄人多,呜呜!前面汽车迎头来,呜呜!后面的汽车,又电驰般地追来了!他们的恐惧:都是怕卧在汽车下,把一生劳碌的梦惊醒来了,或者对于他们生命历程上发生的阻碍,有点觉悟。虽然这样说,但我过那门时,我觉悟了一生的开幕材料,无非是取给于这一刹那的小把戏台上的反映罢了。离公园门有十余步的距离,有一个兵,在石阶上,走来走去,他故意踏重他的皮靴表示他很赳昂的样子。他的职务是守卫而兼着收票。每当我来这儿购票的时候,他准表示他认识我是常游者的态度,并且我进了公园的时候,他准微笑着,低头踏着他皮靴上的泥尘,我看他是一个诚恳的服务者。

我进了园后门,觉着眼前出现一幅极美丽的景象。我们沿着草径走,极微细的足音,往往惊起草虫的鸣声,和蝴蝶的飞舞。那时斜阳挂在林外,碧蓝的天上,罩满了锦绣的云霞。我们慢慢地走着,领悟这人生一瞥中的愉快!自然呵!你具有了这种伟大的势力,为什么不把污浊的人心洗清,恶劣的世俗扫净。

绿荫如幕,覆在一角红墙下,分明的鲜艳。我们走过的时候,那树上的叶子,都瑟瑟地低声微语,地下的柔苔苍绿,杂着红霉的叶儿铺着,我想起那春天的红花在树上摇曳着,弄姿撒娇的样子,知道是做了一场春梦呵!

我们游到葡萄架下,停止我们的行进,作个暂时的休息。我们踱过了短桥,那桥下的水是尽其所能的灌园灌艺用的,发源是从井里吸上来的。虽然人工的小河,但流在这种静雅清净的福地,也别有风味,不致埋没他的本质。我们进了葡萄架下,一种清香沁骨,令人神醉。这时候,一个茶役上来招呼,他的态度,完全是一个纯洁的园丁——农夫。他来应酬客

26

人也觉着许多大真态度，因为他莫有带着平常茶役的假面具。

　　当时我们坐在架下的角上，上边有绿色的天然葡萄叶，密布着作了天棚，倒缀着许多滴露的葡萄，真令人液涎。从叶缝里能看见一线碧蓝的天纹，下过铺着一层碧苍青苔，踏下去软软的，做了天然地毯。一阵风过处，往往落些小叶，在我的襟上。我极力的镇定着我搏动的热血和呼吸，领受这一瞥中的偷快。现在青年人的幸福，也仅仅是这一途的。那时我回头看梅影，望着小桥下流水发呆！从我旁观者的观察和猜度知道她觉悟了人生观的大梦，到终久是要醒的。但是在这嚣杂烦扰的社会里，很难窥透着这一点。往往愈入愈迷，愈迷愈有味……虚荣的名利，驱使人牺牲了天良，摧残了个性，劳碌着把自己的躯壳作成个机械去适应社会——环境，并且要自相残杀流血漂橹。到那白杨萧萧杜鹃哀啼荒茫苍凉中都一样地藏身在一抔黄土之下。回忆起来，不过在人生途中，做了一个罪恶和不觉悟的牺牲！人各有志，梅影虽然雄志赳昂，要做一番惊天动地的大事业出来，为她生命中的光彩，发展她平生的抱负和雄才。不过她是藉以消磨那有生命的光阴。她有时为自然界的美一接触时，未尝不觉得是虚幻。我们是不能默默地讨论，宇宙间深奥神妙……往夕思绪飘然，灵魂要飞出去时，草上的小虫，夕阳下树上的秋蝉唧唧声把我们已飞的神思捕来！梅影一回顾，见我也立在她后面发呆，不禁得扑嗤地一笑，反把我吓了一跳。我们遂抛了那沉思的生活，转出了葡萄架后面见那一块广田分畦，种的各种蔬菜，夹杂的些野花，但却带着点憔悴的色彩，因为经了秋的缘故。有三五农夫似的园丁，蹲在那绿畦里，栽培蔬菜。他见那绿叶的大瓜，面上发出极愉快的微笑。他很乐意把全副的精神，都注在那茂盛实力的收获上。所以他很（热）诚地保护着她。

　　我们很不愿意离开这深刻缃衣的葡萄架下，但无情的光阴板着脸又赶着我们度黄昏黑暗的生活了。一刹那间的安慰，又匆匆地过去了，那时夕阳残霞照在一片昏黄的草地上，幻出各样的色彩，他也要着未别我们之先，发挥尽他的爱和光——因为他要去了。那黑暗的魔障逼来了！哦！葡萄架下的回忆也完了。我回忆时的时况，这回要叫人忆了……人生的波，匆匆去了。一点一点的浪花都织在脑海的波澜纹里了。一幕一幕不尽何时回忆了啊？

一九二二年十月一号，在北京女子高师。

素 心

　　我从来不曾一个人走过远路，但是在几月前我就想尝试一下这踽踽独行的滋味；黑暗中消失了你们，开始这旅途后，我已经有点害怕了！我搏跃不宁的心，常问我"为什么硬要孤身回去呢？"因之，我蜷伏在车箱里，眼睛都不敢睁，睁开时似乎有许多恐怖的目光注视着我，不知他们是否想攫住我？是否想加害我？有时为避免他们的注视，我抬头向窗外望望，更冷森的可怕，平原里一堆一堆的黑影，明知道是垒垒荒冢，但是我总怕是埋伏着的劫车贼呢。这时候我真后悔，为甚要孤零零一个女子，在黑夜里同陌生的旅客们，走向不可知的地方去呢？因为我想着前途或者不是故乡不是母亲的乐园？

　　天亮时忽然上来一个老婆婆，我让点座位给她，她似乎嘴里喃喃了几声，我未辨清是什么话；你是知道我的，我不高兴和生人谈话，所以我们只默默地坐着。

　　我一点都不恐怖了，连他们惊讶的目光，都变成温和的注视，我才明白他们是绝无攫住加害于我的意思；所以注视我的，自然因为我是女子，是旅途独行无侣的女子。但是我为什么要这样呢？因为我身旁有了护卫——不认识的老婆婆；明知道她也是独行的妇女，在她心里，在别人眼里，不见得是负了护卫我的使命，不过我确是有了勇气而且放心了。

　　靠着窗子睡了三点钟，醒来时老婆婆早不在了；我身旁又换了一个小姑娘，手里提着一个篮子，似乎很沉重，但是她不知道把它放在车板上。后来我忍不住说："小姑娘！你提着不重吗？为什么不放在车板上？"可笑她被我提醒后，她红着脸把它搁在我的脚底。

　　七月二号的正午，我换了正太车，踏入了我渴望着的故乡界域，车头像一条蜿蜒的游龙，有时飞腾在崇峻的高峰，有时潜伏在深邃的山洞。由晶莹小圆石堆集成的悬崖里，静听着水涧碎玉般的音乐；你知道吗？娘子关的裂帛溅珠，真有"苍崖中裂银河飞，空里万斛倾珠玑"的美观。

　　火车箭似地穿过夹道的绿林，牧童村女，都微笑点头，似乎望着缭绕来去的白烟欢呼着说："归来呵！漂泊的朋友！"想不到往返十几次的轨道旁，这次才感到故乡的可爱和布置雄壮的河山。旧日秃秃的太行山，而今都披上柔绿；细雨里行云过岫，宛似少女头上的小鬟，

28

因为落雨多，瀑布是更壮观而清脆，经过时我不禁想到 Undine。

下午三点钟，我站在桃花潭前的家门口了。一只我最爱的小狗，在门口卧着，看见我陌生的归客，它摆动着尾巴，挣直了耳朵，向我汪汪地狂叫。那时我家的老园丁，挑着一担水回来，看见我时他放下水担，颤巍巍向我深深地打了一躬，喊了声："小姐回来了！"

我急忙走进了大门，一直向后院去，喊着母亲。这时候我高兴之中夹着酸楚，看见母亲时，双膝跪在她面前，扑到她怀里，低了头抱着她的腿哭了！

母亲老了，我数不清她鬓上的银丝又添几许？现在我确是一枝阳光下的蔷薇，在这温柔的母怀里又醉又懒。素心！你不要伤心你的漂泊，当我说到见了母亲的时候，你相信这刹那的快慰，已经是不可捉摸而消失的梦；有了团聚又衬出漂泊的可怜，但想到终不免要漂泊的时候，这团聚暂时的欢乐，岂不更增将来的怅惘？因之，我在笑语中低叹，沉默里饮泣。为什么呢？我怕将来的离别，我怕将来的漂泊。

只有母亲，她能知道我不敢告诉她的事！一天我早晨梳头，掉了好些头发，母亲忽然想起什么似的，问我这样一句说："你在外边莫有生病吗？为什么你脸色黄瘦而且又掉头发呢？"素心！母亲是照见我的肺腑了，我不敢回答她，装着叫嫂嫂梳头，跑在她房里去流泪。

这几天一到正午就下雨，鱼缸里的莲花特别鲜艳，碧绿的荷叶上，银珠一粒粒的乱滚；小侄女说那是些"大珠小珠落玉盘"。家庭自有家庭的乐趣，每到下午六七点钟，灿烂的夕阳，美丽的晚霞，挂照在罩着烟云的山峰时，我陪着父亲上楼瞭望这起伏高低的山城，在一片清翠的树林里掩映着天宁寺的双塔，阳春楼上的钟声，断断续续布满了全城；可惜我不是诗人，不是画家，在这处处都是自然，处处都寓天机的环境里，我惭愧了！

29

你问到我天辛的消息时，我心里似乎埋伏着将来不可深测的隐痛，这是一个恶运，常觉着我宛如一个狰狞的鬼灵，掏了一个人的心，偷偷地走了。素心！我哪里能有勇气再说我们可怜的遭逢呵！十二日那晚上我接到天辛由上海寄我的信，长极了，整整的写了二十张白纸，他是双挂号寄来的。这封信说他回了家的胜利，和已经粉碎了他的桎梏的好消息；他自然很欣慰地告诉我，但是我看到时，觉着他可怜得更厉害，从此后他真的孤身只影流落天涯，连这个礼教上应该敬爱的人都莫有了。他终久是空虚，他终久是失望，那富艳如春花的梦，只是心上的一刹那；素心！我眼睁睁看着他要朦胧中走入死湖，我怎不伤心？为了我忠诚的朋友。但是我绝无法挽救，在灿烂的繁星中，只有一颗星是他的生命，但是这颗星确是永久照耀着这沉寂的死湖。因此我朝夕绞思，虽在这温暖的母怀里有时感到世界的凄冷。自接了他这封长信后，更觉着这个恶运是绝不能幸免的；而深重的隐恨压伏在我心上一天比一天悲惨！但是素心呵！我绝无勇气揭破这轻薨的幕，使他知道他寻觅的世界是这样凄惨，淡粉的翼纱下，笼罩的不是美丽的蔷薇，确是一个早已腐枯了的少女尸骸！

有一夜母亲他们都睡了，我悄悄踱到前院的葡萄架下，那时天空辽阔清净像无波的海面，一轮明月晶莹地照着；我在这幸福的园里，幻想着一切未来的恶梦。后来我伏在一棵杨柳树上，觉着花影动了，轻轻地有脚步声走来，吓了我一跳。细看原来是嫂嫂，她伏着我的肩说："妹妹你不睡，在这里干吗？近来我觉着你似乎常在沉思，你到底为了什么呢？亲爱的妹妹！你告诉我？"禁不住的悲哀，像水龙一样喷发出来，索性抱着她哭起来；那夜我们莫有睡，两个人默默坐到天明。

家里的幸福有时也真有趣！告诉你一个笑话：家中有一个粗使的女仆，她五十多岁了！每当我们沉默或笑谈时，她总穿插其间，因之，嫂嫂送她绰号叫刘老老，昨天晚上母亲送她一件紫色芙蓉纱的褂子，是二十年前的古董货了。她马上穿上在院子里手舞足蹈的跳起来。我们都笑了，小侄女昆林，她抱住了我笑得流出泪来，母亲在房里也被我们笑出来了，后来父亲回来，她才跳到房里，但是父亲也禁不住笑了！在这样浓厚的欣慰中，有时我是可以忘掉一切的烦闷。

大概八月十号以前可以回京，我见你们时，我又要离开母亲了，素心！在这醺醉中的我，真不敢想到今天以后的事情！母亲今天去了外祖母家，清寂里我写这封长信给你，并祝福你！

十三年七月二十二号山城栖云阁。

30

给庐隐

《灵海潮汐致梅姊》和《寄燕北诸故人》我都读过了，读过后感觉到你就是我自己，多少难以描画笔述的心境你都替我说了，我不能再说什么了。一个人感到别人是自己的时候，这是多么不易得的而值得欣慰的事，然而，庐隐，我已经得到了。假使我们的世界能这样常此空寂，冷寂中我们又这样彼此透彻地看见了自己，人世虽冷酷无情，我只愿恋这一点灵海深处的认识，不再希冀追求什么了。

在你这几封信中，我才得到了人间所谓的同情，这同情是极其圣洁纯真，并不是有所希冀有所猎获才施与的同情。廿余年来在人间受尽了畸零，忍痛含泪扎挣着，虽弄得遍体鳞伤，鲜血淋淋，仍紧嚼着牙齿作勉强的微笑！我希望在颠沛流离中求一星星同情和安慰以鼓舞我在这人世界战斗的勇气；然而得到的只是些冷讽热笑，每次都跌落在人心的冷森阴险中而饮泣！此后我禁受不住这无情的箭镞，才想逃避远离开这冷酷的世界和人类；因之我脱离了学校生活，踏入了世界的黑洞后，我往昔天真烂漫的童心，都改换成冷枯孤傲的性情。一年一年送去可爱的青春，一步一步陷落在满是荆棘的深洞，嘲笑讪讽包围了我，同情安慰远离着我，我才诅咒世界，厌恶人类，怨我的希望欺骗了自己。想不到遥远的海滨，扰攘的人群中，你寄来这深厚的安慰和同情，我是如何的欣喜呵！惊颤地揭起了心幕收容她，收容她在我心的深处；我怕她也许不久会消失或者飞去！这并不是我神经过敏，朋友！我也曾几度发现过这样的同情，结果不是赝鼎便是雪杯，不久便认识了真伪而消灭。这种同情便是我上边所说有所希冀猎获而施与的，自然我不能与人以希冀猎获时，同情安慰也是终于要遗弃我的。朋友！写到这里我不能再写下去了，你百战的勇士，也许曾经有过这样的创伤！

自从得到了你充满热诚和同情的信后，我每每在静寂的冷月寒林下徘徊，虽然我只看见是枯干的枝丫，但是也能看见她含苞的嫩芽，和春来时碧意迷漫的天地。我知所忏悔了，朋友！以后我不再因自己的失意而诅咒世界的得意，因为自己未曾得到而怨恨人间未曾有了；如今漠漠干枯的寒林，安知不是将来如云如盖的绿荫呢！人生是时在追求扎挣中，虽

明知是幻象虚影，然终于不能不前去追求，明知是深涧悬崖，然终于不能不勉强扎挣；你我是这样，许多众生也是这样，然而谁也不能逃此网罗以自救拔。大概也是因此吧！才有许多伟大反抗的志士英雄，在展转颠沛中，演出些惊人心魂的悲剧，在一套陈古的历史上，滴着鲜明的血痕和泪迹。朋友！追求扎挣着向前去吧！我们生命之痕用我们的血泪画写在历史之一页上，我们弱小的灵魂，所滴沥下的血泪又何尝不能惊人心魂，这惊人心魂的血泪之痕又何尝不能得到人类伟大的同情。命运是我们手中的泥，一切生命的铸塑也如手中的泥，朋友！我们怎样把我们自己铸塑呢？只在乎我们自己。

　　说得太乐观了，你要笑我吧？怕我们才是命运手中的泥呢！我也觉这许多年中只是命运铸塑了我，我何尝敢铸塑命运。真是梦呓，你也许要讥我是放荡不羁的天马了。其实我真愿做个奔逸如狂飙似的骏马，把我的生命都载在小小鞍上，去践踏翻这世界的地轴，去飞扬起这宇宙的尘沙，使整个世界在我的足下动摇，整个宇宙在我铁蹄下毁灭！然而朋友！我终于是不能真的做天马，大概也是因为我终于不是天马，每当我束装备鞍，驰驱赴敌时，总有人间的牵系束缚我，令我毁装长叹！至如今依然蜷伏槽下咀嚼这食厌了的草芥，依然镇天回旋在这死城而不能走出一步；不知是环境制止我，还是自己的不长进，我终于是四年如一日的过去。朋友！你也许为我的抑郁而太息，我不仅不能做一件痛快点不管毁灭不管建设的事业，怕连个直捷了当极迅速极痛快的死也不能，唉！谁使我这样抑郁而生抑郁而死呢！是社会，还是我自己？我不能解答，怕你也不能解答吧！因之，我有许多事要告诉你，结果却只是默无一语，"多少事欲说还休"，所以我望着"征鸿过尽，万千心事难寄！"

　　我默无一语的，总是背着行囊，整天整夜地向前走，也不知何处是我的归处？是我走到的地方？只是每天从日升直到日落，走着，走着，无论怎样风雨疾病，艰险困难，未曾停息过；自然，也不允许我停息，假使我未走到我要去地方，那永远停息之处。我每天每夜足迹踏过的地方，虽然都让尘沙掩埋，或者被别人的足踪踏乱已找不到痕迹，然而心中恍惚的追

忆是和生命永存的，而我的生命之痕便是这些足迹。朋友！谁也是这样，想不到我们来到世界只是为了踏几个足印，我们留给世界的也是几个模糊零碎不可辨的足印。

我们如今是走着走着，同时还留心足底下践踏下的痕迹，欣慰因此，悲愁因此；假使我们如庸愚人们的走路，一直走去，遇见歧路不彷徨，逢见艰险不惊悸，过去了不回顾，踏下去不踟蹰；那我们一样也是浑浑噩噩从生到死，绝没有像我们这样容易动感，践了一只蚂蚁也会流泪的。朋友！太脆弱了，太聪明了，太顾忌了，太徘徊了，才使我们有今日，这也欣慰也悲凄的今日。

庐隐！我满贮着一腔有情的热血，我是愿意把冷酷无情的世界，浸在我热血中；知道终于无力时，才抱着这怆痛之心归来，经过几次后，不仅不能温暖了世界，连自己都冷凝了。我今年日记里有这样一段记述：

> 我只是在空寂中生活着，我一腔热血，四周环以泥泽的冰块，使我的心感到凄寒，感到无情。我的心哀哀地哭了！我为了寒冷之气候也病了。

> 这几天离开了纷扰的环境，独自睡在这静寂的斗室中，默望着窗外的积雪，忽然想到人生的究竟，我真不能解答，除了死。火炉中熊熊发光的火花，我看着它烧成一堆灰烬，它曾给与我的温热是和灰烬一样逝去；朝阳照上窗纱，我看着西沉到夜幕下，它曾给与我的光明是和落日一样逝去。人们呢，劳动着，奔忙着，从起来一直睡下，由梦中醒来又入了梦中，由少年到老年，由生到死……人生的究竟不知是什么？我病了，病中觉的什么都令人起了怀疑。

> 青年人的养料惟一是爱，然而我第一便怀疑爱，我更讪笑人们口头笔尖那些诱人昏醉的麻剂。我都见过了，甜蜜，失恋，海誓山盟，生死同命；怀疑的结果，我觉得这一套都是骗，自然不仅骗别人连自己的灵魂也在内。宇宙一大骗局。或者也许是为了骗吧，人间才有一时的幸福和刹那的欣欢，而不是永久悲苦和悲惨！

> 我的心应该信仰什么呢？宇宙没有一件永久不变的东西。我只好求之于空寂。因为空寂是永久不变的，永久可以在幻望中安慰你自己的。

我是在空寂中生活着，我的心付给了空寂。庐隐！徵视在悲风惨日的新坟之旁，含泪仰视着碧澄的天空，即人人有此境，而人人未必有此心；然而朋友呵！我不是为了倚坟而空寂，我是为了空寂而倚坟；知此，即我心自可喻于不言。我更相信只有空寂能给与我安慰和同情，和人生战斗的勇气！黄昏时候，新月初升，我常向残阳落处而挥泪！"望断斜阳人不见，满袖啼红。"这时凄怆悲绪，怕天涯只有君知！

北京落了三尺深的大雪，我喜欢极了，不论日晚地在雪里跑，雪里玩，连灵魂都涤洗得像雪一样清冷洁白了。朋友！假使你要在北京，不知将怎样的欣慰呢！当一座灰城化成了白玉宫殿水晶楼台的时候，一切都遮掩涤洗尽了的时候。到如今雪尚未消，真是冰天雪地，北地苦寒；尖利的朔风彻骨刺心一般吹到脸上时，我咽着泪在扎挣抖战。这几夜月色和雪光辉映着，美丽凄凉中我似乎可以得不少的安慰，似乎可以听见你的心音的哀唱。

　　间接地听人说你快来京了。我有点愁呢，不知去车站接你好呢，还是躲起来不见你好，我真的听见你来了我反而怕见你，怕见了你我那不堪描画的心境要向你面前粉碎！你呢，一天一天，一步一步走近了这灰城时，你心抖颤吗？哀泣吗？我不敢想下去了。好吧！我静等着见你。

十六年一月二十三日北京。

34

寄山中的玉薇

　　夜已深了，我展着书坐在窗前案旁。月儿把我的影映在墙上，那想到你在深山明月之夜，会记起漂泊在尘沙之梦中的我，远远由电话铃中传来你关怀的问讯时，我该怎样感谢呢，对于你这一番抚慰念注的深情。

　　你已惊破了我的沉寂，我不能令这心海归于死静；而且当这种骤获宠幸的欣喜中，也难于令我漠然冷然的不起感应；因之，我挂了电话后又想给你写信。

　　你现在是在松下望月沉思着你凄凉的倦旅之梦吗？是伫立在溪水前，端详那冷静空幻的月影？也许是正站在万峰之巅瞭望灯火莹莹的北京城，在许多黑影下想找我渺小的灵魂？也许你睡在床上静听着松涛水声，回想着故乡往日繁盛的家庭，和如今被冷寂凄凉包围着的母亲？

　　玉薇！自从那一夜你掬诚告我你的身世后，我才知道世界上有不少这样苦痛可怜而又要扎挣奋斗的我们。更有许多无力扎挣，无力奋斗，屈伏在铁蹄下受践踏受凌辱，受人间万般苦痛，而不敢反抗，不敢诅咒的母亲。

　　我们终于无力不能拯救母亲脱离痛苦，也无力超拔自己免于痛苦，然而我们不能不去扎挣奋斗而思愿望之实现，和一种比较进步的效果之获得。不仅你我吧！在相识的朋友中，处这种环境的似乎很多。每人都系恋着一个孤苦可怜的母亲，她们慈祥温和的微笑中，蕴藏着人间最深最深的忧愁，她们枯老皱纹的面靥上，刻画着人间最苦最苦的残痕。然而她们含辛茹苦柔顺忍耐的精神，绝不是我们这般浅薄颓唐，善于呻吟，善于诅咒，不能吃一点苦，不能受一点屈的女孩儿们所能有。所以我常想：我们固然应该反抗毁灭母亲们所居处的那种恶劣的环境，然而却应师法母亲那种忍耐坚苦的精神，不然，我们的痛苦是愈沦愈深的！

　　你问我现时在做什么？你问我能不能拟想到你在山中此夜的情况？你问我在这种夜色苍茫，月光皎洁，繁星闪烁的时候我感到什么？最后你是希望得到我的长信，你愿意在我的信中看见人生真实的眼泪。我已猜到了，玉薇！你现时心情一定很纷乱很汹涌，也许是很冷静很凄凉！你想到了我，而且这样地关怀我，我知道你是想在空寂的深山外，得点人间同情的安慰和消息呢！

这时窗角上有一弯明月，几点疏星，人们都转侧在疲倦的梦中去了；只有你醒着，也只有我醒着，虽然你在空寂的深山，我在繁华的城市。这一刹那我并不觉寂寞，虽然我们距离是这样远。

我的心情矛盾极了。有时平静得像古佛旁打坐的老僧，有时奔腾涌动如驰骋沙场的战马，有时是一道流泉，有时是一池冰湖；所以我有时虽然在深山也会感到一种类似城市的嚣杂，在城市又会如在深山一般寂寞呢！我总觉人间物质的环境，同我幻想精神的世界，是两道深固的堑壁。

为了你如今在山里，令我想起西山的夜景。

去年暑假我在卧佛寺住了三天，真是浪漫的生活，不论日夜地在碧峦翠峰之中，看明月看繁星，听松涛，听泉声，镇日夜沉醉在自然环境的摇篮里。

同我去的是梅隐、揆哥，住在那里招待我的是几个最好的朋友，其中一个是和我命运仿佛，似乎也被一种幻想牵系而感到失望的惆怅，但又要隐藏这种惆怅在心底去咀嚼失恋的云弟。

第一夜我和他去玉皇顶，我们睡在柔嫩的草地上等待月亮。远远黑压压一片松林，我们足底山峰下便是一道清泉，因为岩石的冲击，所以泉水激荡出碎玉般的声音。那真是令人忘忧沉醉的调子。我和他静静地等候着月亮，不说一句话，心里都在想着各人的旧梦，其初我们的泪都避讳不让它流下来。过一会半弯的明月，姗姗地由淡青的幕中出来，照的一切都现着冷淡凄凉。夜深了，风涛声，流水声，回应在山谷里发出巨大的声音；这时候我和云弟都忍不住了，伏在草里偷偷地咽着泪！我们是被幸福快乐的世界摒弃了的青年，当人们在浓梦中沉睡时候，我们是被抛弃到一个山峰的草地上痛哭！谁知道呢？除了天上的明月和星星。涧下的泉声，和山谷中卷来的风声。

一个黑影摇晃晃地来了，我们以为是惊动了山灵，吓得伏在草里不敢再哭。走近了，喊着我的名字才知道是揆哥，他笑着说："让我把山都找遍了，我以为狼衔了你们去。"

他真像个大人，一只手牵着一个下山来，云弟回了百姓村，我和揆哥回到龙王庙，梅隐见我这样，她叹了口气说："让你出来玩，你也要伤心！"那夜我未曾睡，想了许多许多的往事。

第二夜在香山顶上"看日出"的亭上看月亮，因为有许多人，心情调剂的不能哭了，只觉着热血中有些儿凉意。上了夹道绿荫的长坡，夜中看去除了斑驳的树影外，从树叶中透露下一丝一丝的银光；左右顾盼时，又感到苍黑的深林里，有极深极静的神秘隐藏着。我走得最慢，留在后面看他们向前走的姿势，像追逐捕获什么似的，我笑了！云弟回过头来问我："你为什么笑呢？又走这样慢。""我没有什么追求，所以走慢点。"我有意逗他的这样说。

　　我们走到了亭前,晚风由四面山谷中吹来,舒畅极了!不仅把我的炎热吹去,连我心底的忧愁,也似乎都变成蝴蝶飞向远处去了。可以看见灯光闪烁的北京,可以看见碧云寺尖塔上中山灵前的红旗,更能看见你现在栖息的静宜园。

　　第三夜我去碧云寺看一个病的朋友。我在寺院中月光下看见了那棵柿树,叶子尚未全红,我在这里徘徊了许久,想无知的柿树不知我留恋凭吊什么吧?这棵树在不同的时间里,不同的人心中,结下相同的因缘。留下一样的足痕和手泽。这真不能不令我赞叹命运安排得奇巧了。

　　有这三天三夜的浪游,我一想到西山便觉着可爱恋。玉薇!你呢?也许你虽然住在山中,不能像我这样尽兴地游玩吧?山中古庙钟音,松林残月,涧石泉声,处处都令人神思飞越而超脱,轻飘飘灵魂感到了自由;不像城市生活处处是虚伪,处处是桎梏,灵魂蹐伏于黑暗的囚狱不能解脱。

　　夜已深了,我神思倦极,搁笔了吧!我要求有一个如意的梦。

十五年秋末。

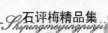

寄海滨故人

一

这时候我的心流沸腾的像红炉里的红焰,一支一支怒射着,我仿佛要烧毁了这宇宙似的;推门站在寒风里吹了一会,抬头看见冷月畔的孤星,我忽然想到给你写这封信。

露沙!你听见我这样喊你时,不知你是惊奇还是抖颤!假如你在我面前,听了我这样喊你的声音,你一定要扑到我怀中痛哭的。世界上爱你的母亲和涵都死了,知道你同情你可怜你,看你由畸零而走到幸福,由幸福又走到畸零的却是我。露沙!我是盼望着我们最近能见面,我握住你的手,由你饱经忧患的面容上,细认你逝去的生命和啼痕呢!

半年来,我们音信的沉寂,是我有意的隔绝,在这狂风恶浪中扎挣的你,在这痛哭哀泣中展转的你,我是希望这时你不要想到我,我也勉强要忘记你的。我愿你掩着泪痕望着这一段生命火焰,由残余而化为灰烬,再从凭吊悼亡这灰烬的哀思里,埋伏另一火种,爆发你将来生命的火焰。这工作不是我能帮助你,也不是一切人所能帮助你,是要你自己在深更闭门暗自鸣咽时去沉思,是要你自己在人情炎凉世事幻变中去觉醒,是要你自己披刈荆棘跋涉山川时去寻觅。如今,谢谢上帝,你已经有了新的信念,你已经有了新的生命的火焰,你已经有了新的发现;我除了为你庆慰外,便是一种自私的欣喜,我总觉如今的你可以和我携手了,我们偕行着去走完这生的路程,希望在沿途把我们心胸中的热血烈火尽量地挥洒,尽量地燃烧,"焚毁世界一切不幸者的手铐足镣,扫尽人间一切愁惨的阴霾";假使不能如意,也愿让热血烈火淹沉烧枯了我们自己。这才不辜负我们认识一场,和这几年我所鼓励你希望你的心,两年前我寄给你信里曾这样说过:

你我无端邂逅,无端缔交,上帝的安排,有时原觉多事;我于是常奢望你在锦帷绣幕之中,较量柴米油盐之外,要承继着你从前的希望,努力去作未竟的事业,因之不惮烦厌,在你香梦正酣时,我常督促你的惊醒。不过相信一个人,由青山碧水，到了崎岖荆棘的山路，由崎岖荆棘中又到了柳暗花明的村庄，已感到人世的疲倦，在这期内彻悟了的自然又是一种人生。

在学校时我看见你激昂慷慨的态度，我曾和婉说你是女儿英雄，有时我逢见你和莹坐在公园茅亭中大嚼时，我曾和婉说你是名士风流。想到《扶桑余影》，当你握着利如宝剑的笔锋，铺着云霞天样的素纸，立在万崖峰头，俯望着千仞飞瀑的华严泷，凝视神往时，原也曾独立苍茫，对着眼底的河山，吹弹出雄壮的悲歌；曾几何时，栉风沐雨的苍松，化作了醺醉阳光的蔷薇。

原谅我，露沙！那时我真不满意你，所以我常要劝你不要消沉，湮灭了你文学的天才和神妙的灵思。不过，你那时不甘雌伏的雄志，已被柔情万缕来纠结，我也常叹息你实有不得已的苦衷。涵的噩耗传来时，我自然为了你可怜的遭遇而痛心，对你此后畸零漂泊的身世更同情，想你经此重创一定能造成一个不可限量的女作家，只要你自己肯努力；但是这仅仅是远方故人对你在心头未灰的一星火烬，奢望你能由悲痛颓丧中自拔超脱，以你自己所受的创痛，所体验的人生，替多少有苦说不出来的朋友们泄泄怨恨，也是我们自己借此忏悔借此寄托的一件善事。万想不到露沙，你已经驰驱赴敌，荷枪实弹地立在阵前了。我真喜欢，你说：

　　朋友！我现在已另找到途径了，我要收纳宇宙间所有的悲哀之泪泉，使注入我的灵海，方能兴风作浪；并且以我灵海中深渊不尽的百流填满这宇宙无底的缺陷。吾友！我所望的太奢吗？但是我绝不以此灰心，只要我能作的时候，总要这

样作，就是我的躯壳成灰，倘我的一灵不泯，必不停止地继续我的工作。

我不知你现在心情到底怎样？不过，我相信你心是冷寂宁静的，况且上帝又特赐你那样幽雅辽阔的境地，正宜于一个饱经征战的勇士，退休隐息。你仔细去追忆那似真似梦的人生吧，你沉思也好，你低泣也好，你对着睡了的萱儿微笑也好，我想这样美妙的缺陷，未尝不是宇宙间一种艺术。露沙！原谅我这话说得过分的残忍冷酷吧！

暑假前我和俊因、文菊常常念着你，为了减少你的悲绪，我们都盼望你能北来；不过露沙！那时候的北京和现在一样，是一座伟大的死城，里边乌烟瘴气，呼吸紧促，一点生气都没有，街市上只看见些活骷髅和迷人眉目的沙尘。教育界更穷苦，更无耻，说起来都令人掩鼻。在现在我们无力建设合理的新社会新环境之前，只好退一步求暂时的维持，你既觉在沪尚好，那你不来这死城里呼吸自然是我最庆欣的事。

这两年来，我在北京看见不少惊心动魄的事，我才知道世界原来是罪恶之薮，置身此中，常常恍非人间，咽下去的眼泪和愤慨不知有多少了，我自然不能具体的告诉你：不过你也许可以体会到吧，这人为刀俎，我为鱼肉的生活。

二

如今，说到我自己了。

说到我自己时，真觉羞愧，也觉悲凄；除了日浸于愁城恨海之外，我依然故我，毫无寸进可述。对家庭对社会，我都是个流浪漂泊的闲人。读了《蔷薇》中《涛语》，你已经知道了。值得令你释念的，便是我已经由积沙岩石的漩涡中，流入了坦平的海道，我只是这样寂然无语的从生之泉流到死之海，我已不是先前那样呜咽哀号，颓丧沉沦，我如今是沉默深刻，容忍含蓄人间一切的哀痛，努力去寻求真实生命的战士。对于一切的过去，我仍不愿抛弃，不能忘记，我仍想在波涛落处，沙痕灭处，我独自踟蹰徘徊凭吊那逝去的生命，像一个受伤的战士，在月下醒来，望着零乱烬余，人马倒毙的战场而沉思一样。

玉薇说她常愿读到我的信，因为我信中有"人生真实的眼泪"，其实，我是一个不幸的使者，我是一个死的石像，一手执着红滟的酒杯，一手执着锐利的宝剑，这酒杯沉醉了自己又沉醉了别人，这宝剑刺伤了自己又刺伤了别人。这双锋的剑永远插在我心上，鲜血也永远是流在我身边的；不过，露沙！有时我卧在血泊中抚着插在心上的剑柄会微笑的，因为我似乎觉得骄傲！

露沙！让我再说说我们过去的梦吧！

入你心海最深的大概是梅窠吧，那时是柴门半掩，茅草满屋顶的一间荒斋。那里有我们不少浪漫的遗痕，狂笑、高歌、长啸低泣，酒杯伴着诗集。想起来真不像个女孩儿家的行径。你呢，还可加个名士文人自来放浪不羁的头衔；我呢，本来就没有那种豪爽的气魄，但

是我随着你亦步亦趋的也学着喝酒吟诗。有一次秋天,我们在白屋中约好去梅窠吃菊花面,你和晶清两个人,吃了我四盆白菊花。她的冷香洁质都由你们的樱唇咽到心底,我私自为伴我一月的白菊庆欣,她能不受风霜的欺凌摧残,而以你们温暖的心房,作埋香殡骨之地。露沙!那时距今已有两年余,不知你心深处的冷香洁质是否还依然存在?

41

　　自从搬出梅窠后,我连那条胡同都未敢进去过,听人说已不是往年残颓凄凉的荒斋,如今是朱漆门金扣环的高楼大厦了。从前我们的遗痕豪兴都被压埋在土底,像一个古旧无人知的僵尸或骨殖一样。只有我们在天涯一样漂泊,一样畸零的三个女孩儿,偶然间还可忆起那幅残颓凄凉的旧景,而惊叹已经葬送了的幻梦之无凭。

　　前几天飞雪中,我在公园社稷台上想起海滨故人中,你们有一次在月光下跳舞的记述。你想我想到什么呢?我忽然想到由美国归来,在中途卧病,沉尸在大海中的瑜,她不是也曾在海滨故人中当过一角吗?这消息传到北京许久了,你大概早已在一星那里知道这件惨剧了。她是多么聪慧伶俐可爱的女郎,然而上帝不愿她在这污浊的人间久滞留,把她由苍碧的海中接引了去。露沙!我不知你如今有没有勇气再读海滨故人?真怅惘,那里边多是些不堪回首的往事。

　　有时我很盼能忘记了这些系人心魂的往事,不过我为了生活,还不能抛弃了我每天驻息的白屋,不能抛弃,自然便有许多触目伤心的事来袭击我,尤其是你那瘦肩双耸,愁眉深锁的印影,常常在我凝神沉思时涌现到我的眼底。自从得到涵的噩耗后,每次我在深夜醒来,便想到抱着萱儿偷偷流泪的你,也许你的泪都流到萱儿可爱的玫瑰小脸上,可怜她,她不知道在母亲怀里睡眠时,母亲是如何的悲苦凄伤,在她柔嫩的桃腮上便沾染了母亲心碎的泪痕!露沙!我常常这样想到你,也想到如今惟一能寄托你母爱的薇萱。

如今,多少朋友都沉尸海底,埋骨荒丘! 他们遗留在人间的不知是什么? 他们由人间带走的也不知是什么? 只要我们尚有灵思,还能忆起梅窠旧梦;你能远道寄来海滨的消息,安慰我这"踞石崖而参禅"的老僧,我该如何的感谢呢!

三

《寄天涯一孤鸿》我已读过了。你是成功了,"读后竟为之流泪。而至于痛哭!"那天是很黯淡的阴天,我在灰尘的十字街头逢见女师大的仪君,她告我《小说月报》最近期有你寄给我的一封信,我问什么题目,她告诉我后我已知道内容了。我心海深处忽然汹涌起惊涛骇浪,令我整个的心身受其播动而晕绝! 那时已近黄昏,雇了车在一种恍惚迷惘中到了商务印书馆。一只手我按着搏跳的心,一只手抖颤着接过那本书,我翻见了寄天涯一孤鸿六字后,才抱着怆痛的心走出来。这时天幕上罩了黑的影,一重一重的迫近像一个黑色的巨兽;我不能在车上读,只好把你这纸上的心情,握在我抖颤的手中温存着。车过顺治门桥梁时,我看着护城河两堤的枯柳,一口一口把我的凄哀咽下去。到了家在灯光下含着泪看完,我又欣慰又伤感,欣慰的是我在这冷酷的人间居然能找到这样热烈的同情,伤感的是我不幸我何幸也能劳你濡泪滴血的笔锋,来替我宣泄积闷。

那一夜我是又回复到去年此日的心境。我在灯光下把你寄我的信反复再读,我真不知泪从何来,把你那四页纸都染遍了湿痕,露沙! 露沙! 你一个字一个字上边都有我碎心落泪的遗迹。你该胜利地一笑吧! 为了你这封在别人视为平淡在我视为箭镞的信,我一年来勉强扎挣起来的心灵身躯,都被你一字一字打倒,我又躺在床上掩被痛哭! 一直哭到窗外

风停云霁，朝霞照临，我才换上笑靥走出这冷森的小屋，又混入那可怕的人间。露沙！从那天直到如今，我心里总是深画着怆痛，我愿把这凄痛寄在这封信里，愿你接受了去，伴你孤清时的怀忆。

许久未痛哭了，今年暑假由山城离开母亲重登漂泊之途时，我在石家庄正太饭店曾睡在梅隐的怀里痛哭了一场。因为我不能而且不忍把我的悲哀露了，重伤我年高双亲的心；所以我不能把眼泪流在他们面前，我走到中途停息时才能尽量的大哭。梅隐她也是漂泊归来又去漂泊的人，自然也尝了不少的人世滋味，那夜我俩相伴着哭到天明。不幸到北京时，我就病了。半年来我这是第二次痛哭，读完你寄天涯一孤鸿的信。

我总想这一瞥如梦的人生，能笑时便笑，想哭时便哭；我们在坎坷的人生道上，大概可哭的事比可笑的事多，所以我们的泪泉不会枯干。你来信说自涵死你痛哭后，未曾再哭，我不知怎样有这个奢望，我觉你读了我这封信时你不能全忘情吧？

这些话可以说都是前尘了，现在我心又回到死寂冷静，对一切不易兴感；很想合着眼摸索一条坦平大道，卜卜我将来的命运呢！你释念吧，露沙！我如今不令过分的凄哀伤及我身体的。

晶清或将在最近期内赴沪，我告她到沪时去看你，你见了她梅窠中相逢的故人，也和见了我一样；而且她的受伤，她的畸零，也同我们一样。请你好好抚慰她那跋涉崎岖惊颤之心，我在京漂泊详状她可告你。这或者是你欢迎的好消息吧！？

这又是一个冬夜，狂风在窗外怒吼，卷着尘沙扑着我的窗纱像一个猛兽的来袭，我惊惧着执了破笔写这沥血滴泪的心痕给你。露沙！你呢？也许是在睁着枯眼遥望银河畔的孤星而咽泪，也许是拥抱着可爱的萱儿在沉睡。这时候呵！露沙！是我写信的时候。

一九二六，十二，二十五，圣诞节夜。

天辛

到如今我没有什么话可说,宇宙中本没有留恋的痕迹,我祈求都像惊鸿的疾掠,浮云的转逝;只希望记忆帮助我见了高山想到流水,见了流水想到高山。但这何尝不是一样的吐丝自缚呢!

有时我常向遥远的理智塔下忏悔,不敢抬头;因为瞻望着遥远的生命,总令我寒噤战栗!最令我难忘的就是你那天在河滨将别时,你握着我的手说:

"朋友!过去的确是过去了,我们在疲倦的路上,努力去创造未来吧!"

而今当我想到极无聊时,这句话便隐隐由我灵魂深处溢出,助我不少勇气。但是终日终年战兢兢的转着这生之轮,难免有时又感到生命的空虚,像一只疲于飞翔的孤鸿,对着苍茫的天海,云雾的前途,何处是新径?何处是归路地怀疑着,徘徊着。

我心中常有一个幻想的新的境界,愿我自己单独地离开群众,任着脚步,走进了有虎狼豺豹的深夜森林中,跨攀过削岩峭壁的高冈,渡过了苍茫扁舟的汪洋,穿过荆棘丛生的狭径……任我一个人高呼,任我一个人低唱,即有危险,也只好一个人量力扎挣与抵抗。求救人类,荒林空谷何来佳侣?祈福上帝,上帝是沉默无语。我愿一生便消失在这里,死也埋在这里,虽然孤寂,我也宁愿享兹孤苦的。不过这怕终于是一个意念的幻想,事实上我又如何能这样,除了蔓草黄土埋在我身上的时候。

如今,我并不恳求任何人的怜悯和抚慰,自己能安慰娱乐自己时,我便去追求着哄骗自己。相信人类深藏在心底的,大半是罪恶的种子,陈列在眼前的又都是些幻变万象的尸骸;猜疑嫉妒既狂张起.翅儿向人间乱飞,手中既无弓箭,又无弹丸的我们,又能奈何他们呢?辛!我们又如何能不受伤负创被人们讥笑。

过去的梦神,她常伸长玉臂要我到她的怀里,因之,一切的凄怆失望像万骑踏过沙场一样蹂躏着我。使我不敢看花,看花想到业已埋葬的青春;不敢临河,怕水中映出我憔悴的瘦影;更不敢到昔日栖息之地,怕过去的陈尸捉住我的惊魂。更何忍压着凄酸的心情,在晚霞鲜明,鸟声清幽时,向沙土上小溪畔重认旧日的足痕!

从前赞美朝阳，红云捧着旭日东升，我欢跃着说："这是我的希望。"从前爱慕晚霞，望着西方绚烂的彩虹，我心告诉我："这是我的归宿。"天辛呵！纵然今天我立在伟大庄严的天坛上，彩凤似的云霞依然飘停在我的头上；但是从前我是沉醉在阳光下的蔷薇花，现在呢，仅不过是古荒凄凉的神龛下，蜷伏着呻吟的病人。

这些话也许又会令你伤心的，然而我不知为什么似乎一些幸福愉快的言语也要躲避我。今天推窗见落叶满阶，从前碧翠的浓幕，让东风撕成了粉碎；因之，我又想到落花，想到春去的悠忽，想到生命的虚幻，想到一切……想到月明星烂的海，灯光辉煌的船，广庭中婀娜的舞女，琴台上悠扬的歌声；外边是沉静的海充满了神秘，船里是充满了醉梦的催眠。汹涌的风波起时，舵工先感恐惧，只恨我的地位在生命海上，不是沉醉娇贵的少女，偏是操持危急的舵工。

说到我们的生命，更渺小了，一波一浪，在海上留下些什么痕迹！

诞日，你寄来的象牙戒指收到了。诚然，我也愿用象牙的洁白和坚实，来纪念我们自己静寂像枯骨似的生命。

微醉之后

几次轻掠飘浮过的思绪，都浸在晶莹的泪光中了。何尝不是冷艳的故事，凄哀的悲剧，但是，不幸我是心海中沉沦的溺者，不能有机会看见雪浪和海鸥一瞥中的痕迹。因此心波起伏间，卷埋隐没了的，岂只朋友们认为遗憾；就是自己，永远徘徊寻觅我遗失了的，何尝不感到过去飞逝的云影，宛如彗星一扫的壮丽。

允许我吧！我的命运之神！我愿意捕捉那一波一浪中汹涌浮映出过去的幻梦。固然我不敢奢望有人能领会这断弦哀音，但是我尚有爱怜我的母亲，她自然可以为我滴几点同情之泪吧！朋友们，这是由我破碎心幕底透露出的消息。假使你们还挂念着我。这就是我遗赠你们的礼物。

丁香花开时候，我由远道归来。一个春雨后的黄昏，我去看晶清。推开门时她在碧绸的薄被里蒙着头睡觉，我心猜想她一定是病了。不忍惊醒她，悄悄站在床前；无意中拿起枕畔一本蓝皮书，翻开时从里面落下半幅素笺，上边写着：

　　波微已经走了，她去那里我是知道而且很放心，不过在这样繁华如碎锦似的春之画里，难免她不为了死的天辛而伤心，为了她自己惨淡悲凄的命运而流泪！

　　想到她我心就怦怦地跃动，似乎纱窗外啁啾的小鸟都是在报告不幸的消息而来。我因此病了，梦中几次看见她，似乎她已由悲苦的心海中踏上那雪银的浪花，翻跶着披了一幅白云的轻纱；后来暴风巨浪袭来，她被海波卷没了，只有那一幅白云般的轻纱漂浮在海面上，一霎时那白纱也不知流到哪里去了。

45

固然人要笑我痴呆，但是她呢，确乎不如一般聪明人那样理智，从前她是个杀人不眨眼的英雄，如今被天辛的如水柔情，已变成多愁多感的人了。这几天凄风苦雨令我想到她，但音信却偏这般渺茫……

读完后心头觉着凄梗，一种感激的心情，使我终于流泪！但这又何尝不是罪恶，人生在这大海中不过小小的一个泡沫，谁也不值得可怜谁，谁也不值得骄傲谁，天辛走了，不过是时间的早迟，生命上使我多流几点泪痕而已。为什么世间偏有这许多绳子，而且是互相连系着！

她已睁开半开的眼醒来，宛如晨曦照着时梦耶真耶莫辨的情形，瞪视良久，她不说一句话，我抬起头来，握住她手说：

"晶清，我回来了，但你为什么病着？"

她珠泪盈睫，我不忍再看她，把头转过去，望着窗外柳丝上挂着的斜阳而默想。后来我扶她起来，同到栉沐室去梳洗，我要她挣扎起来伴我去喝酒。信步走到游廊，柳丝中露出三年前月夜徘徊的葡萄架，那里有芎藭的箫声，有云妹的情影，明显映在心上的，是天辛由欧洲归来初次看我的情形。那时我是碧茵草地上活泼跳跃的白兔，天真骄惢的面靥上，泛映着幸福的微笑！三年之后，我依然徘徊在这里，纵然浓绿花香的图画里，使我感到的比废墟野冢还要凄悲！上帝呵！这时候我确乎认识了我自己。

韵妹由课堂下来，她拉我又回到寝室，晶清已梳洗完正在窗前换衣服，她说：

"波微！你不是要去喝酒吗？萍适才打电话来，他给你已预备下接风宴，去吧！对酒当歌，人生几何，去吧，乘着丁香花开时候。"

46

风在窗外怒吼着，似乎有万骑踏过沙场，全数冲杀的雄壮；又似乎海边孤舟，随狂飙扎挣呼号的声音，一声声的哀惨。但是我一切都不管，高擎着玉杯，里边满斟着红滟滟的美酒，她正在诱惑我，像一个绯衣美女轻掠过骑上马前的心情一样的诱惑我。我愿永久这样陶醉，不要有醒的时候，把我一切烦恼都装在这小小杯里，让它随着那甘甜的玫瑰露流到我那创伤的心里。

在这盛筵上我想到和天辛的许多聚会畅饮。

晶清挽着袖子，站着给我斟酒；萍呢！他确乎很聪明，常常望着晶清，暗示她不要再给我斟，但是已晚了，饭还未吃我就晕在沙发上了。

我并莫有痛哭，依然晕厥过去有一点多钟之久。醒来时晶清扶着我，我不能再忍了，伏在她手腕上哭了！这时候屋里充满了悲哀，萍和琼都很难受地站在桌边望着我。这是天辛死后我第六次的昏厥，我依然和昔日一样能在梦境中醒来。

灯光辉煌下，每人的脸上都泛映着红霞，眼里莹莹转动的都是泪珠，玉杯里还有半盏残酒，桌上狼藉的杯盘，似乎告诉我这便是盛筵散后的收获。

大家望着我都不知应说什么？我微抬起眼帘，向萍说：

"原谅我，微醉之后。"

47

父亲的绳衣

"荣枯事过都成梦,忧喜情忘便是禅。"人生本来一梦,在当时兴致勃然,未尝不感到香馥温暖,繁华清丽。至于一枕凄凉,万象皆空的时候,什么是值得喜欢的事情,什么是值得流泪的事情? 我们是生在世界上的,只好安于这种生活方程,悄悄地让岁月飞逝过去。消磨着这生命的过程,明知是镜花般不过是一瞥的幻梦,但是我们的情感依然随着遭遇而变迁。为了天辛的死,令我觉悟了从前太认真人生的错误,同时忏悔我受了社会万恶的蒙蔽。死了的明显是天辛的躯壳,死了的惨淡潜隐便是我这颗心,他可诅咒我的残忍,但是我呢,也一样是嗤残下的牺牲者呵!

我的生活是陷入矛盾的,天辛常想着只要他走了,我的腐蚀的痛苦即刻可以消逝。这是一个错误的观念,事实上矛盾痛苦是永不能免除的。现在我依然沉陷在这心情下,为了这样矛盾的危险,我的态度自然也变了,有时的行为常令人莫名其妙。

这种意思不仅父亲不了解,就连我自己何尝知道我最后一日的事实;就是近来倏起倏灭的心思,自己每感到奇特惊异。

清明那天我去庙里哭天辛,归途上我忽然想到与父亲和母亲结织一件绳衣。我心里想的太可怜了,可以告诉你们的就是我愿意在这样心情下,作点东西留个将来回忆的纪念。母亲他们穿上这件绳衣时,也可想到他们的女儿结织时的忧郁和伤心! 这个悲剧闭幕后的空寂,留给人间的固然很多,这便算埋葬我心的坟墓,在那密织的一丝一缕之中,我已将母亲交付给我的那颗心还她了。

我对于自己造成的厄运绝不诅咒,但是母亲,你们也应当体谅我,当我无力扑到你怀里睡去的时候,你们也不要认为是缺憾吧!

当夜张着黑翼飞来的时候,我在这凄清的灯下坐着。案头放着一个银框,里面刊装着天辛的遗像,像的前面放看一个紫玉的花瓶,瓶里插着几枝玉簪,在花香迷漫中,我默默的低了头织衣;疲倦时我抬起头来望望天辛,心里的感想,我难以写出。深夜里风声掠过时,尘沙向窗上瑟瑟的扑来,凄凄切切似乎鬼在啜泣,似乎鸥鹭的翅儿在颤栗! 我仍然低了头

48

织着,一直到我伏在案上睡去之后。这样过了七夜,父亲的绳衣成功了。

父亲的信上这样说:

    ……明知道你的心情是如何的恶劣,你的事务又很冗繁,但是你偏在这时候,日夜为我结织这件绳衣,远道寄来,与你父防御春寒。你的意思我自然喜欢,但是想到儿一腔不可宣泄的苦衷时,我焉能不为汝凄然!……

读完这信令我惭愧,纵然我自己命运负我,但是父母并未负我;他们希望于我的,也正是我愿为了他们而努力的。父亲这微笑中的泪珠,真令我良心上受了莫大的责罚,我还有什么奢望呢!我愿暑假快来,我扎挣着这创伤的心神,扑向母亲怀里大哭!我廿年的心头埋没的秘密,在天辛死后,我已整个的跪献在父母座下了。我不忍那可怕的人间隔膜,能阻碍了我们天性的心之交流,使他们永远隐蔽着不知道他们的女儿——不认识他们的女儿。

醒后的惆怅

深夜梦回的枕上,我常闻到一种飘浮的清香,不是冷艳的梅香,不是清馨的兰香,不是金炉里的檀香,更不是野外雨后的草香。不知它来自何处?去至何方?它们伴着皎月游云而来,随着冷风凄雨而来,无可比拟,凄迷辗转之中,认它为一缕愁丝,认它为几束恋感,是这般悲壮而缠绵。世界既这般空寂,何必追求物象的因果。

50

汝负我命,我还汝债,以是因缘,经百千劫常在生死。汝爱我心,我爱汝色,以是因缘,经百千劫需在缠缚。

——楞严经

寂灭的世界里,无大地山河,无恋爱生死,此身既属臭皮囊,此心又何尝有物,因此我常想毁灭生命,锢禁心灵。至少把过去埋了,埋在那苍茫的海心,埋在那崇峻的山峰;在人间永不波荡,永不飘飞;但是失败了,仅仅这一念之差,铸塑成这般罪恶。

当我在长夜漫漫,转侧呜咽之中,我常幻想着那云烟一般的往事,我感到梗酸,轻轻来吻我的是这腔无处挥洒的血泪。

我不能让生命寂灭,更无力制止她的心波澎湃,想到时总觉对不住母亲,离开她五年把自己摧残到这般枯悴。要写什么呢?生命已消逝的飞掠去了,笔尖逃逸的思绪,何曾是纸上留下的痕迹。母亲!这些话假如你已了解时,我又何必再写呢!只恨这是埋在我心冢里的,在我将要放在玉棺时,把这束心的挥抹请母亲过目。

天辛死以后,我在他尸身前祷告时,一个令我绻恋的梦醒了!我爱梦,我喜欢梦,她是浓雾里阑珊的花枝,她是雪纱轻笼了苹果脸的少女,她如沧海飞溅的浪花,她如归鸿云天里一闪的翅影。因为她既不可捉摸,又不容凝视,那轻渺渺游丝般梦痕,比一切都使人醺醉而迷惘。

诗是可以写在纸上的,画是可以绘在纸上的,而梦呢,永远留在我心里。母亲!假如你正在寂寞时候,我告诉你几个奇异的梦。

夜 航

一九二五年元旦那天,我到医院去看天辛,那时残雪未消,轻踏着积雪去叩弹他的病室,诚然具着别种兴趣,在这连续探病的心情经验中,才产生出现在我这忏悔的惆怅!不过我常觉由崎岖蜿蜒的山径到达到峰头,由翠荫森森的树林到达到峰头;归宿虽然一样,而方式已有复杂简略之分,因之我对于过去及现在,又觉心头轻泛着一种神妙的傲意。

那天下午我去探病,推开门时,他是睡在床上头向着窗瞧书,我放轻了足步进去,他一点都莫有觉的我来了,依然一页一页翻着书。我脱了皮袍,笑着蹲在他床前,手攀着床栏说:

"辛,我特来给你拜年,祝你一年的健康和安怡。"

他似乎吃了一惊,见我蹲着时不禁笑了!我说:

"辛!不准你笑!从今天这时起,你做个永久的祈祷,你须得诚心诚意地祈祷!"

"好!你告诉我祈祷什么?这空寂的世界我还有希冀吗?我既无希望,何必乞怜上帝,祷告他赐我福惠呢?朋友!你原谅我吧!我无力而且不愿作这幻境中自骗的祈求了。"

仅仅这几句话,如冷水一样浇在我热血搏跃的心上时,他奄奄的死寂了,在我满挟着欢意的希望中,现露出这样一个严涩枯冷的阻物。他正在诅咒着这世界,这世界是不预备给他什么,使他虔诚的心变成厌弃了,我还有什么话可以安慰他呢!

这样沉默了有二十分钟,辛摇摇我的肩说:

"你起来,蹲着不累吗?你起来我告诉你个好听的梦。快!快起来!这一瞥飞逝的时间,我能说话时你还是同我谈谈吧!你回去时再沉默不好吗!起来,坐在这椅上,我说昨夜我梦的梦。"

我起来坐在靠着床的椅上,静静地听着他那抑扬如音乐般声音,似夜莺悲啼,燕子私语,一声声打击在我心弦上回旋。他说:

"昨夜十二点钟看护给我打了一针之后,我才可勉强睡着。波微!从此之后我愿永远这样睡着,永远有这美妙的幻境环抱着我。

51

"我梦见青翠如一幅绿缎横披的流水,微风吹起的雪白浪花,似绿缎上纤织的小花;可惜我身旁没带着剪子,那时我真想裁割半幅给你做一件衣裳。

"似乎是个月夜,清澈如明镜的皎月,高悬在蔚蓝的天宇,照映着这翠玉碧澄的流水;那边一带垂柳,柳丝一条条低吻着水面像个女孩子的头发,轻柔而蔓长。柳林下系着一只小船,船上没有人,风吹着水面时,船独自在摆动。

"这景是沉静,是庄严,宛如一个有病的女郎,在深夜月光下,仰卧在碧茵草毡,静待着最后的接引,怆凄而冷静。又像一个受伤的骑士,倒卧在树林里,听着这渺无人声的野外,有流水呜咽的声音!他望着洒满的银光,想到祖国,想到家乡,想到深闺未眠的妻子。我不能比拟是那么和平,那么神寂,那么幽深。

"我是踟蹰在这柳林里的旅客,不知道这是什么地方?我走到系船的那棵树下,把船解开,正要踏下船板时,忽然听见柳林里有唤我的声音!我怔怔地听了半天,依旧把船系好,转过了柳林,缘着声音去寻。愈走近了,那唤我的声音愈低微愈哀惨,我的心搏跳得更加利害。郁森的浓荫里,露透着几丝月光,照映着真觉冷森惨淡!我停止在一棵树下,那细微的声音几乎要听不见。后来我振作起勇气,又向前走了几步,那声音似乎就在这棵树上。"

他说到这里,面色变得更苍白,声浪也有点颤抖,我把椅子向床移了一下,紧握着他的手说:

"辛!那是什么声音?"

"你猜那唤我的是谁?波微!你一定想不到,那树上发出可怜的声音叫我的,就是你!不知谁把你缚在树上,当我听出是你的声音时,我像个猛兽一般扑过去,由树上把你解下来,你睁着满含泪的眼望着我,我不知为什么忽然觉得难过,我的泪不自禁地滴在你腮上了!

"这时候,我看见你惨白的脸被月儿照着像个雕刻的石像,你伏在我怀里,低低地问我:

'辛!我们到那里去呢?'

"我莫有说什么,扶着你回到系船的那棵树下,不知怎样,刹那间我们泛着这叶似的船儿,飘游在这万顷茫然的碧波之上,月光照的如白昼。你站在船头仰望着那广漠的天宇,夜风吹送着你的散发,飘到我脸上时我替你轻轻一掠。后来我让你坐在船板上,这只无人把舵的船儿,驾凌着像箭一样在水面上飘过,渐渐看不见那一片柳林,看不见四周的缘岸。远远的似乎有一个塔,走近时原来不是灯塔,那个翠碧如琉璃的宝塔,月光照着发出璀璨的火光,你那时惊呼着指那塔说:

'辛!你看什么!那是什么?'

"在这时候,我还莫有答应你;忽然狂风卷来,水面上涌来如山立的波涛,浪花涌进船来,一翻身我们已到了船底,波涛卷着我们浮沉在那琉璃宝塔旁去了!

"我醒来时心还跳着,月光正射在我身上,弟弟在他床上似乎正在梦呓。我觉着冷,遂把椅子上一条绒毡加在身上。我想着这个梦,我不能睡了。"

我不能写出我听完这个梦以后的感想,我只觉心头似乎被千斤重闸压着。停了一会我忽然伏在他床上哭了!天辛大概也知道不能劝慰我,他叹了口气重新倒在床上。

53

"殉尸"

　　我怕敲那雪白的病房门，我怕走那很长的草地，在一种潜伏的心情下，常颤动着几缕不能告人的酸意，因之我年假前的两星期没有去看天辛。

　　记得有一次我去东城赴宴，归来顺路去看他，推开门时他正睡着，他的手放在绒毡外边，他的眉峰紧紧锁着，他的唇枯烧成青紫色，他的脸净白像石像，只有胸前微微的起伏，告诉我他是在睡着。我静静地望着他，站在床前呆立了有廿分钟，我低低唤了他一声，伏在他床上哭了！

　　我怕惊醒他，含悲忍泪，把我手里握着的一束红梅花，插在他桌上的紫玉瓶里。我在一张皱了的纸上写了几句话："天辛，当梅香唤醒你的时候，我曾在你梦境中来过。"

　　从那天起我心里总不敢去看他，连打电话给兰辛的勇气也莫有了。我心似乎被群蛆蚕食着，像蜂巢般都变成好些空虚的洞孔。我虔诚着躲闪那可怕的一幕。

　　放了年假第二天的夜里，我在灯下替侄女结着一顶线绳帽。当我停针沉思的时候，小丫头送来一封淡绿色的小信。拆开时是云弟奇给我的，他说："天辛已好了，他让我告诉你。还希望你去看看他，在这星期他要搬出医院了。"

　　这是很令我欣慰的，当我转过那条街时，我已在铁栏的窗间看见他了，他低着头背着手在那枯黄草地上踱着，他的步履还是那样迟缓而沉重。我走进了医院大门，他才看见我，他很喜欢地迎着我说："朋友！在我们长期隔离间，我已好了，你来时我已可以出来接你了。"

　　"呵！感谢上帝的福佑，我能看见你由病床上起来……"我底下的话没说完已经有点哽咽，我恨我自己，为什么在他这样欢意中发出这莫名其妙的悲感呢！至现在我都不了解。

　　别人或者看见他能起来，能走步，是已经健康了，痊愈了吧！我真不敢这样想，他没有舒怡健康的红醺，他没有心灵发出的微笑，他依然是忧丝紧缚的枯骨，依然是空虚不载一物的机械。他的心已由那飞溅冲激的奔流，汇聚成一池死静的湖水，莫有月莫有星，黑沉沉发出呜咽泣声的湖水。

　　他同我回到病房里，环顾了四周，他说：

"朋友！我总觉我是痛苦中浸淹了的幸福者，虽然我不曾获得什么，但是这小屋里我永远留恋它，这里有我的血，你的泪！仅仅这几幕人间悲剧已够我自豪了，我不应该在这人间还奢望着上帝所不许我的，我从此知所忏悔了！"

"我的病还未好，昨天克老头儿警告我要静养六个月，不然怕转肺结核。"

他说时很不高兴，似乎正为他的可怕的病烦闷着。停了一会他忽然问我：

"地球上最远的地方是哪里呢？"

"便是我站着的地方。"我很快地回答他。

他不再说什么，惨惨地一笑！相对默默不能说什么。我固然看见他这种坦然的态度而伤心，就是他也正在为了我的躲闪而可怜，为了这些，本来应该高兴的时候，也就这样黯淡的过去了。

这次来探病，他的性情心境已完全变化，他时时刻刻表现他的体贴我原谅我的苦衷，他自己烦闷愈深，他对于我的态度愈觉坦白大方，这是他极度粉饰的伤心，也是他最令我感泣的原因。他在那天曾郑重地向我声明：

"你还有什么不放心，我是飞入你手心的雪花，在你面前我没有自己。你所愿，我愿赴汤蹈火以寻求，你所不愿，我愿赴汤蹈火以避免。朋友，假如连这都不能，我怎能说是敬爱你的朋友叫！这便是你所认为的英雄主义时，我愿虔诚的在你世界里，赠与你永久的骄傲。这便是你所坚持的信念时，我愿替你完成这金坚玉洁的信念。

"我在医院里这几天，悟到的哲理确乎不少，比如你手里的头绳，可以揣在怀里，可以扔在地下，可以编织成许多时新的花样。我想只要有头绳，一切权力自然操在我们手里，我们高兴编织成什么花样，就是什么。我们的世界是不长久的，何必顾虑许多呢！

"我们高兴怎样，就怎样吧，我只诚恳的告诉你'爱'不是礼赠，假如爱是一样东西，那么赠之者受损失，而受之者亦不见得心安。"

在这缠绵的病床上起来，他所得到的仅是这几句话，唉！他的希望红花，已枯萎死寂在这病榻上辗转呜咽的深夜去了。

我坐到八点钟要走了，他自己穿上大氅要送我到门口，我因他病刚好，夜间风大，不让他送我，他很难受，我也只好依他。他和我在那辉亮的路灯下走过时，我看见他那苍白的脸，颓丧的精神，不觉暗暗伤心！他呢，似乎什么都没有想，只低了头慢慢走着。他送我出了东交民巷，看见东长安街的牌坊，给我雇好车，他才回去。我望着他颀长的人影在黑暗中消失了，我在车上长长地呼了一口气。

就是这天夜里，我做了一个奇怪恐怖的梦。

梦见我在山城桃花潭畔玩耍，似乎我很小，头上梳着两个分开的辫子，又似乎是春天的景致，我穿着一件淡绿衫子。一个人蹲在潭水退去后的沙地上，捡寻着红的绿的好看的圆石，在这许多沙石里边，我捡着一个金戒指，翻过来看时这戒指的正面是椭圆形，里边刊着两个隶字是"殉尸"！

我很吃惊，遂拿了这戒指跑到家里让母亲去看。母亲拿到手里并不惊奇，只淡淡地说："珠！你为什么捡这样不幸的东西呢！"我似乎很了解母亲的话，心里想着这东西太离奇了，而这两个字更令人心惊！我就向母亲说：

"娘！你让我还扔在那里去吧。"

那时母亲莫有再说话，不过在她面上表现出一种忧怖之色。我由母亲手里拿了这戒指走到门口，正要揭帘出去的时候，忽然一阵狂风把帘子刮起，这时又似乎黑夜的状况，在台阶下暗雾里跪伏着一个水淋淋披头散发的女子！

我大叫一声吓醒了！周身出着冷汗，枕衣都湿了。夜静极了，只有风吹着树影在窗纱上摆动。拧亮了电灯，看看表正是两点钟。我忽然想起前些天在医院曾听天辛说过他五六年前的情史。三角恋爱的结果一个去投了海，天辛因为她的死，便和他爱的那一个也撒手断绝了关系。从此以后他再不愿言爱。也许是我的幻想吧，我希望纵然这些兰因絮果是不能逃脱的，也愿我爱莫能助的天辛，使他有忏悔的自救吧！

我不能睡了，瞻念着黑暗恐怖的将来不禁肉颤心惊！

56

一片红叶

这是一个凄风苦雨的深夜。

一切都寂静了，只有雨点落在蕉叶上，淅淅沥沥令人听着心碎。这大概是宇宙的心音吧，它在这人静夜深时候哀哀地泣诉！

窗外缓一阵紧一阵的雨声，听着像战场上金鼓般雄壮，错错落落似鼓桴敲着的迅速，又如风儿吹乱了柳丝般的细雨，只洒湿了几朵含苞未放的黄菊。这时我握着破笔，对着灯光默想，往事的影儿轻轻在我心幕上颤动，我忽然放下破笔，开开抽屉拿出一本红色书皮的日记来，一页一页翻出一片红叶。这是一片鲜艳如玫瑰的红叶，它挟在我这日记本里已经两个月了。往日我为了一种躲避从来不敢看它，因为它是一个灵魂孕育的产儿，同时它又是悲惨命运的纽结。谁能想到薄薄的一片红叶，里面纤织着不可解决的生谜和死谜呢！我已经是泣伏在红叶下的俘虏，但我绝不怨及它，可怜在万千飘落的枫叶里，它衔带了这样不幸的命运。我告诉你们它是怎样来的：

一九二三年十月廿六的夜里，我翻读着一本《莫愁湖志》，有些倦意，遂躺在沙发上假睡；这时白菊正在案头开着，窗纱透进的清风把花香一阵阵吹在我脸上，我微嗅着这花香不知是沉睡，还是微醉！懒松松的似乎有许多回忆的燕儿，飞掠过心海激动着神思的颤动。我正沉恋着逝去的童年之梦，这梦曾产生了金坚玉洁的友情，不可掠夺的铁志；我想到那轻渺渺像云天飞鸿般的前途时，不自禁地微笑了！睁开眼见菊花都低了头，我忽然担心它们的命运，似乎它们已一步一步走近了坟墓，死神已悄悄张着黑翼在那里接引，我的心充满了莫名的悲绪！

大概已是夜里十点钟，小丫头进来递给我一封信，拆开时是一张白纸，拿到手里从里面飘落下一片红叶。"呵！一片红叶！"我不自禁地喊出来。怔愣了半天，用抖颤的手捡起来一看，上边写着两行字：

57

满山秋色关不住

一片红叶寄相思

天辛采自西山碧云寺十月二十四日

平静的心湖,悄悄被夜风吹皱了,一波一浪汹涌着像狂风统治了的大海。我伏在案上静静地想,马上许多的忧愁集在我的眉峰。我真未料到一个平常的相识,竟对我有这样一番不能抑制的热情。只是我对不住他,我不能受他的红叶。为了我的素志我不能承受它,承受了我怎样安慰他;为了我没有一颗心给他,承受了如何忍欺骗他。我即使不为自己设想,但是我怎能不为他设想。因之我陷入如焚的烦闷里。

在这黑暗阴森的夜幕下,窗下蝙蝠飞掠过的声音,更令我觉着战栗!我揭起窗纱见月华满地,斑驳的树影,死卧在地下不动,特别现出宇宙的清冷和幽静。我遂添了一件夹衣,推开门走到院里,迎面一股清风已将我心胸中一切的烦念吹净。无目的走了几圈后,遂坐在茅亭里看月亮,那凄清皎洁的银辉,令我对世界感到了空寂。坐了一会,我回到房里蘸饱了笔,在红叶的反面写了几个字是:

58

　　　　　枯萎的花篮不敢承受这鲜红的叶儿。

仍用原来包着的那张白纸包好,写了个信封寄还他。这一朵初开的花蕾,马上让我用手给揉碎了。为了这事他曾感到极度的伤心,但是他并未因我的拒绝而中止。他死之后,我去兰辛那里整理他箱子内的信件,那封信忽然又发现在我眼前!拆开红叶依然,他和我的墨泽都依然在上边,只是中间裂了一道缝,红叶已枯干了。我看见它心中如刀割,虽然我在他生前拒绝了不承受的,在他死后我觉着这一片红叶,就是他生命的象征。上帝允许我的祈求罢!我生前拒绝了他的我在他死后依然承受他,红叶纵然能去了又来,但是他呢!

是永远不能回来了,只剩了这一片志恨千古的红叶,依然无恙地伴着我,当我抖颤的用手捡起它寄给我时的心情,愿永远留在这鲜红的叶里。

象牙戒指

　　记得那是一个枫叶如荼，黄花含笑的深秋天气，我约了晶清去雨华春吃螃蟹。晶清喜欢喝几杯酒，其实并不大量，仅不过想效颦一下诗人名士的狂放。雪白的桌布上陈列着黄赭色的螃蟹，玻璃杯里斟满了玫瑰酒。晶清坐在我的对面，一句话也不说，一杯杯喝着，似乎还未曾浇洒了她心中的块垒。我执着杯望着窗外，驰想到桃花潭畔的母亲。正沉思忽然眼前现出茫茫的大海，海上漂着一只船，船头站着激昂慷慨，愿血染了头颅誓志为主义努力的英雄！

　　在我神思飞越的时候，晶清已微醉了，她两腮的红彩，正照映着天边的晚霞，一双惺忪似初醒时的眼，她注视着我执着酒杯的手，我笑着问她：

　　"晶清！你真醉了吗？为什么总看着我的酒杯呢！"

　　"我不醉，我问你什么时候带上那个戒指，是谁给你的？"她很郑重地问我。

　　本来是件极微小的事吧！但经她这样正式的质问，反而令我不好开口，我低了头望着杯里血红潋滟的美酒，呆呆地不语。晶清似乎看出我的隐衷，她又问我道：

　　"我知道是辛寄给你的吧！不过为什么他偏要给你这样惨白枯冷的东西？"

　　我听了她这几句话后，眼前似乎轻掠过一个黑影，顿时觉着桌上的杯盘都旋转起来，眼光里射出无数的银线。我晕了，晕倒在桌子旁边。晶清急忙跑到我身边扶着我。过了几分钟我神经似乎复原，我抬起头又斟了一杯酒喝了，我向晶清说：

　　"真的醉了！"

　　"你不要难受，告诉我你心里的烦恼，今天你一来我就看见你带了这个戒指，我就想一定有来由，不然你决不带这些妆饰品的，尤其这样惨白枯冷的东西。波微！你可能允许我脱掉它，我不愿意你带着它。"

　　"不能，晶清！我已经带了它三天了，我已经决定带着它和我的灵魂同在，原谅我朋友！我不能脱掉它。"

　　她的脸渐渐变成惨白，失去了那酒后的红彩，眼里包含着真诚的同情，令我更感到凄伤！她

59

为谁呢！她确是为了我，为了我一个光华灿烂的命运，轻轻地束在这惨白枯冷的环内。

天已晚了，我遂和晶清回到学校。我把天辛寄来象牙戒指的那封信给她看，信是这样写的：

> ……我虽无力使海上无浪，但是经你正式决定了我们命运之后，我很相信这波涛山立狂风统治了的心海，总有一天风平浪静，不管这是在千百年后，或者就是这握笔的即刻；我们只有候平静来临，死寂来临，假如这是我们所希望的。容易丢去了的，便是兢兢然恋守着的；愿我们的友谊也和双手一样，可以紧紧握着的，也可以轻轻放开。宇宙作如斯观，我们便毫无痛苦，且可与宇宙同在。
>
> 双十节商团袭击，我手曾受微伤。不知是幸呢还是不幸，流弹洞穿了汽车的玻璃，而我能坐在车里不死！这里我还留着几块碎玻璃，见你时赠你做个纪念。昨天我忽然很早起来跑到店里购了两个象牙戒指；一个大点的我自己带在手上，一个小的我寄给你，愿你承受了它。或许你不忍吧！再令它如红叶一样的命运。愿我们用"白"来纪念这枯骨般死静的生命。……

晶清看完这信以后，她虽未曾再劝我脱掉它，但是她心里很难受，有时很高兴时，她触目我这戒指，会马上令她沉默无语。

这是天辛未来北京前一月的事。

他病在德国医院时，出院那天我曾给他照了一张躺在床上的像，两手抚胸，很明显地便是他右手那个象牙戒指。后来他死在协和医院，尸骸放在冰室里，我走进去看他的时候，第一触目的又是他右手上的象牙戒指。他是带着它一直走进了坟墓。

最后的一幕

人生骑着灰色马和日月齐驰，在尘落沙飞的时候，除了几点依稀可辨的蹄痕外，遗留下什么？如我这样整天整夜地在车轮上回旋，经过荒野，经过闹市，经过古庙，经过小溪；但那鸿飞一掠的残影又遗留在哪里？在这万象变幻的世界，在这表演一切的人间，我听着哭声笑声歌声琴声，看着老的少的俊的丑的，都感到了疲倦。因之我在众人兴高采烈，沉迷醺醉，花香月圆时候，常愿悄悄地退出这妃色幕帏的人间，回到我那凄枯冷寂的另一世界。那里有惟一指导我，呼唤我的朋友，是谁呢？便是我认识了的生命。

朋友们！我愿你们仔细咀嚼一下，那盛筵散后，人影零乱，杯盘狼藉的滋味；绮梦醒来，人去楼空，香渺影远的滋味；禁的住你不深深地呼一口气，禁的住你不流泪吗？我自己常怨恨我愚傻——或是聪明，将世界的现在和未来都分析成只有秋风枯叶，只有荒冢白骨；虽然是花开红紫，叶浮碧翠，人当红颜，景当美丽时候。我是愈想超脱，愈自沉溺，愈要撒手，愈自系恋的人，我的烦恼便绞锁在这不能解脱的矛盾中。

今天一个人在深夜走过街头，每家都悄悄紧闭着双扉，就连狗都蜷伏在墙根或是门口酣睡，一切都停止了活动归入死寂。我驱车经过桥梁，望着护城河两岸垂柳，一条碧水，星月灿然照着，景致非常幽静。我想起去年秋天天辛和我站在这里望月，恍如目前的情形而人天已隔，我不自禁的热泪又流到腮上。

"珠！什么时候你的泪才流完呢？"这是他将死的前两天问我的一句话。这时我仿佛余音犹缭绕耳畔，我知他遗憾的不是他的死，却是我的泪！他的坟头在雨后忽然新生了一株秀丽的草，也许那是他的魂，也许那是我泪的结晶！

我最怕星期三，今天偏巧又是天辛死后第十五周的星期三。星期三是我和辛最后一面，他把人间一切的苦痛烦恼都交付给我的一天。唉！上帝！容我在这明月下忏悔吧！十五周前的星期三，我正伏在我那形销骨立枯瘦如柴的朋友床前流泪！他的病我相信能死，但我想到他死时又觉着不会死。可怜我的泪滴在他炽热的胸膛时，他那深凹的眼中也涌出将尽的残泪，他紧嚼着下唇握着我的手抖颤，半天他才说：

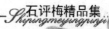

61

"珠！什么时候你的泪才流完呢！"

我听见这话更加哽咽了，哭的抬不起头来，他掉过头去不忍看我，只深深地将头埋在枕下。后来我扶起他来，喂了点桔汁，他睡下后说了声："珠！我谢谢你这数月来的看护……"底下的话他再也说不出来，只瞪着两个凹陷的眼望着我。那时我真觉怕他，浑身都出着冷汗。我的良心似乎已轻轻拨开了云翳，我跪在他病榻前最后向他说：

"辛，你假如仅仅是承受我的心时，现在我将我这颗心双手献在你面前，我愿它永久用你的鲜血滋养，用你的热泪灌溉。辛，你真的爱我时，我知道你也能完成我的主义，因之我也愿你为了我牺牲，从此后我为了爱独身的，你也为了爱独身。"

他抬起头来紧握住我手说：

"珠！放心。我原谅你，至死我也能了解你，我不原谅时我不会这样缠绵地爱你了。但是，珠！一颗心的颁赐，不是病和死可以换来的，我也不肯用病和死，换你那颗本不愿给的心。我现在并不希望得你的怜恤同情，我只让你知道世界上有我是最敬爱你的，我自己呢，也曾爱过一个值得我敬爱的你。珠！我就是死后，我也是敬爱的，你放心！"

他说话时很(有)勇气，像对着千万人演说时的气概，我自然不能再说什么话，只默默地低着头垂泪！

这时候一个俄国少年进来，很诚恳地半跪着在他枯蜡似的手背上吻了吻，掉头他向我默望了几眼，辛没有说话只向他惨笑了一下，他向我低低说：

"小姐！我祝福他病愈。"说着带上帽子匆匆忙忙地去了。这时他的腹部又绞痛的厉害，在床上滚来滚去地呻吟，脸上苍白的可怕。我非常焦急，去叫他弟弟的差人还未见回来，叫人去打电话请兰辛也不见回话，那时我简直呆了，只静静地握着他焦炽如焚的手垂泪！过一会弟弟来了，他也莫有和他多说话只告他腹疼的利害。我坐在椅子上面开开抽屉无聊的乱翻，看见上星期五的他那封家书，我又从头看了一遍。他忽掉头向我说：

"珠！真的我忘记告你了，你把它们拿去好了，省的你再来一次检收。"

我听他话真难受，但怎样也想不到星期五果然去检收他的遗书。他也真忍心在他决定要死的时候，亲口和我说这些诀别的话！那时我总想他在几次大病的心情下，不免要这样想，但未料到这就是最后的一幕。我告诉静弟送他进院的手续，因为学校下午开校务会我须出席，因之我站在他床前说了声"辛！你不用焦急，我已告诉静弟马上送你到协和去，学校开会我须去一趟，有空我就去看你。"那时我真忍心，也莫有再回头看看他就走了，假如我回头看他时，我一定能看见他对我末次目送的惨景……

呵！这时候由天上轻轻垂下这最后的一幕！

他进院之后兰辛打电话给我，说是急性盲肠炎已开肚了。开肚最后的决定，兰辛还有点踌躇，他笑着拿过笔自己签了字，还说："开肚怕什么？你也这样脑筋旧。"兰辛怕我见了他再哭，令他又难过；因之，他说过一二天再来看他。哪知就在兰辛打电话给我的那晚上就死了。

死时候莫有一个人在他面前，可想他死时候的悲惨！他虽然莫有什么不放心在这世界上，莫有什么留恋在这世界上；但是假如我在他面前或者兰辛在他面前时，他总可瞑目而终，不至于让他睁着眼等着我们。

缄情寄向黄泉

　　我如今是更冷静,更沉默的挟着过去的遗什去走向未来的。我四周有狂风,然而我是掀不起波澜的深潭;我前边有巨涛,然而我是激不出声响的顽石。

　　颠沛搏斗中我是生命的战士,是极勇敢,极郑重,极严肃的向未来的城垒进攻的战士。我是不断地有新境遇,不断地有新生命的;我是为了真实而奋斗,不是追逐幻像而疲奔的。

　　知道了我的走向人生的目标。辛,一年来我虽然有不少的哀号和悲忆,你也不须为生的我再抱遗恨和不安。如今我是一道舒畅平静向大海去的奔流;纵然缘途在山峡巨谷中或许发出凄痛的呜咽!那只是积沙岩石漩涡冲击的原因,相信它是会得到平静的,会得到创造真实生命的愉快的,它是一直奔到大海去的。

　　辛!你的生命虽不幸早被腐蚀而夭逝,不过我也不过分地再悼感你在宇宙间曾存留的幻体。我相信只要我自己生命闪耀存在于宇宙一天,你是和我同在的。辛!你要求于人间的,你希望于我自己的,或许便是这些吧!

　　深刻的情感是受过长久的理智的熏陶的。是由深谷底潜流中一滴一滴渗透出来的。我是投自己于悲剧中而体验人生的。所以我便牺牲人间一切的虚荣和幸福,在这冷墟上,你的坟墓上,培植我用血泪浇洒这束野花来装饰点缀我们自己创造下的生命。辛!除了这些我不愿再告你什么,我想你果真有灵,也许赞助我一样的努力。

　　一年之后,世变几迁,然而我的心是依然这样平静冷寂的,抱持着我理想上的真实而努力。有时我是低泣,有时我是痛哭;低泣,你给与我的死寂;痛哭,你给与我的深爱。然而有时我也很快乐,我也很骄傲。我是睥视世人微微含笑,我们的圣洁的高傲的孤清的生命是巍然峙立于皑皑的云端。

　　生命的圆满,生命的圆满,有几个懂得生命的圆满?那一般庸愚人的圆满,正是我最避忌恐怖的缺陷。我们的生命是肉体和骨头吗?假如我们的生命是可以毁灭的幻体,那么,辛!我的这颗迂回潜隐的心,也早应随你的幻体而消逝。我如今认识了一个完成的圆满生命是不能消灭,不能丢弃,不能忘记;换句话说,就是永远存在。多少人都希望我毁灭,丢

64

弃,忘记,把我已完成的圆满生命抛去。我终于不能。才知道我们的生命并未死,仍然活着,向前走着,在无限的高处创造建设着。

我相信你的灵魂,你的永远不死的心,你的在我心里永存的生命;是能鼓励我,指示我,安慰我,这孤寂凄清的旅途。我如今是愿挑上这副担子走向遥远的黑暗的,荆棘的生到死的道上。一头我挑着已有的收获,一头我挑着未来的耕耘,这样一步一步走向无穷的。

自你死后,我便认识了自己,更深地了解自己。同时朋友中是贤最知道我,他似乎这样说过:

"她生来是一道大江,你只应疏凿沙石让她舒畅地流入大海,断不可堵塞江口,把水引去点缀帝王之家的宫殿楼台。"

辛!你应该感谢他!他自从由法华寺归路上我晕厥后救护起,一直到我找到了真实生命;他都是启示我,指导我,帮助我,鼓励我。由积沙岩石的漩涡波涌中,把我引上了坦平的海道。如今,我能不怨愤,不悲哀,没有沉重的苦痛永远缠绕的,都是因为我已有了奔流的河床。只要我平静的舒畅的流呵,流呵,流到一个归宿的地方去,绝无一种决堤泛滥之灾来阻挠我。

辛!你应感谢他!你所要在死后希望我要求我努力的前途,都是你忠诚的朋友,他一点一滴地汇聚下伟大的河床,帮助我移我的泉水在上边去奔流,无阻碍奔向大海去。像我目下这样夜静时的心情,能这样平淡地写这封信给你,你也会奇怪我吧!我已不是从前呜咽哀号,颓丧消沉的我;我是沉默深刻,容忍涵蓄一切人间的哀痛,而努力去寻求生命的真确的战士。

我不承认这是自骗的话。因为我的路是这样自然,这样平坦的走去的。放心!你别我

一年多,而我能这般去辟一个理想的乐园,也许是你惊奇的吧!

你一定愿意知道一点,关于弟弟的消息,前三天我忽然接到他一封信,他现在是被你们那古旧的家庭囚闭着,所以他已失学一年多了。这种情形,自然你会伤感的,假如你要活着,他绝对不能受这样的苦痛,因为你是能帮助他脱却一切桎梏而创造新生命的。如今他极愤激,和你当日同你家庭暗斗的情形一样。而我也很相信静弟是能觅到他的光明的前途的,或者你所企望的一切事业志愿,他都能给你有圆满的完成。他的信是这样说的:

自别京地回家之后,实望享受几天家庭的乐趣,以慰我一年来感受了的苦痛。谁知我得到的,是无限量的烦恼!

我回来的时侯,家中已决定令我废学,及我归后,复屡次向我表示斯旨,我虽竭词解释,亦无济于事。

读姊来信,说那片荒凉的境地,也被践踏蹂躏而不得安静,我更替我黄泉下的哥哥愤激!不料一年来的变迁,竟有如斯其悲惨!

一切境遇,一切遭逢,皆足以使人伤心掉泪!

我希望于家庭的,是要借得他来援助完成我的志愿,我的事业;但家庭则不然。他使我远近游学的一点心迹,是希望我猎得一些禄位金钱来光荣祖墓家风。这些事我们青年人看起来,就是头衔金银冠里满身,那也算不了什么希奇的光荣!我每想到环境的压迫,恒愿一死为快。但是到了死的关头,好像又有许多不忍的观念来掣肘似的。我不愿死,我死固不足惜;但我死而一切该死的人不能竟行死去。我将以此不死的躯骸,向着该死的城垒进攻!

我现在的希望已绝，但我仍流连不忍即离去者，实欲冀家庭之能有一时觉悟，如我心愿亦未可定！如或不然，我将决于明年为行期，毅然决然地要离开他，远避他，和他行最后决裂的敬礼。

愿你勿为了一切黑暗的，荆棘的环境愁烦！我们从生到死的途径上，就像日的初升；纵然有时被浮云遮蔽，仍然是要继续发光的。

我们走向前去吧！我们走向前去吧！环境的阻挠在我们生命的途中，终于是等若浮云。

辛！是残月深更，在一个冷漠枯寂的初冬之夜，我接读静弟这封依稀是你字迹，依稀是你语句的信。久不流的酸泪又到了眶边，我深深的向你遗像叹息！记得静弟未离京时，他曾告过贤以他将来前途的黯淡，他那时便决心要和家庭破裂。是我和贤婉劝他，能用善良的态度去感化而有效时，千万不要和家庭破裂。因为思想的冲突，是环境时代不同的差别之争。应该原谅老年人们的陈腐思想，是一时代中的产物；并不是他对于子女有意对垒似的向你宣战。因之，能展转委婉去和家庭解释。令他能觉悟到什么是现代青年人应做的工作，自我的警策。令他知道我们青年人，绝对再不能为古旧的家庭或社会作涂饰油彩的机械傀儡。父母年老，假如一旦你的消息泄漏，静弟再远走愤去。那你们家庭的惨淡，黑暗，悲痛，定连目下都不如，这也不是你的愿意和静弟的希望吧！所以我一直都系念着静弟，那最后决裂的敬礼。

认识我们，和我们要好的朋友，现在大半都云散四方，去创造追求各个的生命希望去

了。只有你的贤哥，和我的晶妹，还在这块你埋骨的地方，伴着你。朋友们都离京后，时局也日在幻变，陷入死境，要找寻前二年的那种环境和兴趣已不可得。所以连你坟头都那样凄寂。去年那些小弟弟们，知道你未曾见过你的朋友们，他们都是常常在你的墓畔喝酒野餐，痛哭高歌的。帮助我建碑种树修墓的都是他们。如今，连这个梦也闭幕了。你墓头不再有那样欢欣，那样热闹的聚会了。他们都走向远方去了。

　　自从那块地方驻兵后，连我都不敢常去。任你墓头变成了牧场，牛马践踏蹂躏了你的墓砖，吃光了环绕你墓的松林，那块白石的墓碑上有了剥蚀的污秽的伤痕。我们不幸在现代作人受欺凌不能安静，连你作鬼的坟茔都要受意外的灾劫；说起来真令人愤激万分。辛！这世界，这世界，四处都是荆棘，四处都是刀兵，四处都是喘息着生和死的呻吟，四处都洒滴着血和泪的遗痕。我是撑着这弱小的身躯，投入在这腥风血雨中搏战着走向前去的战士，直到我倒毙在旅途上为止。

　　我并不感伤一切既往，我是深谢着你是我生命的盾牌；你是我灵魂的主宰。从此我是自在的流，平静的流，流到大海的一道清泉。辛！一年之后，我在辗转哀吟，流连痛苦之中，我能告诉你的，大概只有这些话。你永久的沉默死寂的灵魂呵！我致献这一篇哀词于你吐血的周年这天。

十五年十一月十八日。

烟霞余影

一 龙潭之滨

细雨蒙蒙里,骑着驴儿踏上了龙潭道。

雨珠也解人意,只像沙霰一般落着,湿了的是崎岖不平的青石山路。半山岭的桃花正开着,一堆一堆远望去像青空中叠浮的桃色云;又像一个翠玉的篮儿里,满盛着红白的花。烟雾迷漫中,似一幅粉纱,轻轻地笼罩了青翠的山峰和卧崖。

谁都是悄悄地,只听见得得的蹄声。回头看芸,我不禁笑了,她垂鞭踏蹬,昂首挺胸的像个马上的英雄;虽然这是一幅美丽柔媚的图画,不是黄沙无垠的战场。

天边絮云一块块叠重着,雨丝被风吹着像细柳飘拂。远山翠碧如黛。如削的山峰里,涌出的乳泉,汇成我驴蹄下一池清水。我骑在驴背上,望着这如画的河山,似醉似痴,轻轻颤动我心弦的凄音;往事如梦,不禁对着这高山流水深深地叹了一口气!

惭愧我既不会画,又不能诗,只任着秀丽的山水由我眼底逝去,像一只口衔落花的燕子,飞掠进深林。

这边是悬崖,那边是深涧,狭道上满是崎岖的青石,明滑如镜,苍苔盈寸;因之驴蹄踏上去一步一滑! 远远望去似乎人在峭壁上高悬着。危险极了,我劝芸下来,驴交给驴夫牵着,我俩携着手一跳一窜地走着。四围望不见什么,只有笔锋般的山峰像屏风一样环峙着;涧底淙淙流水碎玉般声音,好听似月下深林,晚风吹送来的环珮声。

跨过了几个山峰,渡过了几池流水,远远地就听见有一种声音,不是檐前金铃玉铎那样清悠意远,不是短笛洞箫那样凄哀情深,差堪比拟像云深处回绕的春雷,似近又远,似远又近的在这山峰间蕴蓄着。芸和我正走在一块悬岩上,她紧握住我的手说:

"蒲:这是什么声音?"

我莫回答她:抬头望见几块高岩上,已站满了人,疏疏洒洒像天上的小星般密布着。苹在高处招手叫我,她说:"快来看龙潭!"在众人欢呼声中,我踟蹰不能向前;我已想着那里是一个令我意伤的境地，无论它是雄壮还是柔美。

一步一步慢腾腾地走到苹站着的那块岩石上，那春雷般的声音更响亮了。我俯首一望，身上很迅速地感到一种清冷，这清冷，由皮肤直浸入我的心，包裹了我整个的灵魂。

这便是龙潭，两个青碧的岩石中间，汹涌着一朵一片的絮云，它是比银还晶洁，比雪还皎白；一朵一朵的由这个山层飞下那个山层，一片一片由这个深涧飘到那个深涧。它像山灵的白袍，它像水神的银须；我意想它是翠屏上的一幅水珠帘，我意想它是裁剪下的一匹白绫。但是它都不能比拟，它似乎是一条银白色的蛟龙在深涧底回旋，它回旋中有无数的仙云拥护，有无数的天乐齐鸣！

我痴立在岩石上不动，看它瞬息万变，听它钟鼓并鸣。一朵白云飞来了，只在青石上一溅，莫有了！一片雪絮飘来了，只在青石上一掠，不见了！我站在最下的一层，抬起头可以看见上三层飞涛的壮观；到了这最后一层遂汇聚成一池碧澄的潭水，是一池清可见底，光能鉴人的泉水。

在这种情形下，我不知心头感到的是欣慰，还是凄酸？我轻渺像晴空中一缕烟线，不知是飘浮在天上还是人间？空洞洞的不知我自己是谁？谁是我自己？同来的游伴我也觉着她们都生了翅儿在云天上翱翔，那淡紫浅粉的羽衣，点缀在这般湖山画里，真不辨是神是仙了。

我的眼不能再看什么了，只见白云一片一片由深涧中乱飞！我的耳不能再听什么了，

只听春雷轰轰在山坳里回旋！世界什么都莫有，连我都莫有，只有涛声絮云，只有潭水洞松。

芸和苹都跑在山上去照像。掉在水里的人的嬉笑声，才将我神驰的灵魂唤回来。我自己环视了一周山峰，俯视了一遍深潭，我低低喊着母亲，向着西方的彩云默祷！我觉着二十余年的尘梦，如今也应该一醒；近来悲惨的境遇，凄伤的身世，也应该找个结束。萍踪浪迹十余年漂泊天涯，难道人间莫有一块高峰，一池清溪，作我埋骨之地。如今这絮云堆中，只要我一动足，就可脱解了这人间的樊篱羁系；从此逍遥飘渺和晚风追逐。

我向着她们望了望，我的足已走到岩石的齿缘上，再有一步我就可离此尘世，在这洁白的潭水中，谢浣一下这颗尘沙蒙蔽的小心，忽然后边似乎有人牵着我的衣襟，回头一看芸紧皱着眉峰瞪视着我。

"走吧，到山后去玩玩。"她说着牵了我就转过一个山峰，她和我并坐在一块石头上。我现在才略略清醒，慢慢由遥远的地方把自己找回来，想到刚才的事又喜又怨，热泪不禁夺眶滴在襟上。我永不能忘记，那山峰下的一块岩石，那块岩石上我曾惊悟了二十余年的幻梦，像水云那样无凭呵！

可惜我不是独游，可惜又不是月夜，假如是月夜，是一个眉月伴疏星的月夜，来到这里，一定是不能想不能写的境地。白云絮飞的瀑布，在月下看着一定更美到不能言，钟鼓齐鸣的涛声，在月下听着一定要美到不敢听。这时候我一定能向深潭明月里，找我自己的幻影去；谁也不知道，谁也想不到：那时芸或者也无力再阻挠我的清兴！

雨已停了，阳光揭起云幕悄悄在窥人；偶然间来到山野的我们，终于要归去。我不忍再看龙潭，遂同芸、苹走下山来，走远了，那春雷般似近似远的声音依然回绕在耳畔。

二 翠峦清潭畔的石床

黄昏时候汽车停到万寿山，撰已雇好驴在那里等着。梅隐许久不骑驴了，很迅速地跨上鞍去，一扬鞭驴子的四蹄已飞跑起来，几几乎把她翻下来，我的驴腿上有点伤不能跑，连走快都不能，幸而好是游山不是赶路，走快走慢莫关系。

这条路的景致非常好，在平坦的马路上，两旁的垂柳常系拂着我的鬓角，迎面吹着五月的和风，夹着野花的清香。翠绿的远山望去像几个青螺，淙淙的水音在桥下流过，似琴弦在月下弹出的凄音，碧清的池塘，水底平铺着翠色的水藻，波上被风吹起一弧一弧的皱纹，里边游影着玉泉山的塔影；最好看是垂杨荫里，黄墙碧瓦的官房，点缀着这一条芳草萋萋的古道。

经过颐和园围墙时，静悄悄除了风涛声外，便是那啼尽兴亡恨事的暮鸦，在苍松古柏的枝头悲啼着。

他们的驴儿都走的很快，转过了粉墙，看见梅隐和撰并骑赛跑；一转弯掩映在一带松林里，连铃声衣影都听不见看不见了。我在后边慢慢让驴儿一拐一拐地走着，我想这电光石火的一刹那能在尘沙飞落之间，错错落落遗留下这几点蹄痕，已是烟水因缘，又哪可让他迅速的轻易度过，而不仔细咀嚼呢！人间的驻停，只是一凝眸，无论如何繁缛绮丽的事境，只是昙花片刻，一卷一卷的像他们转入松林一样渺茫，一样虚无。

在一片松林里，我看见两头驴儿在地上吃草，驴夫靠在一棵树上蹲着吸潮烟，梅隐和撰

坐在草地上吃葡萄干；见我来了他们跑过来替我拢住驴，让我下来。这是一个墓地，中间芳草离离，放着一个大石桌几个小石凳，被风雨腐蚀已经是久历风尘的样子。坟头共有三个，青草长了有一尺多高；四围遍植松柏，前边有一个石碑牌坊，字迹已模糊不辨，不知是否奖励节孝的？如今我见了坟墓，常起一种非喜非哀的感觉；愈见的坟墓多，我烦滞的心境愈开旷；虽然我和他们无一面之缘，但我远远望见这黑色的最后一幕时，我总默默替死者祝福！

梅隐见我立在这不相识的墓头发呆，她轻轻拍着我肩说：

"回来！"揆立在我面前微笑了。那时驴夫已将驴鞍理好，我回头望了望这不相识的墓，骑上驴走了。他们大概也疲倦了，不是他们疲倦是驴们疲倦了，因之我这拐驴有和他们并驾齐驰的机会。这时暮色已很苍茫，四面迷蒙的山岚，不知前有多少路？后有多少路；那烟雾中轻笼的不知是山峰还是树林？凉风吹去我积年的沙尘，尤其是吹去我近来的愁根，使我投入这大自然的母怀中沉醉。

惟自然可美化一切，可净化一切，这时驴背上的我，心里充满了静妙神微的颤动；一鞭斜阳，得得蹄声中，我是个无忧无虑的骄儿。

大概是七点多钟，我们的驴儿停在卧佛寺门前，两行古柏萧森一道石坡欹斜，庄严黄红色的穹门，恰恰笼罩在那素锦千林，红霞一幕之中。我踱过一道蜂腰桥，底下有碧绿的水，潜游着龙眼红鱼，像燕掠般在水藻间穿插。过了一个小门，望见一大块岩石，狰狞像一个卧着的狮子，岩石旁有一个小亭，小亭四周，遍环着白杨，暮云里蝉声风声噪成一片。

走过几个院落，依稀还经过一个方形的水池，就到了我们住的地方，我们住的地方是龙王堂。龙王堂前边是一眼望不透的森林，森林中漏着一个小圆洞，白天射着太阳，晚上照着月亮；后边是山，是不能测量的高山，那山上可以望见景山和北京城。

刚洗完脸，辛院的诸友都来看我，带来的糖果，便成了招待他们的茶点；在这里逢到，特别感着朴实的滋味，似乎我们都有几分乡村真诚的遗风。吃完饭，我回来时，许多人伏在石

73

栏上拿面包喂鱼，这个鱼池比门前那个澄清，鱼儿也长得美丽。看了一回鱼，我们许多人出了卧佛寺，由小路抄到寺后上山去，撰叫了一个卖汽水点心的跟着，想寻着一个风景好的地方时，在月亮底下开野餐会。

这时候暝色苍茫，远树浓荫郁翁，夜风萧萧瑟瑟，梅隐和撰走着大路，我和云便在乱岩上跳蹲，苔深石滑，跌了不晓得有多少次。经过一个水涧，他们许多人悬崖上走，我和云便走下了涧底，水不深，而碧清可爱，淙淙的水声，在深涧中听着依稀似婺妇夜啼。几次回首望月，她依然模糊，被轻云遮着；但微微的清光由云缝中泄漏，并不如星夜那么漆黑不辨。前边有一块圆石，晶莹如玉，石下又汇集着一池清水。我喜欢极了，刚想爬上去，不料一不小心，跌在水里把鞋袜都湿了！他们在崖上，拍着手笑起来，我的脸大概是红了，幸而在夜间他们不曾看见；云由岩石上踏过来才将我拖出水池。

抬头望悬崖峭壁之上，郁郁阴森的树林里掩映着几点灯光，夜神翅下的景致，愈觉的神妙深邃，冷静凄淡，这时候无论什么事我都能放得下超得过，将我的心轻轻地捧献给这黑衣的夜神。我们的足步声笑语声，惊得眠在枝上的宿鸟也做不成好梦，抖战着在黑暗中乱飞，似乎静夜旷野爆发了地雷，震得山中林木，如喊杀一般的纷乱和颤嗫！前边大概是村庄人家吧，隐隐有犬吠的声音，由那片深林中传出。

爬到山巅时，凉风习习，将衣角和短发都(吹)起来。我立在一块石床上，抬头望青苍削岩，乳泉一滴滴，由山缝岩隙中流下去，俯视飞瀑流湍，听着像一个系着小铃的白兔儿，在涧底奔跑一般，清冷冷忽远忽近那样好听。我望望云幕中的月儿，依然露着半面窥探，不肯把

团圆赐给人间这般痴望的人们。这时候,揆来请我去吃点心,我们的聚餐会遂在那个峰上开了。这个会开的并不快活,各人都懒松松不能十分作兴,月儿呢模模糊糊似乎用泪眼望着我们。梅隐躺在草上唱着很凄凉的歌,真令人愁肠百结;揆将头伏在膝上,不知他是听他姐姐唱歌,还是膜首顶礼和默祷?这样夜里,不知什么紧压着我们的心,不能像往日那样狂放浪吟,解怀痛饮?

　　陪着他们坐了有几分钟,我悄悄地逃席了。一个人坐在那边石床上,听水涧底的声音,对面阴浓萧森的树林里,隐隐现出房顶;冷静静像死一般笼罩了宇宙。不幸在这非人间的,深碧而窅渺的清潭,映出我迷离恍惚的尘影;我卧在石床上,仰首望着模糊泪痕的月儿,静听着清脆激越的水声,和远处梅隐凄凉入云的歌声,这时候我心头涌来的凄酸,真愿在这般月夜深山里尽兴痛哭!只恨我连这都不能,依然和人间一样要压着泪倒流回去。蓬勃的悲痛,还让它埋葬在心坎中去展转低吟!而这颗心恰和林梢月色,一样的迷离惨淡,悲情荡漾!

　　云轻轻走到我身旁,凄(然)地望着我!我遂起来和云跨过这个山峰,忽然眼前发现了一块绿油油的草地。我们遂拣了一块斜坡,坐在上边。面前有一棵松树,月儿正在树影中映出,下边深涧万丈,水流的声音已听不见;只有草虫和风声,更现的静寂中的振荡是这般阴森可怕!我们坐在这里,想不出什么话配在这里谈,而随便的话更不愿在这里谈。这真是最神秘的夜呵!我的心更较清冷,经这度潭水涛声洗涤之后。

　　夜深了,远处已隐隐听见鸡鸣,露冷夜寒,穿着单衣已有点战栗,我怕云冻病,正想离开这里;揆和梅隐来寻我们,他们说在远处望见你们,像坟前的两个石像。

　　这夜里我和梅隐睡在龙王堂,而我的梦魂依然留在那翠峦清潭的石床上。

心之波

　　我立在窗前许多时候,我最喜欢见落日光辉,照在那烟雾迷蒙的西山,在暮色苍茫的园里,粗砺而且黑暗的假山影,在紫色光辉里照耀着;那傍晚的云霞,飘坠在楼下,青黄相间,迎风摇曳的梧桐树上——很美丽的闪烁;犹如一阵淡红蔷薇花片的微雨,遍染了深秋梧叶。我痴痴地看那晚霞坠在西山背后,今天的愉快中秋节,又匆匆地去了!时间张着口,把青春之花,生命之果都吸进去了;只留下迷路的小羊在山坡踌躇着。

　　夜间临到了!我在寂寞沉闷的自然怀抱中,我是宇宙的渺小者呵;这一瞥生命之波又应当这样把温和与甜蜜的情感,去发掘宇宙秘藏之奥妙;吸收她的美和感化,以安慰这枯燥的人生呵!晶莹光辉的一轮明月,她将一手蕴藏的光明,都兴尽地照遍宇宙了;那夜景的灿烂,都构成很和平很静默的空气。我从楼上下去到了后院——那空旷的操场上,去吸收她那素彩清辉的抚爱;一路过了许多游廊,那电灯都黑沉的想着他的沉闷,他是没有力量和月光争辉的,但在黑暗的夜里,那月儿被黑云翳遮满了,除了一二繁星闪烁外,在那黑暗里辉耀着就是电灯了!但现在他是不能和她争点光明的,因为她是自然的神。我一路想着许多无聊的小问题,不觉的走到花园的后面一棵松树底下;我就拂着枯草坐在树底。从枝叶织成的天然幕里,仰着头看那含笑的月!我闭了眼,那灵魂儿不觉地飞出去,找我那理想中之幻想界——神之宫——仙之园——作我的游缘。我觉着灵魂从白云迷茫中,分出一道光明的路,我很欣喜地踏了进去,那白玉琢成的月宫里,冉冉地走出许多极美丽的白衣仙女,张着翅膀去欢迎我的灵魂!从微笑的温和中,我跪在那白绒的毡上,伏在那洁白神女之肩上。我那时觉着灵魂儿都化成千数只的蝴蝶,翩翩在白云的深宫跳舞了!神秘的音乐,飘荡在银涛的波光中,那地上的花木,也摇曳着合拍的发出相击的细声。眼睁开了,依然在伟大的松林影下坐着,眼中还映着那闪烁而飘浮的色带;仿佛那白衣的神妃及仙女都舞蹈着向我微笑!她听见各地方都发出嘹嘹的,奇异的,悲愁的,感动的,恳切的声调;如珍珠的细雨落在深密而开花的林中一样。我慢慢地醒了那灵魂中构成的幻梦,微细的音乐还依然在那银涛之光中波动着。我凝神细听,才知是远处的箫声,那一缕缕的哀音,告诉以人类的可怜!

去年今夜,不是同她在皓月之下叙别吗?我那时候无心去看月儿的娇媚,我的泪只是往肚子里流!现在月儿一样地照在我和她的心里,但重洋之波流不去我的思惘。我确知道她是最哀痛的一个失恋者,在生命中她不觉得愉快,幸福只充满了忏悔和哀怨。她生命之花,都被那恶社会的环境牺牲了。她觉着宇宙尽充着悲哀,在呜咽的音容中,微笑总是徒然,像海鸥躲出海去,是不可能的事啊!

我思潮不定的波荡着,到了我极无聊的时候,我觉着又非常可笑!人生到底是怎样生活去吗?我慢慢地向我寝室走,那萧瑟的秋风吹在两旁的树林里,瑟瑟地向我微语:他们的吟声和着风声,唱出那悲哀之歌。我踽踽独行,是沉闷无聊的事吗?但我看来,是在这烦恼嚣杂的社会里,不亲近人是躲避是非的妙法。所以人家待我有二三分的美意,我就觉着有一种说不出的恐怖布满了我的心腔。我慢慢地沉思着走到了我的楼下,忽然见楼旁有个黑影一闪,我很惊讶地问了一声"是谁",但那黑影已完全消灭了,找不出半点行踪。一瞥的人生也是这样的无影无踪吗?我匆匆地上楼,那皓光恰好射在我的帐子上,现出种极惨的白色!在帐中的一个小像上,她掬着充足的泪泉在那眼波中,摄我的灵魂去,游那悲哀之海啊!失恋的小羊哟,在这生命之波流动的时候,那种哀怨的人生,是阻止那进行的拦路虎,

愈要觉着那不语的隐痛。但人要不觉悟人世是虚伪的，本来什么也不足为凭，何况是一种冲动的感情啊！不过人在旁观者的地位都觉着她是不知达观方面去想的，到了身受者亲切的感着时候，是比不得旁观者之冷眼讥笑。这假面具带满的社会，谁能看透那脑筋荡漾着什么波浪啊！谁知道谁的目的是怎样主张啊？况且人世的事都是完全相对的，不能定一个是非；如甲以为是的乙又以为非，是没有标准的。那么，在这恶社会里失望和懊恼，都是人类难免的事。这么一想，她有多少悲哀都要被极强的意志战胜。既然人世是宇宙的渺小者瞬息的一转，影一般的就捉不住了！那疲倦的青春，和沉梦的醉者，都是青年人所不应当消极的。但现在的青年——知识界的青年，因感觉的敏感，和思想的深邃，所以处处感着不快的人生，烦闷的人生。他们见宇宙的事物，人类是受束缚的。那如天空的鸿雁，任意翱翔，春日的流莺，随心歌畴呢？他们是没有知识的，所以他们也减少烦恼，他们是生活简单的，所以也不受拘束。

我一沉思，虽晴光素彩，光照宇宙，但我心胸中依然塞满了黑暗。我搬把椅子，放在寝室外边的栏杆旁，恰好一轮明月，就照着我。那栏杆下沉静的青草和杨柳，也伸着头和月儿微语呢。一阵秋风，那树叶依然扑拉拉落了满地。月儿仍然不能保护他今夜不受秋风的摧残，她更不能借月儿的力量，帮助他的"生命之花"不衰萎不败落。这是他们最不幸的事情，但他们也慷慨地委之于运命了！

夜是何等的静默啊！心之波在这爱园中波荡着，想起多少的回忆：在初级师范读书的时候，天真烂漫，那赤血搏动的心里，是何等光亮和洁白呵！没有一点的尘埃，是奥妙神洁的天心呵！赶我渐渐一步一步的挨近社会，才透澈了社会的真相——是万恶的——引人入万恶之途的。一入万恶之渊，未有不被万恶之魔支配的！叫他洁白的心胸，染了许多的污点。他是意志薄弱的青年，能不为万恶之魔战败吗！所以一般知识略深的青年，对于社会的事业，是很热心去改造的，不过因为环境和恶魔的征服，他们结果便灰心了，所以他对于社会是卑弃的，远避的。社会上所需要的事物，都是悖逆青年的意志，而偏要使他去做的事情。被征服的青年，也只好换一副面具和心肠去应付社会去，这是人生隐痛啊！觉悟的青年，感受着这种苦痛，都是社会告诉他的，将他从前的希望，都变成悲观的枯笑，使他自然地被摒弃于社会之外，社会的万恶之魔，就是许多相袭既久的陈腐习惯；在这习惯下面，造出一种诈伪不自然的伪君子，面子上都是仁义道德，骨子里都是男盗女娼，然而这是社会上最尊敬最赞扬的人物，假如在这社会习惯里有一二青年，要禀着独立破坏的精神，去发展个人的天性，不甘心受这种陈腐不道德的束缚，于是乎东突西冲，想与社会作对，但是社会的权力很大，罗网很密，个人绝对不能做社会的公敌的，社会像个大火炉，什么金银铜铁锡，进了炉子，都要熔化的。况且"多数服从的迷信"是执行重罚的机关（舆论），所以他们用大多数的专制威权去压制那少数的真理志士，削夺了他的言论行动精神肉体——易卜生的社会栋梁同国民公敌都是青年在社会内的背影！

　　人生是不敢去预想未来，回忆过去的，只可合眼放步随造物的低昂去。一切希望和烦恼，都可归到运命的括弧下。积极方面斗争作去，终归于昙花一现，就消极方面挨延过去，依然一样的落花流水；所取的目的虽不同，而将来携手时，是同归于一点的。人生如沉醉的梦中，在梦中的时候一颦一笑，都是由衷的——发于至情；迨警钟声唤醒噩梦后，回想是极无意识而且发笑的！人生观中一片片的回忆，也是这种现象。

　　今夜的月儿，好像朵生命之花，而我的灵魂又不能永久深藏在月宫，躲着这沉浊的社会去，这是永久的不满意呵！世界上的事物，没有定而不变的，没有绝对真实的。我这一时的心波是最飘忽的一只雁儿；那心血汹涌的时候，已一瞥地的追不回来了！追不回来了！我只好低着头再去沉思之渊觅她去……

一九二三年，双十节脱稿。

红粉骷髅

记得进了个伟大庄严的庙,先看见哼哈二将,后看见观音菩萨;战栗的恐怖到了菩萨面前才消失去,因之觉着爱菩萨怕将军,已可这样决定了。有一天忽然想起来,我到父亲跟前告诉他,他闭着眼睛微笑了说"菩萨"也不必去爱,将军也无须去怕;相信他们都是一堆泥土塑成的像。

知道了美丽的菩萨,狰狞的将军,剥了表皮都是一堆烂泥之后;因之我想到红粉,想到骷髅,想到泥人,想到肉人。

十几年前,思潮上曾不经意的起了这样一个浪花。

十几年以后,依稀是在梦境,依稀又似人间,我曾逢到不少的红粉,不少的骷髅。究竟是谁呢? 当我介绍给你们时,我感到不安,感到惭愧,感到羞涩!

钗光衣影的广庭上,风驰电掣的电车里,凡是宝钻辉眩,绫罗绚烂,披绛纱,戴花冠,温馨醉人,骄贵自矜的都是她们,衣服庄的广告是她们,脂粉店的招牌是她们,镇日婀娜万态,回旋闹市,流盼含笑,徜徉剧场;要不然头蓬松而脸青黄,朝朝暮暮,灵魂绕着麻雀飞翔的都是她们。

在这迷香醉人的梦里,她们不知道人是什么? 格是什么? 醺醉在这物欲的摇篮中,消磨时间,消磨金钱。

沙漠中蠕动着的:贫苦是饥寒交迫,富贵是骄奢淫逸;可怜一样是沦落,一样都是懦弱,一样都是被人轻贱的奴隶,被人戏弄的玩具;不知她们自豪的是什么? 骄傲的是什么?

一块土塑成了美的菩萨,丑的将军,怨及匠人的偏心,不如归咎自己的命运。理想的美,并不是在灰黄的皱肉上涂菩萨的脸,如柴的枯骨上披天使的纱;是在创建高洁的人格,发育丰腴的肌肉,内涵外缘都要造入完全的深境,更不是绣花枕头一肚草似的,仅存其表面的装。

我们最美丽而可以骄傲的是:充满学识经验的脑筋,秉赋经纬两至的才能,如飞岩溅珠,如蛟龙腾云般的天资,要适用在粉碎桎梏,踏翻囚笼的事业上;同时我们的人格品行,自持自检，要像水晶屏风一样的皎澈晶莹！那时我们不必去坐汽车，在风卷尘沙中，示威风夸美貌；更无须画眉涂脸，邀人下顾；自然像高山般令人景仰俯伏，而赞叹曰："是人漂亮哉！""是人骄傲哉！"

我们也应该想到受了经济压迫的阔太太娇小姐，她们却被金钱迫着，应该做的事务，大半都有代庖，抱着金碗，更不必愁饭莫有的吃，自然无须乎当"女学士"。不打牌看戏逛游艺园，你让她们做什么？因之我想到高尚娱乐组织的必要，社会体育提倡的必要；至少也可叫她们在不愿意念书中得点知识；不愿意活动里引诱她们活动；这高尚娱乐的组织如何？且容我想想。

我现在是在梦中，是在醒后，是梦中的呓语，是醒后的说话，是尖酸的讪讽，是忠诚的哽吟，都可不问，相信脸是焦炙！心是搏跃！魂魄恍惚！目光迷离！我正在一面大镜下，掩面伏着。

81

狂风暴雨之夜

该记得吧！太戈尔到北京在城南公园雩坛见我们的那一天，那一天是十三年四月二十八号的下午，就是那夜我接到父亲的信，寥寥数语中，告诉我说道周死了！当时我无甚悲伤，只是半惊半疑的沉思着。第二天我才觉到难过，令我什么事都不能做。她那活泼的情影，总是在我眼底心头缭绕着。第三天便从学校扶病回来，头疼吐血，遍体发现许多红斑，据医生说是腥红热。

我那时住在寄宿舍里院的一间破书斋，房门口有株大槐树，还有一个长满茅草荒废倾斜的古亭。有月亮的时候，这里别有一种描画不出的幽景。不幸扎挣在旅途上的我，便倒卧在这荒斋中，一直病了四十多天。在这冷酷，黯淡，凄伤，荒凉的环境中，我在异乡漂泊的病榻上，默咽着人间一杯一杯的苦酒。那时我很愿因此病而撒手，去追踪我爱的道周。在病危时，连最后寄给家里，寄给朋友的遗书，都预备好放在枕边。病中有时晕迷，有时清醒，清醒时便想到许多人间的纠结；已记不清楚了，似乎那令我病的原因，并不仅仅是道周的死。

在这里看护我的起初有小苹，她赴沪后，只剩了一个女仆，幸好她对我很忠诚，像母亲一样抚慰我，招呼我。来看我的是晶清和天辛。自然还有许多别的朋友和同乡。病重的那几天，我每天要服三次药；有几次夜深了天辛跑到极远的街上去给我配药。在病中，像我这只身漂零在异乡的人，举目无亲，无人照管；能有这样忠诚的女仆，热心的朋友，真令我感激涕零了！虽然，我对于天辛还是旧日态度，我并不因感激他而增加我们的了解，消除了我们固有的隔膜。

有一天我病的很厉害，晕迷了三个钟头未曾醒，女仆打电话把天辛找来。那时正是黄昏时候，院里屋里都罩着一层淡灰的黑幕，沉寂中更现得凄凉，更现得惨淡。我醒来，睁开眼，天辛跪在我的床前，双手握着我的手，垂他的头在床缘；我只看见他散乱的头发，我只觉他的热泪濡湿了我的手背。女仆手中执着一盏半明半暗的烛，照出她那悲愁恐惧的面庞站在我的床前，这时候，我才认识了真实的同情，不自禁的眼泪流到枕上。我掉转脸来，扶起天辛的头，我向他说："辛！你不要难受，我不会这容易就死去。"自从这一天，我忽然觉得天辛命运的悲惨和可怜，已是由他自己的祭献而交付与上帝，这那能是我弱小的力量所能挽回。因此，我更害怕，我更回避，我是万不能承受他这颗不应给我而偏给我的心。

正这时候，他们这般人，不知怎样惹怒了一位国内的大军阀，下了密令指明的逮捕他们，天辛也是其中之一。因为我病，这事他并未先告我，我二十余天不看报，自然也得不到消息。

有一夜，我扎挣起来在灯下给家里写信，告诉母亲我曾有过点小病如今已好的消息。这时窗外正吹着狂风，振撼得这荒斋像大海汹涌中的小舟。树林里发出极响的啸声，我恐怖极了，想象着一切可怕的景象，觉着院外古亭里有无数的骷髅在狂风中舞蹈。少时，又增了许多点滴的声音，窗纸现出豆大的湿痕。我感到微寒，加了一件衣服，我想把这封信无论如何要写完。

抬头看钟正指到八点半。忽然听见沉重的履声和说话声，我惊奇地喊女仆。她推门进

来,后边还跟着一个男子,我生气地责骂她,是谁何不通知我便引进来。她笑着说是"天辛先生",我站起来细看,真是他,不过他是化装了,简直认不出是谁。我问他为什么装这样子,而且这时候狂风暴雨中跑来。他只苦笑着不理我。

半天他才告我杏坛已捕去了数人,他的住处现尚有游警队在等候着他。今夜是他冒了大险特别化装来告别我,今晚十一时他即乘火车逃逸。我病中骤然听见这消息,自然觉得突兀,而且这样狂风暴雨之夜,又来了这样奇异的来客。当时我心里很战栗恐怖,我的脸变成了苍白!他见我这样,竟强作出镇静的微笑,劝我不要怕,没要紧,他就是被捕去坐牢狱他也是不怕的,假如他怕就不做这项事业。

他要我珍重保养初痊的病体,并把我吃的西药的药单留给我自己去配。他又告我这次想乘机回家看看母亲,并解决他本身的纠葛。他的心很苦,他屡次想说点要令我了解他的话,但他总因我的冷淡而中止。他只是低了头叹气,我只是低了头咽泪,狂风暴雨中我和他是死一样的沉寂。

到了九点半,他站起身要走,我留他多坐坐。他由日记本中写了一个 Bovia 递给我,他说我们以后通信因检查关系,我们彼此都另呼个名字;这个名字我最爱,所以赠给你,愿你永远保存着它。这时我强咽着泪,送他出了屋门,他几次阻拦我病后的身躯要禁风雨,不准我出去;我只送他到了外间。我们都说了一句前途珍重努力的话,我一直望着他的顾影在黑暗的狂风暴雨中消失。

84

我大概不免受点风寒又病了一星期才起床。后来他来信,说到石家庄便病了,因为那夜他披淋了狂风暴雨。

如今,他是寂然地僵卧在野外荒冢。但每届狂风暴雨之夜,我便想起两年前荒斋中奇异的来客。

十五年十一月廿五日。

我只合独葬荒丘

昨夜英送我归家的路上,他曾说这样料峭的寒风里带着雪意,夜深时一定会下雪的。那时我正瞻望着黑暗的远道,没有答他的话。今晨由梦中醒来,揭起帐子,由窗纱看见丁香枯枝上的雪花,我才知道果然,雪已在梦中悄悄地来到人间了。

窗外的白雪照着玻璃上美丽的冰纹,映着房中熊熊的红炉,我散着头发立在妆台前沉思,这时我由生的活跃的人间,想到死的冷静的黄泉。

这样天气,坐在红炉畔,饮着釅的清茶,吃着花生瓜子栗子一类的零碎,读着喜欢看的书,或和知心的朋友谈话,或默默无语独自想着旧梦,手里织点东西;自然最舒适了。我太矫情!偏是迎着寒风,扑着雪花,向荒郊野外,乱坟茔中独自去徘徊。

我是怎样希望我的生命,建在美的,冷的,静的基础上。因之我爱冬天,尤爱冬天的雪和梅花。如今,往日的绮梦,往日的欢荣,都如落花流水一样逝去,幸好还有一颗僵硬死寂的心,尚能在寒风凄雪里抖颤哀泣。于是我抱了这颗尚在抖战,尚在哀号的心,无目的迷惘中走向那一片冰天雪地。

到了西单牌楼扰攘的街市上,白的雪已化成人们脚底污湿的黑泥。我抬头望着模糊中的宣武门,渐渐走近了,我看见白雪遮罩着红墙碧瓦的城楼。门洞里正过着一群送葬的人,许多旗牌执事后面,随着大红缎罩下黑漆的棺材;我知道这里面装着最可哀最可怕的"死"!棺材后是五六辆驴车,几个穿孝服的女人正在轻轻地抽噎着哭泣!这刹那间的街市是静穆严肃,除了奔走的车夫,推小车卖蔬菜的人们外,便是引导牵系着这沉重的悲哀,送葬者的音乐,在这凄风寒雪的清晨颤荡着。

凄苦中我被骆驼项下轻灵灵的铃声唤醒!车已走过了门洞到了桥梁上。我望着两行枯柳夹着的冰雪罩了的护城河。这地方只缺少一个月亮,或者一颗落日便是一幅疏林寒雪。

雪还下着,寒风刮得更紧,我独自趋车去陶然亭。

在车上我想到十四年正月初五那天,也是我和天辛在雪后来游陶然亭,是他未死前两

85

个月的事。说起来太伤心，这次是他自己去找墓地。我不忍再言往事，过后他有一封信给我，是这样写的：

珠！昨天是我们去游陶然亭的日子，也是我们历史上值得纪念的日子。我们的历史一半写于荒斋，一半写于医院，我希望将来便完成在这里。珠！你不要忘记了我的嘱托，并将一切经过永远记在心里。

我写在城根雪地上的字，你问我："毁掉吗？"随即提足准备去踏；我笑着但是十分勉强地说："踏去吧！"虽然你并未曾真地将它踏掉，或者永远不会有人去把它踏掉；可是在你问我之后，我觉着我写的那"心珠"好像正开着的鲜花，忽然从枝头落在地上，而且马上便萎化了！我似亲眼看见那两个字一分钟内，由活体立变成僵尸；当时由不得感到自己命运的悲惨，并有了一种送亡的心绪！所以到后来桔瓣落地，我利其一双成对，故用手杖掘了一个小坑埋入地下，笑说："埋葬了我们吧！"我当时实在是祷告埋葬了我那种悼亡的悲绪。我愿我不再那样易感，那种悲绪的确是已像桔瓣一样地埋葬了。

86

我从来信我是顶不成的，可是昨天发现有时你比我还不成。当我们过了葛母墓地往南走的时候，我发觉你有一种悲哀感触，或者因为我当时那些话说的令人太伤心了！唉！想起了，"我只合独葬荒丘"的话来，我不由地低着头叹了一口气。你似乎注意全移到我身上来笑着唤："回来吧！"我转眼看你，适才的悲绪已完全消失了。就是这些不知不觉的转移，好像天幕之一角，偶然为急风吹起，使我得以窥见我的宇宙的隐秘，我的心意显着有些醉了。后来吃饭时候，我不过轻微地咳嗽

了两下，你就那么着急起来；珠！你知道这些成就得一个世界是怎样伟大么？你知道这些更使一个心贴伏在爱之渊底吗？

在南下注我持着线球，你织着绳衣，我们一边走一边说话，太阳加倍放些温热送回我们；我们都感谢那样好的天气，是特为我们出游布置的。吃饭前有一个时候，你低下头织衣，我斜枕着手静静地望着你，那时候我脑际萦绕着一种绮思，我想和你说；但后来你抬起头来看了看我，我没有说什么，只拉着你的手腕紧紧握了一下。这些情形和苏伊士梦境归来一样，我永永远远不忘它们。

命运是我们手中的泥，我们将它团成什么样子，它就得成什么样子；别人不会给我们命运，更不要相信空牌位子前竹签洞中瞎碰出来的黄纸条儿。

我病现已算好哪能会死呢！你不要常那样想。

两个月后我的恐怖悲哀实现了他由活体变成僵尸！四个月后他的心愿达到了，我真的把他送到陶然亭畔，葛母墓旁那块他自己指给我的草地上埋葬。

我们一切都像预言，自己布下凄凉的景，自己去投入排演。如今天辛算完了这一生，只剩我这漂泊的生命，尚在扎挣颠沛之中，将来的结束，自然是连天辛都不如的悲惨。

车过了三门阁，便有一幅最冷静最幽美的图画展在面前，那坚冰寒雪的来侵令我的心更冷更僵抖战都不能。下了车，在这白茫茫一片无人践踏，无人经过的雪地上伫立不前。假如我要走前一步，白云里便要留下污黑的足痕；并且要揭露许多已经遮掩了的缺陷和恶迹。

我低头沉思了半晌，才鼓着勇气踏雪过了小桥，望见挂着银花的芦苇，望见隐约一角红墙的陶然亭,望见高峰突起的黑窑台,望见天辛坟前的白玉碑。我回顾零乱的足印,我深深地忏悔,我是和一切残忍冷酷的人类一样。

我真不能描画这个世界的冷静,幽美,我更不能形容我踏入这个世界是如何的冷静,如何的幽美?这是一幅不能画的画,这是一首不能写的诗,我这样想。一切轻笼着白纱,浅浅的雪遮着一堆一堆凸起的孤坟,遮着多少当年红颜皎美的少女,和英姿豪爽的英雄,遮着往日富丽的欢荣,遮着千秋遗迹的情爱,遮着苍松白杨,遮着古庙芦塘,遮着断碣残碑,遮着人们悼亡时遗留在这里的悲哀。

洁白凄冷围绕着我,白坟,白碑,白树,白地,低头看我白围巾上却透露出黑的影来。寂静得真不像人间,我这样毫无知觉地走到天辛墓前。我抱着墓碑,低低唤着他的名字,热的泪融化了我身畔的雪,一滴一滴落在雪地,和着我的心音哀泣!天辛!你哪能想到一年之后,你真的埋葬在这里,我真能在这寒风凛冽,雪花飞舞中,来到你坟头上吊你!天辛!我愿你无知,你应该怎样难受呢!怕这迷漫无际的白雪,都要化成激滟生波的泪湖。

我睁眼四望,要寻觅我们一年前来到这里的遗痕,我真不知,现在是梦,还是过去是梦?天辛!自从你的生命如彗星一闪般殒坠之后,这片黄土便成了你的殡宫,从此后呵!永永远远再看不见你的顾影,再听不见你音乐般的语声!

雪下得更紧了,一片一片落到我的襟肩,一直融化到我心里;我愿雪把我深深地掩埋,深深地掩埋在这若干生命归宿的坟里。寒风吹着,雪花飞着,我像一座石膏人形一样矗立在这荒郊孤冢之前,我昂首向苍白的天宇默祷;这时候我真觉空无所有,亦无所恋,生命的灵焰已渐渐地模糊,忘了母亲,忘了一切爱我怜我同情我的朋友们。

正是我心神宁静的如死去一样的时候,芦塘里忽然飞出一对白鸽,落到一棵松树上;我用哀怜的声音告诉它,告诉它不要轻易泄漏了我这悲哀,给我的母亲,和一切爱我怜我同情我的朋友们。

我遍体感到寒冷僵硬,有点抖战了!那边道上走过了一个银须飘拂,道貌巍然的老和尚,一手执着伞,一手执着念珠,慢慢地到这边来。我心里忽然一酸,因为这和尚有几分像我故乡七十岁的老父。他已惊破我的沉寂,我知此地不可再久留,我用手指在雪罩了的石桌上写了"我来了"三个字,我向墓再凝视一度,遂决然地离开这里。

归途上,我来时的足痕已被雪遮住。我空虚的心里,忽然想起天辛在病榻上念茵梦湖:"死时候呵!死时候,我只合独葬荒丘!"

十五年十二月六日。

肠断心碎泪成冰

　　如今已是午夜人静,望望窗外,天上只有孤清一弯新月,地上白茫茫满铺的都是雪,炉中残火已熄只剩了灰烬,屋里又冷静又阴森;这世界呵! 是我肠断心碎的世界;这时候呵! 是我低泣哀号的时候。禁不住的我想到天辛,我又想把它移到了纸上。墨冻了我用热泪融化,笔干了我用热泪温润,然而天呵! 我的热泪为什么不能救活冢中的枯骨,不能唤回逝去的英魂呢? 这懦弱无情的泪有什么用处? 我真痛恨我自己,我真诅咒我自己。

　　这是两年前的事了。

　　出了德国医院的天辛,忽然又病了,这次不是吐血,是急性盲肠炎。病状很利害,三天工夫他瘦得成了一把枯骨,只是眼珠转动,嘴唇开合,表明他还是一架灵魂的躯壳。我不忍再见他,我见了他我只有落泪,他也不愿再见我,他见了我他也是只有咽泪;命运既已这样安排了,我们还能再说什么,只静待这黑的幕垂到地上时,他把灵魂交给了我,把躯壳交给了死!

　　星期三下午我去东交民巷看了他,便走了。那天下午兰辛和静弟送他到协和医院,院中人说要用手术割治,不然一两天一定会死! 那时静弟也不在,他自己签了字要医院给他开刀,兰辛当时曾阻止他,恐怕他这久病的身躯禁受不住,但是他还笑兰辛胆小,决定后,他便被抬到解剖室去开肚。开刀后据兰辛告我,他精神很好,兰辛问他:"要不要波微来看你?"他笑了笑说:"她愿意来,来看看也好,不来也好,省得她又要难过!"兰辛当天打电话告我,起始他愿我去看他,后来他又说:"你暂时不去也好,这时候他太疲倦虚弱了,禁不住再受刺激,过一两天等天辛好些再去吧! 省得见了面都难过,于病人不大好。"我自然知道他现在见了我是要难过的,我遂决定不去了。但是我心里总不平静,像遗失了什么东西一样,从家里又跑到红楼去找晶清,她也伴着我在自修室里转,我们谁都未曾想到他是已经快死了,应该再在他未死前去看看他。到七点钟我回了家,心更慌了,连晚饭都没有吃便睡了。睡也睡不着,这时候我忽然热烈地想去看他,见了他我告诉他我知道忏悔了,只要他能不死,我什么都可以牺牲。心焦烦得像一个狂马,我似乎无力控羁它了。朦胧中我看见天辛

89

穿着一套玄色西装,系着大红领结,右手拿着一枝梅花,含笑立在我面前,我叫了一声他的名字便醒了,原来是一梦。这时候夜已深了,揭开帐帷,看见月亮正照射在壁上一张祈祷的图上,现得阴森可怕极了,拧亮了电灯看看表正是两点钟,我不能睡了,我真想跑到医院去看看他到底怎么样?但是这三更半夜,在人们都睡熟的时候,我黑夜里怎能去看他呢!勉强想平静下自己汹涌的心情,然而不可能,在屋里走来走去,也不知想什么?最后跪在床边哭了,我把两臂向床里伸开,头埋在床上,我哽咽着低低地唤着母亲!

我一点都未想到这时候,是天辛的灵魂最后来向我告别的时候,也是他二十九年的生命之火最后闪烁的时候,也是他四五年中刻骨的相思最后完结的时候,也是他一生苦痛烦恼最后撒手的时候。我们这四五年来被玩弄,被宰割,被蹂躏的命运醒来原来是一梦,只是这拈花微笑的一梦呵!

自从这一夜后,我另辟了一个天地,这个天地中是充满了极美丽,极悲凄,极幽静,极哀惋的空虚。

翌晨八时,到学校给兰辛打电话未通,我在白屋的静寂中焦急着,似乎等着一个消息的来临。

十二点半钟,白屋的门碰的一声开了!进来的是谁呢?是从未曾来过我学校的晶清。

她惨白的脸色，紧嚼着下唇，抖颤的声音都令我惊奇！半天才说出一句话是："菊姐有要事，请你去她那里。"我问她什么事，她又不痛快的告诉我，她只说："你去好了，去了自然知道。"午饭已开到桌上，我让她吃饭，她恨极了，催促我马上就走；那时我也奇怪为什么那样从容。昏乱中上了车，心跳得利害，头似乎要炸裂！到了西河沿我回过头来问晶清："你告我实话，是不是天辛死了！"我是如何的希望她对我这话加以校正，那知我一点回应都未得到，再看她时，她弱小的身躯蜷伏在车上，头埋在围巾里。一阵一阵风沙吹到我脸上，我晕了！到了骑河楼，晶清扶我下了车，走到菊姐门前，菊姐已迎出来，菊姐后面是云弟，菊姐见了我马上跑过来抱住我叫了一声"珠妹！"这时我已经证明天辛真的是死了，我扑到菊姐怀里叫了声"姊姊"便晕厥过去了。经她们再三地喊叫和救治，才慢慢醒来，睁开眼看见屋里的人和东西时，我想起来天辛是真死了！这时我才放声大哭。他们自然也是一样咽着泪，流着泪！窗外的风虎虎地吹着，我们都肠断心碎的哀泣着。

　　这时候又来了几位天辛的朋友，他们说五点钟入殓，黄昏时须要把棺材送到庙里去；时候已快到，要去医院要早点去。我到了协和医院，一进接待室，便看见静弟，他看见我进来时，他跑到我身边站着哽咽的哭了！我不知说什么好，也不知该怎么样哭？号啕呢还是低泣，我只侧身望着豫王府富丽的建筑而发呆！坐在这里很久，他们总不让我进去看；后来云弟来告诉，说医院想留天辛的尸体解剖，他们已回绝了，过一会便可进去看。

　　在这时候，我便请晶清同我到天辛住的地方，收拾我们的信件。踏进他的房子，我急跑了几步倒在他床上，回顾一周什物依然。三天前我来时他还睡在床上，谁能想到三天后我来这里收检他的遗物。记得那天黄昏我在床前喂他桔汁，他还能微笑的说声："谢谢你！"如今一切依然，微笑尚似恍如目前，然而他们都说他已经是死了，我只盼他也许是睡吧！我真不能睁眼，这房里处处都似乎现着他的影子，我在零乱的什物中，一片一片撕碎这颗心！

晶清再三催我，我从床上扎挣起来，开了他的抽屉，里面已经清理好了，一束一束都是我寄给他的信，另外有一封是他得病那晚写给我的，内容口吻都是遗书的语调，这封信的力量，才造成了我的这一生，这永久在忏悔哀痛中的一生。这封信我看完后，除了悲痛外，我更下了一个毁灭过去的决心，从此我才能将碎心捧献给忧伤而死的天辛。还有一封是寄给兰辛菊姐云弟的，寥寥数语，大意是说他又病了，怕这几日不能再见他们的话。读完后，我遍体如浸入冰湖，从指尖一直冷到心里，扶着桌子抚弄着这些信件而流泪！晶清在旁边再三让我镇静，要我勉强按压着悲哀，还要扎挣着去看他的尸体。

临走，晶清扶着我，走出了房门，我回头又仔细望望，我愿我的泪落在这门前留一个很深的痕迹。这块地是他碎心埋情的地方。这里深深陷进去的，便是这宇宙中，天长地久永深的缺陷。

回到豫王府，殓衣已预备好，他们领我到冰室去看他。转了几个弯便到了，一推门一股冷气迎面扑来，我打了一个寒战！一块白色的木板上，放着他已僵冷的尸体，遍身都用白布裹着，鼻耳口都塞着棉花。我急走了几步到他的尸前，菊姐在后面拉住我，还是云弟说："不要紧，你让她看好了。"他面目无大变，只是如腊一样惨白，右眼闭了，左眼还微睁着看我。

我抚着他的尸体默祷，求他瞑目而终，世界上我知道他再没有什么要求和愿望了。我仔细地看他的尸体，看他惨白的嘴唇，看他无光而开展的左眼最后我又注视他左手食指上的象牙戒指；这时候，我的心似乎和沙乐美得到了先知约翰的头颅一样。我一直极庄严神肃的站着，其他的人也是都静悄悄的低头站在后面，宇宙这时是极寂静，极美丽，极惨淡，极悲哀！

梦回寂寂残灯后

　　我真愿在天辛尸前多逗留一会，细细地默志他最后的容颜。我看看他，我又低头想想，想在他憔悴苍白的脸上，寻觅他二十余年在人间刻画下的残痕。谁也不知他深夜怎样展转哀号的死去，死时是清醒，还是昏迷？谁也不知他最后怎样咽下那不忍不愿停息的呼吸？谁也不知他临死还有什么嘱托和言语？他悄悄地死在这冷森黯淡的病室中，只有浅绿的灯光，苍白的粉壁，听见他最后的呻吟，看见他和死神最后战斗的扎挣。

　　当我凝视他时，我想起前一星期在夜的深林中，他抖颤地说："我是生于孤零，死于孤零。"如今他的尸骸周围虽然围了不少哀悼涕泣的人，但是他何尝需要这些呢！即是我这颗心的祭献，在此时只是我自己忏悔的表示，对于魂去渺茫的他又有何补益？记得一九二四年九月二十二日他由沪去广州的船上，有一封信说到我的矛盾，是：

　　　　你中秋前一日的信，我于上船前一日接到。此信你说可以做我惟一知己的朋友。前于此的一信又说我们可以作以事业度过这一生的同志。你只会答复人家不需要的答复，你只会与人家订不需要的约束。

　　　　你明白地告诉我之后，我并不感到这消息的突兀，我只觉心中万分凄怆！我一边难过的是：世上只有吮血的人们是反对我们的，何以我惟一敬爱的人也不能同情于我们？我一边又替我自己难过，我已将一个心整个交给伊，何以事业上又不能使伊顺意？我是有两个世界的：一个世界一切都是属于你的，我是连灵魂都永禁的俘虏；在另一个世界里，我是不属于你，更不属于我自己，我只是历史使命的走卒。假使我要为自己打算，我可以去做禄蠹了，你不是也不希望我这样做吗？你不满意于我的事业，但却万分恳切地劝勉我努力此种事业；让我再不忆起你让步于吮血世界的结论，只悠久的钦佩你牺牲自己而鼓舞别人的义侠精神！

　　　　我何尝不知道：我是南北漂零，生活日在风波之中，我何忍使你同入此不安之状态；所以我决定：你的所愿，我将赴汤蹈火以求之，你的所不愿，我将赴汤蹈火以阻之。不能这样,我怎能说是爱你!从此我决心为我的事业奋斗,就这样飘零孤独度此一生,人生数十寒暑,死期忽忽即至,奚必坚执情感以为是。你不要以为对不起我,更不要为我伤心。

这些你都不要奇怪,我们是希望海上没有浪的,它应当平静如镜;可是我们又怎能使海上无浪?从此我已是傀儡生命了,为了你死,亦可以为了你生,你不能为了这样可傲慢一切的情形而愉快吗?我希望你从此愉快,但凡你能愉快,这世上是没有什么可使我悲哀了!

写到这里,我望望海水,海水是那样平静。好吧,我们互相遵守这些,去建筑一个富丽辉煌的生命,不管他生也好,死也好。

这虽然是六个月前的信,但是他的环境和他的意念是不允许他自由的,结果他在六个月后走上他最后的路,他真的在一个深夜悄悄地死去了。

唉!辛!到如今我才认识你这颗迂回宛转的心,然而你为什么不扎挣着去殉你的事业,做一个轰轰烈烈的英雄,你却柔情千缕,吐丝自缚,遗我以余憾长恨在这漠漠荒沙的人间呢?这岂是你所愿?这岂是我所愿?当我伫立在你的面前千唤不应时候,你不懊悔吗?在这一刹那,我感到宇宙的空寂,这空寂永远包裹了我的生命;也许这在我以后的生命中,是一种平静空虚的愉快。辛!你是为了完成我这种愉快才毅然地离开我,离开这人间

吗？我细细默记他的遗容，我想解答这些疑问，因之，我反而不怎样悲痛了。

终于我要离开他，一步一回首我望着陈列的尸体，咽下许多不能叙说的忧愁。装殓好后，我本想再到棺前看看他，不知谁不赞成地阻止了，我也莫有十分固执地去。

我们从医院前门绕到后门，看见门口停着一副白木棺，旁边站满了北京那些穿团花绿衫的杠夫；我这时的难过真不能形容了，这几步远的一副棺材内，装着的是人天隔绝的我的朋友，从此后连那可以细认的尸体都不能再见了；只有从记忆中心衣底浮出梦里拈花含笑的他，醒后尸体横陈的他。

许多朋友亲戚都立在他棺前，我和菊姐远远地倚着墙，一直望着他白木棺材上，罩了一块红花绿底的绣幕，八个穿团花绿衫的杠夫抬起来，我才和菊姐雇好车送他到法华寺。这已是黄昏时候，他的棺材一步一步经过了许多闹市，出了哈德门向法华寺去。几天前这条道上，我曾伴着他在夕阳时候来此散步，谁也想不到几天后，我伴着他的棺材，又走这一条路。我望着那抬着的棺材，我一点也不相信这里面装着的便是我心中最畏避而终不能逃脱的"死"！

到了法华寺，云弟伴我们走进了佛堂，稍待又让我们到了一间黯淡的僧房里休息。菊姐和晶清两个人扶着我，我在这间幽暗的僧房里低低地啜泣，听见外面杠夫安置棺材的动作和声音时，我心一片一片碎了！辛！从此后你孤魂寂寞，飘游在这古庙深林，也还记得繁华的人间和一切系念你的人吗？

一阵阵风从纸窗缝里吹进，把佛龛前的神灯吹得摇晃不定，我的只影蜷伏在黑暗的墙角，战栗的身体包裹着战栗的心。晶清紧紧握着我冰冷的手，她悄悄地咽着泪。夕阳正照着淡黄的神幔。有十五分钟光景，静弟进来请我出去，我和晶清菊姐走到院里时，迎面看见天辛的两个朋友，他们都用哀怜的目光投射着我。走到一间小屋子的门口，他的棺材停放在里面，前面放着一张方桌，挂着一幅白布蓝花的桌裙，燃着两枝红烛，一个铜炉中缭绕着香烟。我是走到他灵前了，我该怎样！我听见静弟哭着唤"哥哥"时，我也不自禁地随着他号啕痛哭！唉！这一座古庙里布满了愁云惨雾。

黑暗的幕渐渐低垂，菊姐向晶清说："天晚了我们该回去了。"我听见时更觉伤心，日落了，你的生命和我的生命都随着沉落在一个永久不醒的梦里；今夜月儿照临到这世界时，辛！你只剩了一棺横陈，今夜月儿照临到我身上时，我只觉十年前尘恍如一梦。

静弟送我们到门前，他含泪哽咽着向我们致谢！这时晶清和菊姐都低着头擦泪！我猛抬头看见门外一片松林，晚霞照的鲜红，松林里现露出几个凸堆的坟头。我呆呆地望着。上帝呵！谁也想不到我能以这一幅凄凉悲壮的境地，作了我此后生命的背景。我指着向晶清说："你看！"她自然知道我的意思，她抚着我肩说："现在你可以谢谢上帝！"

我听见她这句话，似乎得了一种暗示的惊觉，我的悲痛不能再忍了，我靠在一棵松树上望着这晚霞松林，放声痛哭！辛！你到这时该忏悔吧！太忍心了，也太残酷了，你最后赐给

95

我这样悲惨的境象,这样悲惨的景象,深印在我柔弱嫩小的心上;数年来冰雪友谊,到如今只博得隐恨千古,抚棺哀哭!辛!你为什么不流血沙场而死,你为什么不瘐毙狱中而死?却偏要含笑陈尸在玫瑰丛中,任刺针透进了你的心,任鲜血淹埋了你的身,站在你尸前哀悼痛哭你的,不是全国的民众,却是一个别有怀抱,负你深爱的人。辛!你不追悔吗?为了一个幻梦的追逐捕获,你遗弃不顾那另一世界的建设毁灭,轻轻地将生命迅速地结束,在你事业尚未成功的时候。到如今,只有诅咒我自己,我是应负重重罪戾对于你的家庭和社会。我抱恨怕我纵有千点泪,也抵不了你一滴血,我用什么才能学识来完成你未竟的事业呢!更何忍再说到我们自己心里的痕迹和环境一切的牵系!

我不解你那时柔情似水,为什么不能温暖了我心如铁?

在日落后暮云苍茫的归途上,我仿佛是上了车,以后一切知觉便昏迷了。思潮和悲情暂时得能休息,恍惚中是想在缥缈的路上去追唤逝去的前尘呢!这时候我魂去了,只留下一副苍白的面靥和未冷的躯壳卧在菊姐的床上,床前站满了我的和辛的朋友还有医生。

这时已午夜三点多钟,冷月正照着纸窗。我醒了,睁开眼看见我是在菊姐床上,一盏残灯黯然的对着我;床四周静悄悄站了许多人,他们见我睁开眼都一齐嚷道:"醒了!醒了!"

我终于醒了!我遂在这醒了声中,投入到另一个幽静,冷寞,孤寂,悲哀的世界里。

无穷红艳烟尘里

一样在寒冻中欢迎了春来,抱着无限的抖颤惊悸欢迎了春来,然而阵阵风沙里夹着的不是馨香而是血腥。片片如云雾般的群花,也正在哀呼呻吟于狂飙尘沙之下,不是死的惨白,便是血的鲜红。试想想一个疲惫的旅客,她在天涯中奔波着这样惊风骇浪的途程,目睹耳闻着这些愁惨冷酷的形形色色,她怎能不心碎呢!既不能运用宝刀杀死那些扰乱和平的恶魔,又无烈火烧毁了这恐怖的黑暗和荆棘,她怎能不垂涕而愤恨呢!

已是暮春天气,却为何这般秋风秋雨?假如我们记忆着这个春天,这个春天是埋葬过一切的光荣的。他像深夜中森林里的野火,是那样寂寂无言的燃烧着!他像英雄胸中刺出的鲜血,直喷洒在枯萎的花瓣上,是那样默默的射放着醉人心魂的娇艳。春快去了,和着一切的光荣逝去了,但是我们心头愿意永埋这个春天,把她那永远吹拂人类生意而殉身的精神记忆着。

在现在真不知怎样安放这颗百创的心,而我们自己的头颅何时从颈上飞去呢!这只有交付给渺茫的上帝了。春天我是百感交集的日子,但是今年我无感了。除了睁视默默外,既不会笑也不会哭,我更觉着生的不幸和绝望;愿天爽性把这地球捣成碎粉,或者把我这脆弱有病态的心掉换成那些人的心,我也一手一只手枪飞骑驰骋于人海之中,看着倒践在我铁蹄下的血尸,微笑快意!然而我终于都不能如愿,世界不归我统治,人类不听我支配,只好叹息着颤悸着,看他们无穷的肉搏和冲杀吧!

有时我是会忘记的。当我在一群天真烂漫的小姑娘中间,悄悄地看她们的舞态,听她们的笑声,对我像一个不知道人情世故的人,更不知道世界上还有许多不幸和罪恶。当我在杨柳岸,伫立着听足下的泉声,残月孤星照着我的眉目,晚风吹拂着我的衣裙,把一颗平静的心,放在水面月光上时,我也许可以忘掉我的愁苦,和这世界的愁苦。

常想钻在象牙塔里,不要伸出头来,安稳甘甜的做那痴迷恍惚的梦;但是有时象牙塔也会爆裂的,终于负了满身创伤掷我于十字街头,令我目睹着一切而惊心落魄!这时花也许开的正鲜艳,草也许生的很青翠,潮水碧油油的,山色绿葱葱的;但是灰尘烟火中,埋葬着无穷娇艳青春的生命。我疲惫的旅客呵!不忍睁眼再看那密布的墨云,风雨欲来时的光景了。

我祷告着,愿意我是个又聋又瞎的哑小孩。

十六年国耻日。

梦　回

　　这已是午夜人静,我被隔房一阵痛楚的呻吟惊醒!睁开眼时,一盏罩着绿绸的电灯,低低地垂到我床前,闪映着白漆的几椅和镜台。绿绒的窗帏长长地拖到地上;窗台上摆着美人蕉。摆着梅花,摆着水仙,投进我鼻端的也辨不出是哪一种花香?墙壁的颜色我写不出,不是深绿,不是浅碧,像春水又像青天,表现出极深的沉静与幽暗。我环顾一周后,不禁哀哀的长叹一声!谁能想到呢!我今夜来到这陌生的室中,睡在这许多僵尸停息过的床上做这惊心的碎梦?谁能想到呢!除了在暗中捉弄我的命运,和能执掌着生机之轮的神。

　　这时候门轻轻地推开了。进来一个黑衣罩着白坎肩戴着白高冠的女郎,在绿的灯光下照映出她娇嫩的面靥,尤其可爱的是一双黑而且深的眼;她轻盈婀娜地走到我床前。微笑着说:"你醒了!"声音也和她的美丽一样好听!走近了,细看似乎像一个认识的朋友,后来才想到原来像去秋死了的婧姊。不知为什么我很喜欢她;当她把测验口温的表放在我嘴里时,我凝视着她,我是愿意在她依稀仿佛的面容上,认识我不能再见的婧姊呢!

　　"你还须静养不能多费思想的,今夜要好好的睡一夜:明天也许会好的,你不要焦急!"她的纤纤玉手按着我的右腕,斜着头说这几句话。我不知该怎样回答她,我只微笑的点点头。她将温度写在我床头的一个表上后,她把我的被又向上拉了拉,把汽炉上的水壶拿过来。她和来时一样又那么轻盈婀娜地去了。电灯依然低低地垂到我床前,窗帏依然长长地拖到地上,室中依然充满了沉静和幽暗。

　　她是谁呢?她不是我的母亲,不是我的姊妹,也不是我的亲戚和朋友,她是陌生的不相识的一个女人;然而她能温慰我服侍我一个她不相识的一个病人。当她走后我似乎惊醒的回忆时,我不知为何又感到一种过后的惆怅,我不幸做了她的伤羊。我合掌谢谢她的来临,我像个小白羊,离群倒卧在黄沙凄迷的荒场,她像月光下的牧羊女郎,抚慰着我的惊魂,吻照着我的创伤,使我由她洁白仁爱的光里,看见了我一切亲爱的人,忘记了我一切的创痛。

　　我哪能睡,我哪能睡,心海像狂飙吹拂一样的汹涌不宁;往事前尘,历历在我脑海中映演,我又跌落在过去的梦里沉思。心像焰焰进射的火山,头上的冰囊也消融了。我按电铃,

99

对面小床上的漱玉醒了，她下床来看我，我悄悄地拉她坐在我床边，我说："漱妹：你不要睡了，再有两夜你就离开我去了，好不好今夜我俩联床谈心？"漱玉半天也不说话，只不停地按电铃，我默默望着她娇小的背影咽泪！女仆给我换了冰囊后，漱玉又转到我床前去看我刚才的温度；在电灯下呆立了半响，她才说："你病未脱险期，要好好静养，不能多费心思多说话，你忘记了刚才看护吩咐你的话吗？"她说话的声音已有点抖颤，而且她的头低低地垂下，我不能再求了。好吧！任我们同在这一室中，为了病把我们分隔的咫尺天涯；临别了，还不能和她联床共话消此长夜，人间真有许多想不到梦不到的缺憾。我们预想要在今夜给漱玉饯最后的别宴，也许这时候正在辉煌的电灯下各抱一壶酒，和泪痛饮，在这凄楚悲壮的别宴上，沉痛着未来而醺醉。哪知这一切终于是幻梦，幻梦非实，终于是变，变异非常；谁料到凄哀的别宴，到时候又变出惊人的惨剧！

这间病房中两张铁床上，卧着一个负伤的我，卧着一个临行的她，我们彼此心里都怀有异样的沉思，和悲哀：她是山穷水尽无路可通，还要扎挣着去投奔远道，在这冰天雪地，寒风凄紧时候；要践踏出一条道路，她不管上帝付给的是什么命运？我呢，原只想在尘海奔波中消磨我的岁月和青春，那料到如今又做了十字街头，电车轮下，幸逃残生的负伤者！生和死一刹那间，我真愿晕厥后，再不醒来，因为我是不计较到何种程度才值的死，希望得什么泰山鸿毛一类的虚衔。假如死一定要和我握手，我虽不愿也不能拒绝，我们终日在十字街头往来奔波，活着出门的人，也许死了才抬着回来。这类意外的惨变，我们且不愿它来临，然而也毫无力量可以拒绝它来临。

我今天去学校时，自然料不到今夜睡在医院，而且负了这样沉重的伤。漱玉本是明晨便要离京赴津的，她哪能想到在她临行时候，我又遭遇了这样惊人心魂的惨劫？因之我卧在病床上深深地又感到了人生多变，多变之中固然悲惨凄哀，不过有时也能找到一种意想不及的收获。我似乎不怎样关怀我负伤的事，我只回想着自己烟云消散后的旧梦，沉恋着这惊魂乍定，恍非身历的新梦。

漱玉喂我喝了点牛奶后，她无语地又走到她床前去，我望着沉重的双肩长叹！她似乎觉着了。回头向我苦笑着说："为什么？"我也笑了，我说："不知道？"她坐在床上，翻看一本书。我知她零乱的心绪，大概她也是不能睡；然而她知我也是不愿意睡，所以她又假睡在床上希望着我静寂中能睡。她也许不知道我已厌弃睡，因为我已厌弃了梦，我不愿入梦，我是怕梦终于又要惊醒！

有时候我曾羡慕过病院生活，我常想有了病住几天医院，梦想着这一定是一个值得描写而别有兴感的环境；但是今夜听见了病人痛楚的呻吟，看见了白衣翻跹的看护，寂静阴惨的病室，凄哀暗淡的灯光时，我更觉得万分悲怆！深深地回忆到往日病院的遗痕，和我心上的残迹，添了些此后离梦更遥的惆怅！而且愿我永远不再踏进这肠断心碎的地方。

心绪万端时，又想到母亲。母亲今夜的梦中，不知我是怎样的入梦？母亲！我对你只好骗你，我哪能忍把这些可怕可惊的消息告诉你。为了她我才感谢上苍，今天能在车轮下逃生，剩得这一付残骸安慰我白发皤皤的双亲。为了母亲我才珍视我的身体，虽然这一付腐蚀的残骸，不值爱怜；但是被母亲的爱润泽着的灵魂，应该随着母亲的灵魂而安息，这似乎是暗中的声音常在诏示着我。然而假使我今天真的血迹模糊横卧在车轨上时，我虽不忍抛弃我的双亲也不能。想到此我眼中流下感谢的泪来！

路既未走完，我也只好背起行囊再往前去，不管前途是荆棘是崎岖，披星戴月地向前去。想到这里我心才平静下，漱玉蜷伏在床上也许已经入了梦，我侧着身子也想睡去，但是脑部总是迸发出火星，令我不能冷静。

夜更静了，绿帏后似乎映着天空中一弯残月。我由病床上起来，轻轻地下了床，走到窗前把绿帏拉开，惨白的月光投射进来，我俯视月光照着的楼下，在一个圆形的小松环围的花圃里中央，立着一座大理石的雕像，似乎是一个俯着合掌的女神正在默祷着！这刹那间我心海由汹涌而归于枯寂，我抬头望着天上残月和疏星，低头我又看在凄寒冷静的月夜里，那一个没有性灵的石像；我痴倚在窗前沉思，想到天明后即撒手南下的漱玉，又想到从死神羽翼下逃回的残躯，我心中觉着辛酸万分，眼泪一滴一滴流到炎热的腮上。

我回到床前，月光正投射到漱玉的身上，窗帏仍开着，睁眼可以看见一弯银月，和闪烁的繁星。

101

归 来

四围山色中,一鞭残照里,我骑着驴儿归来了。

过了南天门的长山坡,远远望见翠绿丛中一带红墙,那就是孔子庙前我的家了,心中说不出是什么滋味,这又是一度浩劫后的重生呢;依稀在草香中我嗅着了血腥;在新冢里看见了战骨。我的家,真能如他们信中所说的那样平安吗?我有点儿不相信。

抬头已到了城门口,在驴背上忽然听见有人唤我的乳名。这声音和树上的蝉鸣夹杂着,我不知是谁?回过头来问跟着我的小童:

102

"珑珑!听谁叫我呢!你跑到前边看看。"

接着又是一声,这次听清楚了是父亲的声音;不过我还不曾看见他到底是在哪里喊我,驴儿过了城洞我望见一个新的炮垒,父亲穿着白的长袍,站在那土丘的高处,银须飘拂向我招手;我慌忙由驴背上下来,跑到父亲面前站定,心中觉着凄梗万分眼泪不知怎么那样快,我怕父亲看见难受,不敢抬起头来,也说不出什么话来。父亲用他的手抚摩着我的短发,心里感到异样的舒适与快愉。也许这是梦吧,上帝能给我们再见的机会。

沉默了一会,我才抬起头来,看父亲比别时老多了,面容还是那样慈祥,不过举动现得迟钝龙钟了。

我扶着他下了土坡,慢慢缘着柳林的大道,谈着路上的情形。我又问问家中长亲们的健康,有的死了,有的还健在,年年归来都是如此沧桑呢。珑珑赶着驴儿向前去了,我和父亲缓步在黄昏山色中。

过了孔庙的红墙,望见我骑的驴儿挂在老槐树上,昆林正在帮着珑珑拿东西呢!她见我来了,把东西扔了就跑过来,喊了一声"梅姑!"似乎有点害羞,马上低了头,我握着她手一端详:这孩子出脱的更好看了,一头如墨云似的头发,衬着她如雪的脸儿,睫毛下一双大眼睛澄碧灵活,更显得她聪慧过人。这年龄,这环境,完全是十年前我的幻影,不知怎样联想起自己的前尘,悄悄在心底叹了一口气。

进了大门,母亲和一个不认识的女人坐在葡萄架下,嫂嫂正在洗手。她们看见我都喜欢得很。母亲介绍我那个人，原来是新娶的八婶。吃完饭，随便谈谈奉军春天攻破娘儿关的恐慌虚惊，母亲就让我上楼去休息。这几间楼房完全是我特备的，回来时母亲就收拾清楚，真是窗明几净，让我这匹跋涉千里疲惫万分的征马，在此卸鞍。走了时就封锁起来，她日夜望着它祷祝我平安归来。

每年走进这楼房时，纵然它是如何的风景依然，我总感到年年归来时的心情异昔。扶着石栏看紫光弥漫中的山城，天宁寺矗立的双塔，依稀望着我流浪的故人微笑！沐浴在这苍然暮色的天幕下时，一切扰攘奔波的梦都霍然醒了，忘掉我还是在这嚣杂的人寰。尤其令我感谢的是故乡能逃出野蛮万恶的奉军蹂躏，今日归来不仅天伦团聚而且家园依旧。

我看见一片翠挺披拂的玉米田，玉米田后是一畦畦的瓜田，瓜田尽头处是望不断的青山，青山的西面是烟火，人家，楼台城廓，背着一带黑森森的树林，树梢头飘游着逍遥的流云。静悄悄不见一点儿嘈杂的声音，只觉一阵阵凉风吹摩着鬓角衣袂，几只小鸟在白云下飞来飞去。

我羡慕流云的逍遥，我忌恨飞鸟的自由，宇宙是森罗万象的，但我的世界却是狭的笼呢！

追逐着，追逐着，我不能如愿满足的希望。来到这里又想那里，在那里又念着回到这里，我痛苦的，就是这不能宁静不能安定的灵魂。

正凝想着，昆林抱着黑猫上来了。这是母亲派来今夜陪我的侣伴。

临睡时，天暮上只有几点半明半暗的小星星。我太疲倦了，这夜不曾失眠，也不曾做梦。

社 戏

临离北平时,许多朋友送了我不少的新书。回来后,这寂寞的山城,除了自然界的风景外,真没有可以消遣玩耍的事情,只有拿上几本爱读的书,到葡萄架下,老槐树底,小河堤上,茅庵门前,或是花荫蝉声,楼窗晚风里去寻求好梦。书又何曾看了多少,只凝望着晚霞和流云而沉思默想;想倦了,书扔在地上,我的身体就躺在落英绿茵中了。怎样醒来呢? 快吃饭了,昆林抱着黄狸猫,用它的绒蹄来抚摸我的脸,惊醒后,我牵了昆林,黄狸猫跟在我们后边,一块儿走到母亲房里。桌上已放置了许多园中新鲜菜蔬烹调的佳肴,昆林坐在小椅子上,黄狸猫蹲在她旁边。那时一切的环境,都是温柔的和母亲的手一样。

读倦了书,母亲已派人送冰浸的鲜艳的瓜果给我吃。亲戚家也都把他们园地中的收获,大篮小筐的馈赠我,我真成了山城中幸福的娇客。黄昏后,晚风凉爽时,我披着罗衣陪了父亲到山腰水涧去散步。

想起来,这真是短短地一个美满的神仙的梦呢!

有一天姑母来接我去看社戏。这正是一个清新的早晨,微雨初晴旭日像一团火轮,我骑着小驴儿。得得得得走过了几个小村堡到了姑母家。姑母家,充满了欣喜的空气欢迎我。

早餐后,来了许多格子布,条儿布的村姑娘来看我,都梳着辫子,扎着鲜艳的头绳,粉白脸儿拢着玫瑰腮,更现的十分俏丽。姑母介绍时,我最喜欢梳双髻的兰篮;她既天真又活泼,而且很大方,不像别的女孩子那样怕生害羞。

今天村里的妇女们,衣饰都收拾的很新洁。一方面偷空和姑姑姨姨们畅叙衷怀,一方面还要张罗着招待客人看戏。比较城市中,那些辉煌华丽的舞台剧场中的阔老富翁们,拥伴侍候着那些红粉骷髅,金钱美人,要幸福多了。这种可爱的纯真和朴素,使得她们灵魂是健康而且畅快呵! 不过人生的欲望无穷,达不到的都是美满,获得的都是缺限,彼此羡慕也彼此妒忌,这就是宛转复杂的苦痛人生吧!

戏台在一块旷野地。前面那红墙高宇的就是关帝庙。这台戏,有的人说是谢神的,因为神的力量能保佑地面不曾受奉军的蹂躏。有的人说是庆祝北伐成功的,特意来慰劳前敌归来的将士们。台前悬挂着两个煤气灯,交叉着国旗党旗,两旁还挂着"革命尚未成功,同志仍须努力"的对联。我和兰篮她们坐在姑家的席棚里,很清楚的看见这简陋剧场的周围,是青山碧水,瓜田莱畦,连绵不断翠色重重的高粱地。

集聚的观众,成个月牙形。小贩呼卖声,儿童哭闹声,妇女们的笑语声,刺耳的锣鼓声,种种嘈杂的声音喊成一片;望去呢,是闹烘烘一团人影,缓缓移动像云拥浪堆。

二点钟时候,戏开演了。咿咿呀呀,唔唔呵呵,红的进去,黑的出来,我简直莫名其妙是做什么?回头问女伴,她们一样摇头不知。我遂将视线移在台下,觉得舞台下的活动影戏,比台上的傀儡还许有趣呢!

正凝视沉思时,东北角上忽然人影散动,观众们都转头向那方看去,隐隐听见哭喊求饶的声音。这时几声尖锐的啸笛吹起,人群中又拥出许多着灰色军服的武装同志,奔向那边去了。妇女们胆小的都呼儿携女地逃遁了,大胆些的站在板凳上伸头而望;蓦然间起了极大的纷扰。

一会儿姑母家派人来接我们。我向来人打听的结果,才知道这纷乱的原因。此地驻扎的武装同志来看戏时,无意中乡下一个农民践踏了他一足泥,这本来小得和芝麻一样大的事,但是我们的同志愤怒之余就拿出打倒的精神来了。这时看台上正坐着个七十多岁的老太婆,她听见儿子哭喊求救的声音,不顾一切由椅子上连跌带跑奔向人群,和那着灰色军装的兵,加入战团。一声啸笛后又来了许多凶恶的军士助威,不一会那母子已打的血迹淋漓,气息奄奄,这时还不知性命怎样呢!据说这类事情,一天大小总发生几项,在这里并不觉得奇怪。不过我是恍惚身临旧境一样的愤慨罢了!

挤出来时,逢见一个军官气冲冲的走过去。后面随着几个着中山服的青年,认识一位姓唐的,他是县党部的委员。

在山坡上,回头还能看见戏台上临风招展的青天白日满地红。我轻轻舒放了一口气。才觉得我是生活在这样幸福的环境里。

105

恐 怖

父亲的生命是秋深了。如一片黄叶系在树梢。十年,五年,三年以后,明天或许就在今晚都说不定。因之,无论大家怎样欢欣团聚的时候,一种可怕的暗影,或悄悄飞到我们眼前。就是父亲在喜欢时,也会忽然的感叹起来!尤其是我,脆弱的神经,有时想的很久远很恐怖。父亲在我家里是和平之神。假如他有一天离开人间,那我和母亲就沉沦在更深的苦痛中了。维持我今日家庭的绳索是父亲,绳索断了,那自然是一个莫测高深的陨坠了。

逆料多少年大家庭中压伏的积怨,总会爆发的。这爆发后毁灭一切的火星落下时,怕懦弱的母亲是不能逃免!我爱护她,自然受同样的创缚,处同样的命运是无庸疑议了。那时人们一切的矫饰虚伪,都会褪落的;心底的刺也许就变成弦上的箭了。

多少隐恨说不出在心头。每年归来,深夜人静后,母亲在我枕畔偷偷流泪!我无力挽回她过去铸错的命运,只有精神上同受这无期的刑罚。有时我虽离开母亲,凄冷风雨之夜,灯残梦醒之时,耳中犹仿佛听见枕畔有母亲滴泪的声音。不过我还很欣慰父亲的健在,一切都能给她作防御的盾牌。

谈到父亲,七十多年的岁月,也是和我一样颠沛流离,忧患丛生,痛苦过于幸福。每次和我们谈到他少年事,总是残泪沾襟不忍重提。这是我的罪戾呵!不能用自己柔软的双手,替父亲抚摸去这苦痛的瘢痕。

我自然是萍踪浪迹,不易归来;但有时交通阻碍也从中作梗。这次回来后,父亲很想乘我在面前,预嘱他死后的诸事,不过每次都是泪眼模糊,断续不能尽其辞。有一次提到他墓穴的建修,愿意让我陪他去看看工程,我低头咽着泪答应了。

那天夜里,母亲派人将父亲的轿子预备好,我和曾任监工的族叔蔚文同着去,打算骑着姑母家的驴子。

翌晨十点钟出发:母亲和芬嫂都嘱咐我好好招呼着父亲,怕他见了自己的坟穴难过;我也不知该怎样安慰防备着,只觉心中感到万分惨痛。一路很艰险,经过都是些崎岖山径;同样是青青山色,潺潺流水,但每人心中都抑压着一种凄怆,虽然是旭日如烘,万象鲜明,而我只觉前途是笼罩一层神秘恐怖黑幕，这黑幕便是旅途的终点，父亲是一步一步走近这伟大无涯的黑幕了。

在一个高堑如削的山峰前停住，父亲的轿子落在平地。我慌忙下了驴子向前扶着，觉他身体有点颤抖，步履也很软弱，我让他坐在崖石上休息一会。这真是一个风景幽美的地方，后面是连亘不断的峰峦，前面是青翠一片麦田；山峰下隐约林中有炊烟，有鸡唱犬吠的声音。父亲指着说：

"那一带村庄是红叶沟，我的祖父隐居在这高塔的庙里，那庙叫华严寺，有一股温泉，流汇到这庙后的崖下。土人传说这泉水可以治眼病呢！我小时候随着祖父，在这里读书；已经有三十多年不来了，人事过的真快呵！不觉得我也这样老了。"父亲仰头叹息着。

蔚叔领导着进了那摩云参天的松林，苍绿阴森的荫影下，现出无数冢墓，矗立着倒斜着风雨剥蚀的断碣残碑。地上丛生了许多草花，红的黄的紫的夹杂着十分好看。蔚叔回转进一带白杨，我和父亲慢步徐行，阵阵风吹，声声蝉鸣，都现得惨淡空寂，静默如死。

蔚叔站住了，面前堆满了磨新的青石和沙屑，那旁边就是一个深的洞穴，这就是将来掩埋父亲尸体的坟墓。我小心看着父亲，他神色现得异样惨淡，银须白发中，包掩着无限的伤痛。

一阵风吹起父亲的袍角，银须也缓缓飘拂到左襟；白杨树上叶子磨擦的声音，如幽咽泣诉，令人酸梗，这时他颤巍巍扶着我来到墓穴前站定。

父亲很仔细周详地在墓穴四周看了一遍，觉得很如意。蔚叔又和他筹画墓头的式样，他还能掩饰住悲痛说：

"外面的式样坚固些就成啦；不要太讲究了，靡费金钱。只要里面干燥光滑一点，棺木

107

不受伤就可以了。"

回头又向我说:

"这些事情原不必要我自己做,不过你和璜哥,整年都在外面;我老了,无可讳言是快到坟墓去了。在家也无事,不愁穿,不愁吃,有时就愁到我最后的安置。棺木已扎好了,里子也裱漆完了。衣服呢我不愿意穿前清的遗服或现在的袍褂。我想走的时候穿一身道袍。璜哥已由汉口给我寄来了一套,鞋帽都有,那天请母亲找出来你看看。我一生廉洁寒苦,不愿浪费,只求我心身安适就成了。都预备好后,省临时麻烦;不然你们如果因事忙因道阻不能回来时,不是要焦急吗?我愿能悄悄地走了,不要给你们灵魂上感到悲伤。生如寄,死如归,本不必认真呵!"

我低头不语,怕他难过,偷偷把泪咽下去。等蔚叔扶父亲上了轿后,我才取出手绢揩泪。

临去时我向松林群冢望了一眼,再来时怕已是一个梦醒后。

跪在洞穴前祷告上帝:愿以我青春火焰,燃烧父亲残弱的光辉!千万不要接引我的慈爱父亲来到这里呵!

这是我第二次感到坟墓的残忍可怕,死是这样伟大的无情。

108

深夜絮语

一　凄怆的归途

一个阴黯惨淡的下午,我抱着一颗微颤的心,去叩正师的门。刚由寒冷的街道上忽然走到了室中,似乎觉的有点温意,但一到那里后这温意仍在寒冷中消逝了。我是去拿稿子的,不知为什么正师把那束稿交给我时,抬头我看见他阴影罩满的忧愁面容,我几乎把那束稿子坠在地上,几次想谈点别的话,但谁也说不出;我俯首看见了和珍两个字时,我头似乎有点晕眩,身上感到一阵比一阵的冷!

寒风中我离开骆驼书屋,一辆破的洋车载着我摇晃在扰攘的街市上,我闭着眼手里紧握着那束稿,这稿内是一个悲惨的追忆,而这追忆也正是往日历历的景象,仅是一年,但这景象已成了悲惨的追忆。不仅这些可追忆,就是去年那些哄动全城的大惨杀了后的大追悼会,在如今何尝不惊叹那时的狂热盛况呢!不知为什么这几天的天气,也似乎要增加人的忧愁,死城里的黯淡阴森,污秽恶浊,怕比追悼和珍还可哭!而风雪又似乎正在尽力的吹扫和遮蔽。

春雪还未消尽,墙根屋顶残雪犹存。我在车上想到去年"三一八"的翌晨去看医院负伤的朋友时,正是漫天漫地的白雪在遮掩鲜血的尸身。想到这里自然杨德群和刘和珍陈列在大礼堂上的尸体,枪弹洞穿的尸体,和那放在玻璃橱中的斑斑血衣,花圈挽联,含笑的遗像,围着尸体的恸哭!都涌现到脑海中,觉着那时兴奋的跃动的哀恸,比现在空寂冷淡的寂静是狂热多了。假如曾参与过去年那种盛典的人,一定也和我一样感到寂寞吧!然而似乎冬眠未醒的朋友们,自己就没有令这生命变成活跃的力量吗?我自己责问自己。

这时候我才看见拉我的车夫,他是个白发苍苍的老头,腿一拐一拐,似乎足上腿上还有点毛病,虽然扎挣着在寒风里向前去,不过那种蹒跚的景象,我觉由他一步一步的足踪里仿佛溢着人世苦痛生活压迫的眼泪!我何忍令这样龙钟蹒跚的老人,拉我这正欲求活跃生命的青年呢?我下了车,加倍地给他车价后,他苦痛的皱纹上泛出一缕惨笑!我望着他的背

109

影龙钟蹒跚的去远了,我才进行我的路。当我在马路上独自徘徊时不知为什么,忽然想到我们中国来,我觉中国的现(实)像这老头子拉车,而多少公子小姐们偏不醒来睁眼看看这车夫能不能走路,只蜷伏在破车上闭着眼做那金迷纸醉的甜梦!

二　遗留在人间的哀恸

前些天,娜君由南昌来信说:她曾去看和珍的母亲,景象悲惨极了,她回来和瑛姊哭了一夜!听说和珍的母亲还是在病中,看见她们时只眼泪汪汪的呻吟着叫和珍!关乎这一幕访问,娜君本允许我写一篇东西赶"三一八"前寄来的,但如今还未寄来,因之我很怅惘!不过这也是可以意料到的,一个老年无依靠的寡母哭她惟一可爱而横遭惨杀的女儿;这是多么悲惨的事在这宇宙间。和珍有灵,她在异乡的古庙中,能瞑目吗?怕母亲的哭泣声呼唤声也许能令她尸体抖战呢!

她的未婚夫方君回南昌看了和珍的母亲后,他已投笔从戎去了。此后我想他也许不再惊悸。不过有一天他战罢归来,站在和珍灵前,把那一束滴上仇人之血的鲜花献上时,他也要觉着世界上的静默了!

我不敢想到"三一八"那天烈士们远留在人间的哀恸,所以前一天我已写信给娜君,让她们那天多约上些女孩儿们去伴慰和珍的母亲,直到这时我也是怀念着这桩事。在战场上的方君,或者他在炮火流弹冲锋杀敌声中已忘了这一个悲惨的日子。不过我想他一定会忆起的,他在荒场上,骋驰时,也许暂羁辔头停骑向云霞落处而沉思,也许正在山坡下月光底做着刹那甜蜜的梦呢!

哪能再想到我不知道的烈士们家人的哀恸,这一夜在枕上饮泣含恨的怕迷漫了中国全部都有这种哭声吧!在天津高楼上的段祺瑞还能继续他诗棋逸兴,而不为这种隐约的哭声振颤吗?

诸烈士!假如你们有灵最好给你亲爱的人一个如意的梦,令你们的老母弱弟,孀妻孤儿,在空寂中得到刹那的慰藉!离乡背井,惨死在异乡的孤魂呵!你们缘着那黑夜的松林,让寒风送你们归去吧!

三　笔端的惆怅

一堆稿子杂乱地放在桌上,仿佛你们的尸骸一样令我不敢逼视。如今已是午夜三钟了。我笔尖上不知凝结着什么,写下去的也不知是什么?我懦弱怯小的灵魂,在这深夜,执笔写出脑海中那些可怖的旧影时,准觉着毛骨寒栗心情凄怆!窗外一阵阵风过处,仿佛又听见你们的泣诉,和衣裙拂动之声。

和珍!这一年中环境毁灭的可怕,建设的可笑,从前的偕行诸友,如今都星散在东南一带去耕种。她们有一天归来,也许能献给你她们收获的丰富花果。说到你,你是在我们这些朋友中永远存在的灵魂。许多人现在都仿效你生前的美德嘉行，用一种温柔坚忍耐劳吃苦的精神去做她们的事业去了。你应该喜欢吧！你的不灭的精神是存在一切人们的心上。

在这样黯淡压迫的环境下，一切是充满了死静；许多人都从事着耕种的事，正是和风雨搏斗最猛烈的时候，所以今年此日还不能令你的灵魂和我们的精神暂时安息。自然有一日我们这般星散后的朋友又可聚拢到北京来，那时你的棺材可以正式的入葬，我们二万万觉醒解放的女子，都欢呼着追悼你们先导者的精神和热血，把鲜艳的花朵洒满你们的莹圹，把光荣胜利的旗帜插在你们的碑上。

我想那时我的笔端纠结的惆怅，和胸中抑压的忧愁，也许会让惠和的春风吹掉的！

如今我在寒冷枯寂的冷室中，祷告着春风的来临和吹拂！在包裹了一切黑暗的深夜里，静待著晨曦的来临和曛照！

三，一二。

111

梦 呓

一

我在扰攘的人海中感到寂寞了。

今天在街上遇见一个老乞婆，我走过她身边时，她流泪哀告着她的苦状，我施舍了一点。走前未几步，忽然听见后面有笑声，那笑声刺耳的可怕！回头看，原来是刚才那个哭的很哀痛的老乞婆，和另一个乞婆指点我的背影笑！她是胜利了，也许笑我的愚傻吧！我心颤栗着，比逢见疯狗还怕！

其实我自己也和老乞婆一样呢！

初次见了我的学生，我比见了我的先生怕百倍，因为我要在她们面前装一个理想的先生，宏博的学者，经验丰富的老人……笑一天时，回来到夜里总是哭！因为我心里难受，难受我的笑！

对同事我比对学生又怕百倍。因为她们看是轻蔑的看，笑是讥讽的笑；我只有红着脸低了头，咽着泪笑出来！不然将要骂你骄傲自大……。后来慢慢练习成了，应世接物时，自己口袋里有不少的假面具，随时随地可以掉换，结果，有时连自己都不认识自己是谁？

所以少年人热情努力的事，专心致志的工作，在老年人是笑为傻傻的！青年牺牲了生命去和一种相对的人宣战时，胜利了老年人默然！失败了老年人慨着说："小孩子，血气用事，傻极了。"无论怎样正直不阿的人，他经历和年月增多后，你让和一个小孩子比，他自然是不老实不纯真。

冲突和隔膜在青年和老年人中间，成了永久的鸿沟。

世界自然是聪明人多，非常人几几乎都是精神病者，和天分有点愚傻的。在现在又时髦又愚傻的自然是革命了，但革命这又是如何傻的事呵！不安分的读书，不安分的做事，偏偏牺牲了时间幸福生命富贵去做那种为了别人将来而抛掷自己眼前的傻事，况且也许会捕捉住坐监牢，白送死呢！因为聪明人多，愚傻人少，所以世界充塞满庸众，凡是一个建设毁

112

灭特别事业的人，在未成功前，聪明人一定以为他是醉汉疯子呢！假使他是狂热燃烧着，把一切思索力都消失了的时候，他的力量是可以惊倒多少人的，也许就杀死人，自然也许被人杀。也许这是愚傻的代价吧！历史上值得令人同情敬慕的几几乎都是这类人，而他们的足踪是庸众践踏不着的，这光荣是在血泊中坟墓上建筑着！

唉！我终于和老乞婆一样。我终于是安居在庸众中。我终于是践踏着聪明人的足踪。我笑得很得意，但哭得也哀痛！

二

世界上懦弱的人，我算一个。

大概是一种病症，没有检查过，据我自己不用科学来判定，也许是神经布的太周密了，心弦太纤细了的缘故。这是值的卑视哂笑的，假如忠实地说出来。

小时候家里宰鸡，有一天被我看见了，鸡头倒下来把血流在碗里。那只鸡是生前我见惯的，这次我眼泪汪汪哭了一天，哭得母亲心软了，由着我的意思埋了。这笑谈以后长大了，总是个话柄，人要逗我的，我害羞极了！其实这真值得人讪笑呢！

无论大小事只要触着我，常使我全身震撼！人生本是残杀搏斗之场，死了又生，生了再死，值不得兴什么感慨。假如和自己没有关系。电车轧死人，血肉模糊成了三断，其实也和杀只羊一样，战场上堆尸流血的人们，和些蝼蚁也无差别，值不得动念的。围起来看看热闹，战事停止了去凭吊沙场，都是闲散中的消遣；谁会真的挥泪心碎呢！除了有些傻气的人。

国务院门前打死四十余人，除了些年青学生外，大概老年人和聪明人都未动念，不说些

"活该"的话已是表示无言的哀痛了。但是我流在和珍和不相识尸骸棺材前的泪真不少，写到这里自然又惹人笑了！傻的可怜吧？

蔡邕哭董卓，这本是自招其殃！但是我的病症之不堪救药，似乎诸医已束手了。我悒郁的心境，惨愁的像一个晒干的桔子，我又为了悸惊的噩耗心碎了！

我愿世界是永远和爱，人和人，物和物都不要相残杀相践踏，众欺寡，强凌弱；但这些话说出来简直是无知识，有点常识的人是能了悟，人生之所进化和维持都是缘乎此。

长江是血水，黄浦江是血水，战云迷漫的中国，人的生命不如蝼蚁，活如寄，死如归，本无什么可兴感的。但是懦弱的我，终于瞻望云天，颤荡着我的心祷告！

我忽然想到世界上，自然也有不少傻和懦弱如我的人，假如果真也有些眼泪是这样流，伤感是这样深时，世界也许会有万分之一的平和之梦的曙光照临吧！

这些话是写给小孩子和少年人的，聪明的老人们自然不必看，因为浅薄的太可笑了。

114

墓畔哀歌

一

我由冬的残梦里惊醒，春正吻着我的睡靥低吟！晨曦照上了窗纱，望见往日令我醺醉的朝霞，我想让丹彩的云流，再认认我当年的颜色。

披上那件绣着蛱蝶的衣裳，姗姗地走到尘网封锁的妆台旁。呵！明镜里照见我憔悴的枯颜，像一朵颤动在风雨中苍白凋零的梨花。

我爱，我原想追回那美丽的皎容，祭献在你碧草如茵的墓旁，谁知道青春的残蕾已和你一同殉葬。

二

假如我的眼泪真凝成一粒一粒珍珠，到如今我已替你缀织成绕你玉颈的围巾。

假如我的相思真化作一颗一颗的红豆，到如今我已替你堆集永久勿忘的爱心。

哀愁深埋在我心头。

我愿燃烧我的肉身化成灰烬，我愿放浪我的热情怒涛汹涌，天呵！这蛇似的蜿蜒，蚕似的缠绵，就这样悄悄地偷去了我生命的青焰。

我爱，我吻遍了你墓头青草在日落黄昏；我祷告，就是空幻的梦吧，也让我再见见你的英魂。

三

明知道人生的尽头便是死的故乡，我将来也是一座孤冢，衰草斜阳。有一天呵！我离开繁华的人寰，悄悄入葬，这悲艳的爱情一样是烟消云散，昙花一现，梦醒后飞落在心头的都是些残泪点点。

然而我不能把记忆毁灭，把埋我心墟上的残骸抛却，只求我能永久徘徊在这垒垒荒冢

之间，为了看守你的墓茔，祭献那茉莉花环。

我爱，你知否我无言的忧衷，怀想着往日轻盈之梦。梦中我低低唤着你小名，醒来只是深夜长空有孤雁哀鸣！

四

黯淡的天幕下，没有明月也无星光这宇宙像数千年的古墓；皑皑白骨上，飞动闪映着惨绿的磷花。我匍匐哀泣于此残锈的铁栏之旁，愿烘我愤怒的心火，烧毁这黑暗丑恶的地狱之网。

命运的魔鬼有意捉弄我弱小的灵魂，罚我在冰雪寒天中，寻觅那凋零了的碎梦。求上帝饶恕我，不要再惨害我这仅有的生命，剩得此残躯在，容我杀死那狞恶的敌人！

我爱，纵然宇宙变成烬余的战场，野烟都腥：在你给我的甜梦里，我心长系驻于虹桥之中，赞美永生！

五

我镇天踟蹰于垒垒荒冢，看遍了春花秋月不同的风景，抛弃了一切名利虚荣，来到此无人烟的旷野，哀吟缓行。我登了高岭，向云天苍茫的西方招魂，在绚烂的彩霞里，望见我沉落的希望之陨星。

远处是烟雾冲天的古城，火星似金箭向四方飞游！隐约的听见刀枪搏击之声，那狂热的欢呼令人震惊！在碧草萋萋的墓头,我举起了胜利的金觥,饮吧我爱,我奠祭你静寂无言的孤冢！

星月满天时,我把你遗我的宝剑纤手轻擎,宣誓向长空:愿此生永埋了英雄儿女的热情。

六

假如人生只是虚幻的梦影,那我这些可爱的映影,便是你赠与我的全生命。我常觉你在我身后的树林里,骑着马轻轻地走过去。常觉你停息在我的窗前,徘徊着等我的影消灯熄。常觉你随着我唤你的声音悄悄走近了我,又含泪退到了墙角。常觉你站在我低垂的雪帐外,哀哀地对月光而叹息！

在人海尘途中,偶然逢见个像你的人,我停步凝视后,这颗心呵！便如秋风横扫落叶般冷森凄零！我默思我已经得到爱的之心,如今只是荒草夕阳下,一座静寂无语的孤冢。

我的心是深夜梦里,寒光闪灼的残月,我的情是青碧冷静,永不再流的湖水。残月照看你的墓碑,湖水环绕着你的坟,我爱,这是我的梦,也是你的梦,安息吧,敬爱的灵魂！

七

我自从混迹到尘世间,便忘却了我自己;在你的灵魂我才知是谁?

记得也是这样夜里。我们在河堤的柳丝中走过来,走过去。我们无语,心海的波浪也只有月儿能领会。你倚在树上望明月沉思,我枕在你胸前听你的呼吸。抬头看见黑翼飞来掩遮住月儿的清光,你抖颤着问我:假如这苍黑的翼是我们的命运时,应该怎样?

我认识了欢乐,也随来了悲哀,接受了你的热情,同时也随来了冷酷的秋风。往日,我怕恶魔的眼睛凶,白牙如利刃;我总是藏伏在你的腋下趑趄不敢进,你一手执宝剑,一手扶着我践踏着荆棘的途径,投奔那如花的前程！

如今,这道上还留着你斑斑血痕,恶魔的眼睛和牙齿再是那样凶狠。但是我爱,你不要怕我孤零,我愿用这一纤细的弱玉腕,建设那如意的梦境。

八

春来了,催开桃蕾又飘到柳梢,这般温柔慵懒的天气真使人恼！她似乎躲在我眼底有意缭绕,一阵阵风翼,吹起了我灵海深处的波涛。

这世界已换上了装束,如少女那样娇娆,她披拖着浅绿的轻纱,蹁跹在她那(姹)紫嫣红中舞蹈。伫立于白杨下,我心如捣,强睁开模糊的泪眼,细认你墓头,萋萋芳草。

满腔辛酸与谁道?愿此恨吐向青空将天地包。它纠结围绕着我的心,像一堆枯黄的蔓草,我爱,我待你用宝剑来挥扫,我待你用火花来焚烧。

117

九

　　垒垒荒冢上，火光熊熊，纸灰缭绕，清明到了。这是碧草绿水的春郊。墓畔有白发老翁，有红颜年少，向这一抔黄土致不尽的怀忆和哀悼，云天苍茫处我将魂招；白杨萧条，暮鸦声声，怕孤魂归路迢迢。

　　逝去了，欢乐的好梦，不能随墓草而复生，明朝此日，谁知天涯何处寄此身？叹漂泊我已如落花浮萍，且高歌，且痛饮，拼一醉浇熄此心头余情。

　　我爱，这一杯苦酒细细斟，邀残月与孤星和泪共饮，不管黄昏，不论夜深，醉卧在你墓碑傍，任霜露侵凌吧！我再不醒。

十六年清明陶然亭畔。

118

灰　烬

　　我愿建我的希望在灰烬之上，然而我的希望依然要变成灰烬；灰烬是时时刻刻的寓在建设里面，但建设也时时刻刻化作灰烬。

　　我常对着一堆灰烬微笑，是庆祝我建设的成功，然而我也对着灰烬痛哭，是抱根我的建设的成功终不免仍是灰烬。

　　一星火焰起了，围着多少惊怕颤战的人们，惟恐自己的建设化成灰烬；火焰熄了，人们都垂头丧气离开灰烬或者在灰烬上又用血去建筑起伟大的工程来！在他们欣欣然色喜的时候，灰烬已走进来，偷偷地走进来了！

　　这本来是平常的一件事，然而众人都拿它当作神妙的谜。我为了这真不能不对聪明的人们怀疑了！

　　谁都忍心自己骗自己，谁都是看不见自己的脸，而能很清楚的看别人的脸，不觉自己的面目可憎，常常觉着别人的面目是可憎。上帝虽然曾告诉人们有一面镜子，然而人们都藏起来，久之久之忘了用处，常常拿来照别人。

　　这是上帝的政策，羁系世界的绳索；谁都愿意骗自己，毫不觉的诚心诚意供献一切给骗自己的神。

　　我们只看见装潢美丽，幻变无常的舞台，然而我们都不愿去知道，复杂凌乱，真形毕露的后台：我们都看着喜怒聚合，乔装假扮的戏剧，然而我们都不过问下装闭幕后的是谁？不愿去知道，不愿去过问明知道是怕把谜猜穿。可笑人们都愿蒙上这一层自己骗自己的薄纱，永远不要猜透，直到死神接引的时候。

　　锦绣似的花园，是荒冢，是灰烬！美丽的姑娘，是腐尸，是枯骨！然而人们都徘徊在锦绣似的花园，包围着美丽的姑娘。荒冢和枯骨都化成灰烬了，沉恋灰烬的是谁呢？我在深夜点着萤火灯找了许久了，然而莫有逢到一个人？

　　谁都认荒冢枯骨是死了的表象，然而我觉着是生的开始，因此我将我最后的希望建在灰烬之上。

119

在这深夜里,人们都睡了,我一个人走到街上去游逛,这是专预备给我的世界吧!一个人影都莫有,一点声音都莫有,这时候统治宇宙的是我,静悄悄家家的门儿都关闭着,人们都在梦乡里呓语,睁着眼看这宇宙的只有我!我是拒绝在门外和梦乡的人,纵然我现在投到母亲的怀里,母亲肯解怀留我;不过母亲也要惊奇的,她的女儿为什么和一切的环境反抗,众人蠢动的时候,她却睡着,众人睡梦的时候,她却在街上观察宇宙,观察一切已经沉寂的东西呢?

其实这有什么惊奇呵:一样度人生,谁也是消磨这有尽的岁月,由建设直到灰烬;我何尝敢和环境反抗,为什么我要和它们颠倒呢? 为了我的希望建在灰烬之上,而他们的希望却是建在坚固伟大的工程里。

我终日和人们笑;但有时我在人们面前流下泪来!这不过只是我的一种行为,环境逼我出此的一种行为。我的心绝对不跑到人间,尤其不会揭露在人们的面前。我的心是闪烁在烨光萤火之上,荒墟废墓之间;在那里你去低唤着我的心时,她总会答应你!而且她会告诉你不知道的那个世界里的世界。萤火便在我手里,然而追了她光华来找我的却莫有人。

我想杀人,然而人也想杀我;我想占住我的地盘,然而人也想占住我的地盘;我想推倒你,谁知你也正在要推倒我! 翻开很厚的历史,展阅很广的地图,都是为了这些把戏。我站在睡了的地球上,看着地上的血迹和尸骸这样想。

一把火烧成了灰烬,灰烬上又建造起很伟大庄严美丽的工程来。火是烧不尽的,人也是杀不尽的,假如这就是物质不灭的时候。

人生便是互相仇杀残害,然而多半是为了扩大自己的爱,爱包括了一切,统治了一切;因之产生了活动的进行的战线,在每个人离开母怀的时候。这是经验告诉我的。

烦恼用铁锤压着我,同时又有欲望的花香引诱我,设下一道阔阔的河,然而却造下航渡的船筏;朋友们,谁能逃逸出这安排好的网儿?蠢才! 低着头负上你肩荷的东西,走这万里途程吧,一点一点走着,当你息肩叹气时,隐隐的深林里有美妙的歌声唤你;背后却有失望惆怅骑着快马追你!

朝霞照着你! 晚虹也照着你! 然而你一天一天走进墓门了。不是墓门,是你希望的万里途程,这缘途有高官厚禄娇妻美妾,名誉金钱幸福爱人。那里是个深远的幽谷,这端是生,那端便是死! 这边是摇篮,那边便是棺材。

我看见许多人对我骄傲的笑,同时也看见许多人向我凄哀的哭;我分辨不出他们的脸来,然而我只知道他们是同我走着一条道的朋友。我曾命令他们说:

"俘虏! 你跪在我裙下!"

然而有时他们也用同样的命令说:

"进来吧! 女人,这是你自己的家。"

这样互相骗着,有时弄态作腔的,时哭时笑,其实都是这套把戏,得意的笑,和失望的哭，本来是一个心的两面，距离并不遥远。

誓不两立的仇敌，戴上一个假面具时，马上可以握手言欢，作爱的朋友；爱的朋友，有时心里用箭用刀害你时，你却笑着忍受。看着别人杀头似乎是宰羊般有趣，当自己割破了指头流血时，心痛到全部的神经都颤战了！

我不知道为了犯人才有监狱，还是有了监狱才有犯人；但是聪明的人们，都愿意自己造了圈套自己环绕；有宁死也愿意坐在监狱里，而不愿焚毁了监狱逃跑的。

我良心常常在打骂我，因为我在小朋友面前曾骄傲我的宝藏，她们将小袋检开给我看时，我却将我的大袋挂在高枝上。我欺骗了自己，我不管她，人生本来是自骗；然而几次欺骗了人，觉的隐隐有鬼神在嘲笑我！而且深夜里常觉有重锤压在我心上。其实这是我太聪明了，一样的有许多人正在那里骗我，一样有许多人也挂着大袋骄傲我？

我在睡了的地球上，徘徊着，黑暗的夜静悄悄包围了我。在这时候，我的思想落在纸上。鸡鸣了！人都醒了，我面前有一堆灰烬。

母亲！寄给你，我一夜燃成的灰烬！

然面这灰烬上却建着我最后的希望！

121

偶 然 草

算是懒,也可美其名曰忙。近来不仅连四年未曾间断的日记不写,便是最珍贵的天辛的遗照,置在案头已经灰尘迷漫,模糊得看不清楚是谁。朋友们的信堆在抽屉里有许多连看都不曾看,至于我的笔成了毛锥,墨盒变成干绵自然是不必说了,屋中零乱的杂琐的状态,更是和我的心情一样,不能收拾,也不能整理。连自己也莫名其妙为什么这样颓废?而我最奇怪的是心灵的失落,常觉和遗弃了什么重要的东西一般,总是神思恍惚,少魂失魄。

不会哭!也不能笑!一切都无感。这样凄风冷月的秋景,这样艰难苦痛的生涯,我应该多愁善感,但是我并不曾为了这些介意。几个知己从远方写多少安慰我同情我的话,我只呆呆的读,读完也不觉什么悲哀,更说不到喜欢了。我很恐惧自己,这样的生活,毁灭了灵感的生活,不是一种太惨忍的酷刑吗?对于一切都漠然的人生,这岂是我所希望的人生。我常想做悲剧中的主人翁,但悲剧中的风云惨变,又那能任我这样平淡冷寂的过去呢!

我想让自己身上燃着火,烧死我。我想自己手里握着剑,杀死人。无论怎样最好痛快一点去生,或者痛快点求死。这样平淡冷寂,漠然一切的生活;令我愤怒,令我颓废。

心情过分冷静的人,也许就是很热烈的人;然而我的力在哪里呢?终于在人群灰尘中遗失了。车轨中旋转多少百结不宁的心绪,来来去去,百年如一日地过去了。就这样把我的名字埋没在十字街头的尘土中吗?我常在奔波的途中这样问自己。

多少花蕾似的希望都揉碎了。落叶般的命运只好让秋风任意的飘泊吹散吧!繁华的梦远了,春还不曾来,暂时的殡埋也许就是将来的滋荣。

远方的朋友们!我在这长期沉默中,所能告诉你们的只有这几句话。我不能不为了你们的关怀而感动,我终于是不能漠然一切的人。如今我不希求于人给我什么,所以也不曾得到烦恼和爱怨。不过我蔑视人类的虚伪和扰攘,然而我又不幸日在虚伪扰攘中辗转因人,这就是使我痛恨于无穷的苦恼!

　　离别和聚合我到是不介意,心灵的交流是任天下什么东西都阻碍不了的;反之,虽日相晤对,咫尺何非天涯。远方的朋友愿我们的手在梦里互握着,虽然寂处古都,触景每多忆念,但你们这一点好意远道缄来时,也了解我万种愁怀呢!

十六年十月二十八日夜深时。

123

花神殿的一夜

这时候:北京城正在沉默中隐伏着恐怖和危机,谁也料不到将来要发生怎样的悲剧,在这充满神秘黑暗的夜里。

寄宿的学生都纷纷向亲友家避难去了,剩下这寂寞空旷的院落,花草似乎也知人意,现露一种说不出来的冷静和战栗。夜深了。淡淡的月光照在屋檐上,树梢头,细碎的花影下掩映着异样的惨淡。仰头见灰暗的天空镶着三五小屋,模糊微耀的光辉,像一双双含涕的泪眼。

静悄悄没有一点儿人声,只听见中海连续不断的蛙声,和惊人的汽车笛鸣,远远依稀隐约有深巷野犬的吠声。平常不注意的声音,如今都分明呈于耳底。轻轻揭帘走到院里,月光下只看见静悄悄竹帘低垂,树影荫翳,清风徐来,花枝散乱。缘廊走到梦苏的窗下,隔着玻璃映着灯光,她正在案上写信。我偷眼看她,冷静庄严,凛然坦然,一点儿也不露惊惶疑虑;真帮助鼓舞我不少勇气,在这般恐怖空寂的深夜里。

顺着花畦。绕过了竹篱,由一个小月亮门来,到了花神殿前。巍然庄严的大殿;荫深如云的古松,屹立的大理石日规,和那风风雨雨剥蚀已久的铁香炉,都在淡淡月光下笼罩着,不禁脱口赞道:

"真美妙的夜景呵!"

倚着老槐树呆望了一会,走到井口旁边的木栏上坐下,仔细欣赏这古殿荒园,凄凉月色下,零乱阑珊的春景。

如此佳境,美妙如画,恍惚若梦,偏是在这鼙鼓惊人,战氛弥漫,荒凉冷静的深夜里发现;我不知道该赞成美欣赏呢!还是诅恨这危殆的命运?

来到这里已经三月了。为了奔波促忙,早晨出去,傍晚回来,简直没有一个闲暇时候令我鉴赏这古殿花窖的风景。只在初搬来的一夜,风声中摇撼着陌生斗室,像瀚海烟艇时:依稀想到仿佛"梅窠"。

有时归来,不是事务羁身,就是精神疲倦;夜间自己不曾出来过一次。白天呢! 这不是我的世界。被一般青春活泼的少女占领着，花荫树底，莺声燕语，嫣然巧笑，翩跹如仙。我常和慧泉说：

"这是现实世界中的花神呢！"

因此，我似乎不愿去杂入问津，分她们的享受，身体虽在此停栖了三月之久，而认识花神殿，令我精神上感到快慰的，还是这沉默恐怖的今夜。

不过，我很悔，今夜的发现太晚了，明夜我将离开这里。

对着这神妙幽美的花神殿，我心觉着万分伤感。回想这几年漂泊生涯，懊恼心情，永远在我生命史上深映着。谁能料到呢！我依然奔走于长安道上，在这红尘人寰，金迷纸醉的繁华场所，扮演着我心认为最难受最悲惨的滑稽趣剧。忘记了过去，毁灭了前尘，固无是件痛快的事；不过连自己的努力，生活的进程都漠然不顾问时，这也是生的颓废的苦痛呢！那敢说是游嬉人间。

呵！让我低低喊一声母亲吧！我的足迹下浸着泪痕。

三月前我由荫护五年的穆宅搬出来，默咽了多少感激致谢的热泪。五年中待遇我的高义厚恩，想此生已不能图报万一，我常为这件事难受。假使我还是栖息在这高义厚恩之中时，恐怕我的不安，怍愧，更是加增无已。因此才含涕拜别，像一个无家而不得不归去的小燕子，飞到这荒凉芜废的花神殿。我在不介意的忙碌中，看着葱茏的树枝发了芽，鲜艳的红花含着苞蕾；如今眼前这些姹紫嫣红，翠碧青森，都是一个冬梦后的觉醒，刹那间的繁华！往日荒凉固堪悲，但此后零落又哪能设想呢！

我偶然来到这里的，我将偶然而去；可笑的是漂零身世，又遇着幻变难测的时局，倏忽

125

转换的人事；行装甫卸，又须结束；伴我流浪半生的这几本破书残简，也许有怨意吧！对于这不安定的生活。

我常想到海角天涯去，寻访古刹松林，清泉幽岩，和些渔父牧童谈谈心；我不需要人间充塞满的这些物质供养我的心身。不过总是扎脱不出这尘网，辗转因人，颦笑皆难。咳！人生真是万劫的苦海呵！谁能拯我出此呢？

忽然一阵狂风飞沙走石，满天星月也被黑云遮翳；不能久留了，我心想明日此后茫茫前途，其黑暗惊怖也许就是此时象征吧！人生如果真是这样幻变不测的活动着，有时也觉有趣呢！我只好振作起来向前摸索，看着荆棘山石刺破了自己的皮肤，血淋淋下滴时虽然痛苦，不过也有一种新经验能令我兴奋。走吧！留恋的地力固多，然留恋又何能禁止人生活动的进展呢！

走到房里灯光下堆集着零乱的衣服和书籍，表现出多少颠顿狼狈的样子；我没奈何的去整理它们。在一本书内，忽然飘落下一片枫叶，上面写着：

"风中柳絮水中萍，飘泊两无情。"

一九二八，六，三〇。

126

绿　　屋

我要谢谢上帝呢我们能有宁静的今日。

这时我正和清坐在菊花堆满的碧纱窗下，品着淡淡的清茶，焚着浓浓的檀香。我们傲然的感到自己用心血构成小屋的舒适，这足以抵过我们逢到的耻辱和愤怒了。

我默望着纱窗外血红的爬山虎叶子沉思着。我忆起替清搬东西来绿窗的那个黄昏。许多天的黄昏都一样吧，然而这个黄昏特别深画着悲怆之痕。当我负了清的使命坐车去学校时的路上，我便感到异样，因为我是去欢迎空寂，我是去接见许多不敢想象的森严面孔，又担心着怕林素园误会了我，硬叫校警抓出去时的气愤和羞愧。我七年未忘，常在她温暖的怀中蜷伏着的红楼，这次分外的冷酷无情。

我抱着这样的心情走进校门，我站在她寝室门前踟蹰了，我不推门进去，我怕惊醒了那凄静的沉寂。我又怕璧姊和秀姊在里边，我不愿逢见她们，见了她们我脆弱的心要抖战的流下泪来，我怎忍独自来拣收这人去后的什物呢！本来清还健在，只不过受林素园的一封"函该生知悉"的信，而驱逐出。不过我来收东西时忽然觉着似乎她是死了的情形。

在门外立了半天，终于鼓着勇气推开了门，幸而好她们都不在，给与我这整个的空寂。三支帐低赤裸，窗外的淡淡的阳光射璧姊的床缘上。清赤裸的木板上堆着她四年在红楼集聚下的物事，它们静静放在那里，我感到和几付僵尸卧着一样。收清拾楚后在这寂静的屋内环视一周，我替清投射这最后留恋的心情。我终于大胆地去办公处见她向她们拿出箱笼去的通行证。

允许我忏悔吧！我那时心情太汹涌了，曾将我在心里的怨愤泄露给我们的朋友叔举君。她默默承受了之后，我悔了，我觉不应错怪她。拿了通行证后，我又给璧姊写了个纸条，告诉她，清的东西我已搬去了，有拿错的请她再同清去换，未了我写了"再见"，这"再见"两字那时和针一样刺着我。

莫有人知道，我悄悄独自提着清的小箱走出了校门。是这样走的，极静极静，无人注意的时候我逃出了这昔日令我眷恋，今日令我悲戚的红楼。

记得我没有回顾,车到了顺治门铁栏时,我忽然想起四年前我由红楼搬到寄宿校舍的情形,不过那时我是眷恋,如今我是愤恨。

进了校场头条北口,便看见弱小的清站在红漆的朱门前,她正在拿着车钱等着我。这次看见她似乎久别乍逢,又似乎噩梦初醒,说不出的一种凄酸压在我的胸上喉头。她也凝视着她那些四年来在红楼伴她书箱而兴起一缕哀感!

这夜我十点钟才回来,我和她默默地整理床褥,整理书箱,整理这久已被人欺凌,久已被人践踏,久已无门归处而徘徊于十字街头的心。

月色凄寒如水,令我在静冷的归路上,更感到人心上的冰块,或者不是我们的热泪所能融化!人面上的虚伪,或者不是我们的赤心所能转换。我们的世界假如终于是理想的梦,那么这现世终于要遗弃我们的,我们又不能不踽踽的追寻着这不可期待的梦境,这或许是我们心中永远的恶伧之痕吧!

这一夜我不知她怎样过去的,在漂泊的枕上,在一个孤清生疏的枕上。

如今,她沉默地焚着香,在忏悔祈祷什么我不知道。不过她是应该感谢上帝的,她如今有了这富有诗情富有画意的绿屋,来养息她受创的小灵魂。

十五年十月二十日。

血 尸

我站在走廊上望着飞舞的雪花,和那已透露了春意的树木花草,一切都如往日一样。黯淡的天幕黑一阵,风雪更紧一阵,遥望着执政府门前的尸身和血迹,风是吹不干,雪是遮不住。

走进大礼堂,我不由的却步不前。从前是如何的庄严灿烂,现在冷风切切,阴气森森,简直是一座悲凄的坟墓。

我独自悄悄地走到那副薄薄的小小的棺材旁边,低低地喊着那不认识的朋友的名字——杨德琼。在万分凄酸中,想到她亲爱的父母和兄弟姊妹时,便不禁垂泪了!只望她负笈北京,完成她未来许多伟大的工作和使命,那想到只剩得惨死异乡,一棺横陈!

这岂是我们所望于她的,这岂是她的家属所望于她的,这又岂是她自己伟大的志愿所允许她的,然而环境是这样结果了她。十分钟前她是英气勃勃的女英雄,十分钟后她便成了血迹模糊,面目可怖的僵尸。

为了抚问未死的伤者,便匆匆离开了死的朋友,冒着寒风,迎着雪花,走向德国医院。当我看见那半月形的铁栏时,我已战栗了!谁也想不到,连自己也想不到,在我血未冷魂未去以前,会能逼我重踏这一块伤心的地方。

样样都令人触目惊心时,我又伏在晶清的病榻前,为了她侥幸的生存,向上帝作虔诚的祈祷!她闭着眼,脸上现出极苦痛的表情。这时凄酸涌住我的喉咙,不能喊她,我只轻轻地用我的手摇醒她。

"呵!想不到还能再见你!"她哽咽着用手紧紧握住我,两眼瞪着,再不能说什么话了。我一只腿半跪着,蹲在病榻前,我说:

"清!你不要悲痛,现在我们不入地狱,谁入地狱?便是这样的死,不是我们去死,谁配去死?我们是在黑暗里摸索寻求光明的人,自然也只有死和影子追随着我们。'永远是血,一直到了坟墓'。这不值的奇怪和惊异,更不必过分的悲痛,一个一个倒毙了,我们从他们尸身上踏过去,我们也倒了,自然后边的人们又从我们身上踏过去。

"生和死，只有一张蝉翼似的幕隔着。

"看电影记得有一个暴君放出狮子来吃民众。昨天的惨杀，这也是放出野兽来噬人。只恨死几十个中国青年，却反给五色的国徽上染了一片污点，以后怎能再拿上这不鲜明的旗帜见那些大礼帽，燕尾服的外国绅士们。"

这时候张敬淑抬下去看伤，用 X 光线照弹子在什么地方。她睡在软床上，眼闭着，脸苍白的可怕。经过我们面前时，我们都在默祷她能获得安全的健康。

医院空气自然是很阴森凄惨，尤其不得安神的是同屋里的重伤者的呻吟。清说她闭上眼便看见和珍，耳鼓里常听见救命和枪声。因此，得了狄大夫的允许，她便和我乘车回到女师大。听说和珍棺材，五时可到学校，我便坐在清的床畔等着。

我要最后别和珍，我要看和珍在世界上所获到的报酬。由许多人抚养培植的健康人格，健康身体，更是中国女界将来健康的柱石，怎样便牺牲在不知觉中的撒手中？

天愁地惨，风雪交作的黄昏时候，和珍的棺材由那泥泞的道路里，抬进了女师大。多少同学都哭声震天的迎着到了大礼堂。这时一阵阵的风，一阵阵的雪，和着这凄凉的哭声和热泪！我呢，也在这许多勇敢可敬的同学后面，向我可钦可敬可悲可泣的和珍，洒过一腔懦弱的血泪，吊她尚未远去的英魂！

130

粗糙轻薄的几片木板，血都由裂缝中一滴一滴的流出，她上体都赤裸着，脸上切齿瞪眼的情形内，赠给了我们多少的勇气和怨愤。和珍，你放心的归去吧！我们将踏上你的尸身，

执着你赠给我们的火把，去完成你的志愿，洗涤你的怨恨，创造未来的光明！和珍！你放心的归去吧！假如我们也倒了，还有我们未来的朋友们。

她胸部有一个大孔，鲜血仍未流完，翻过背来，有一排四个枪眼，前肋下一个，腋下一个，胸上一个，大概有七枪，头上的棒伤还莫有看出。当扶她出来照像时，天幕也垂下来了，昏暗中我们都被哭声和风声，绞着，雪花和热泪，融着。这是我们现时的环境，这便是我们的世界，多少女孩儿，围着两副血尸！

这两副血尸，正面写着光荣！背面刻着凄惨！

大惨杀的第二天。

雪　夜

北京城落了这样大这样厚的雪，我也没有兴趣和机缘出去鉴赏，我只在绿屋给受伤倒卧的朋友煮药煎茶。寂静的黄昏，窗外飞舞着雪花，一阵紧是一阵，低垂的帐帷中传出的苦痛呻吟，一声惨似一声！我黑暗中坐在火炉畔，望着药壶的蒸汽而沉思。

132

如抽乱丝般的脑海里，令我想到关乎许多雪的事，和关乎许多病友的事，绞思着陷入了一种不堪说的情状；推开门我看着雪，又回来揭起帐门看看病友，我真不知心境为什么这样不安定而彷徨？我该诅咒谁呢？是世界还是人类？我望着美丽的雪花，我赞美这世界，然而回头听见病友的呻吟时，我又诅咒这世界。我们都是负着创痛倒了又扎挣，倒了又扎挣，失败中还希冀胜利的战士，这世界虽冷酷无情，然而我们还奢望用我们的热情去温暖，这世界虽残毒狠辣，而我们总祷告用我们的善良心灵去改换。如今，我们在战线上又受了重创，我们微小的力量，只赚来这无限的忧伤！何时是我们重新扎挣的时候，何时是我们战胜凯旋的时候？我只向熊熊的火炉祷祝他给与我们以力量，使这一剂药能医治我病友霍然使她能驰驱赴敌再扫阴霾！

黄昏去了，夜又来临，这时候瑛弟踏雪来看病友，为了人间的烦恼，令他天真烂漫的面庞上，也重重地罩了愁容，这真是不幸的事，不过我相信一个人的生存，只是和苦痛搏战，这同时也在一件极平淡而庸常无奇的事吧！我又何必替众生来忏悔？

给她吃了药后，我才离开绿屋，离开时我曾想到她这一夜辗转哀泣的呻吟，明天朝霞照临时她惨白的面庞一定又瘦削了不少！爱怜，同情，我真不愿再提到了，罪恶和创痛何尝不是基于这些好听的名词，我不敢诅咒人类，然而我又何能轻信人类……所以我在这种情境中，绝不敢以这些好听的名词来市恩于我的病友；我只求赐她以愚钝，因为愚钝的人，或者是幸福的人，然而天又赋她以伶俐聪慧以自戕残。

出了绿屋我徘徊在静白的十字街头了，这粉装玉琢的街市，是多么幽美清冷值得人鉴赏和赞美！这时候我想到荒凉冷静的陶然亭，伟大庄严的天安门，萧疏辽阔的什刹海，富丽娇小的公园，幽雅闲散的北海，就是这热闹多忙的十字街头，也另有一种雪后的幽韵，镇天被灰尘泥土蔽蒙了的北京,我落魄在这里许多年,四周只有层层黑暗的网罗束缚着,重重罪恶的铁闸紧压着,空气里那样干燥,生活里那样枯涩,心境里那样苦闷,更何必再提到金迷沉醉的大厦外,啼饥号寒的呻吟。然而我终于在这般梦中惊醒,睁眼看见了这样幽美神妙的世界,我只为了一层转瞬即消逝的雪幕而感到欣慰,由欣慰中我又发现了许多年未有的惊叹,纵然是只如磷火在黑暗中细微的闪烁,然而我也认识了宇宙尚有这一刹那的改换和遮蔽,我希望,我愿一切的人情世事都这样刹那的发现,改正我这对世界浮薄的评判。

过顺治门桥梁时,一片白雪,隐约中望见如云如雾两行挂着雪花的枯树枝,和平坦洁白的河面。这时已夜深了,路上行人稀少,远远只听见犬吠的声音,和悠远清灵的钟声。沙沙地我足下践踏着在电灯下闪闪银光的白雪直觉到恍非人间世界。城墙上参差的砖缝,披罩着一层一层的白雪,抬头望:又看见城楼上粉饰的雪顶,和挂悬下垂的流苏。底下现出一个深黑的洞,远望见似乎是个不堪设想的一个恐怖之洞门。我立在这寂静的空洞中往返回顾而踟蹰,我真想不到扰攘拥挤的街市上,也有这样沉寂冷静时候。

过了宣武门洞,一片白地上,远远望见万盏灯火,人影蠕动的单牌楼,真美,雪遮掩了一切污浊和丑恶。在这里是十字街头了,朋友们,不少和我一样爱好雪的朋友们,你们在这清白皎洁的雪光下,映出来的影子,践踏下的足踪,是怎么光明和伟大!今夜我投身到这白茫茫的雪镜中,我只照见了自己的渺小和阴暗,身心的四周何尝能如雪的透明纯洁;因为雪才反映出我自己的黑暗和污浊,我认识自己只是一个和罪恶的人类一样的影子,我又那能以轻薄的心理去责备人类,和这本来不清明的世界呢!朋友!我知所忏悔了!

爱恋着雪夜,爱恋着这刹那的雪景,我虽然因夜深不能去陶然亭,什刹海,北海,公园,然而我禁不住自己的意志,我的足踪忽然走向天安门,过西安店饭店的门前时,看见停着的几辆汽车,上边都是白雪,四轮深陷在雪里,黑暗的车箱中有蜷伏着的人影,高耸的洋楼在夜的云霄中扑迎着雪花,一盏盏的半暗的电灯下照出门前零乱的足痕,我忽然想起赖婚中的一幕来,这门前有几分像呢!

走向前,走向前,丁丁当当的电车过去了,我只望着它车轮底的火花微笑!我骄傲,我是冒着雪花走向前去的,我未曾借助于什么而达到我的目的,我只是走向前,走向前。

进了西长安街的大森林,我远远看见天边四周都现着浅红,疏疏的枝桠上堆着雪花,风过处纷纷地飞落下来,和我的眼泪滴在这地上一样。过这森林时我抱着沉重的怆痛,我虽然能忆起往日和君宇走过时的足踪在那里,但我又怎敢想到城南一角黄土下已埋葬了两年的君宇,如今连梦都无。

过了三门洞,呵!这伟大庄严的天安门,只有白,只有白,只有白,漫天漫地一片皆白,我一步一步像拜佛的虔诚般走到白石桥梁下,石狮龙柱之前,我抬头望着红墙碧瓦巍然高耸的天安门,我怪想着往日帝皇的尊严,和这故宫中遗留下的荒凉。踏上了无人践踏的石桥,立在桥上远望灯光明灭的正阳门,我傲然的立了多时,我觉着心境逐渐的冷静沉默,

133

至于无所兴感这又是我的世界,这如梦似真的艺术化的世界。下了桥我又一直向前去,那新栽的小松上,满缀了如流苏似的雪花,一列一列远望去好像撑着白裙的舞女。前面有一盏光明的灯照着,我向前去了几步,似乎到了中山先生铜像基础旁便折回来。灯光雪光照映在我面上,这时我觉心地很洁白纯真,毫无阴翳遮蔽,因为我已不是在这世界上,我脱了一切人间的衣裳,至少我也是初来到这世界上。

　　我自己不免受人间一切翳蒙,我才爱白雪,而雪真能洗涤我心灵至于如雪冷洁;我还奢望着,奢望人间一切的事物和主持世界的人类,也能给雪以洗涤的机会,那么,我相信比用血来扑灭反叛的火焰还要有效!

十六年一月十四日雪夜。

134

爆竹声中的除夕

　　这时候是一个最令人撩乱不安的环境，一切都在欢动中颤摇着。离人的心上是深深地厚厚地罩着一层乡愁，无论如何不想家的人，或者简直无家可想的人，他都要猛然感到悲怆，像惊醒一个梦似的叹息着！

　　在这雪后晴朗的燕市，自然不少漂泊到此的旅客游子，当爆竹声彻夜地在空中振动时，你们心上能不随着它爆发，随着它陨落吗？这时的心怕要和爆竹一样的爆发出满天的火星。而落下时又是那么狼藉零乱，碎成一片一节地散到地上。

135

　　八年了，我在北京城里听爆竹声，环境心情虽年年不同，而这种惊魂碎心的声音是永远一样的。记得第一年我在红楼当新生，仿佛是睡在冰冷的寝室床上流泪度过的；不忍听时我曾用双手按着耳朵，把头缩在被里，心里骗自己说："这是一个平常的夜，静静地睡吧！"第二年在一个同乡家里，三四个小时候的老朋友围着火炉畅谈在太原女师时顽皮的往事。笑话中听见爆竹，便似乎想到家里，跪在神龛前替我祝福的母亲。第三年在红楼的教室中写文章，那时我最好，好的是知道用功的读书，而且学的写白话文，不是先前的一味顽皮嬉笑了。不过这一年里，我认识了人间的忧愁。第四年我也是在红楼，除夕之夜记得是写信，写一封悲凄哀婉的信，还做了四首旧诗。第五年我已出了红楼，住在破庙的东厢，这一年我是多灾多难，多愁多病的过去了。第六年我又到了一个温暖的家庭里寄栖，爱我护我如我自己的家一样；不幸那时宇哥病重，除夕之夜，是心情纷纭，事务繁杂中度过的。第七年我仍是寄居在这个繁花纷披的篱下，然相形之下，我笑靥总掩饰不住啼痕；当一个由远处挣扎飞来的孤燕，栖息在乐园的门里时，她或许是因在银光闪烁的镜里，现出她疮痛遍体的形状更感到凄酸的！况且这一年是命运埋葬我的时候。第八年的除夕，就是今夜了，爆竹声和往年一样的飞起而落下，爆发后的强烈火星，和坠落在地上的纸灰余烬也仿佛是一样；就是我这在人生轮下转动的小生命，也觉还是那一套把戏的重映演。

　　八年了，我仔细回忆觉我自己是庸凡的度过去了，生命的痕迹和历程也只是些琐碎的儿女事。我想找一两件能超出平凡可以记述的事，简直没有！我悔恨自己是这样不长进，多少愿望都被命运的铁锤粉碎,如今扎挣着的只是这已投身到悲苦中奢望做一个悲剧人物的残骸。假使我还能有十年的生命,我愿这十年中完成我的素志,做一个悲剧的主人,在这灰黯而缺乏生命火焰的人间,放射一道惨白的异彩!

我是家庭社会中的闲散人,我肩上负荷的,除了因神经软弱受不住人世的各种践踏欺凌讽嘲笑,而感到悲苦外,只是我自己生命的营养和保护。所以我无所谓年关的,在这啼饥号寒的冬夜,腊尽岁残的除夕,可以骄傲人了;因为我能在昏黯的电灯下,温暖的红炉畔,慢慢地回忆过去,仔细听窗外天空中声调不同的爆竹,从这些声音中,我又幻想着一个一个爆竹爆发和陨落的命运,你想,这是何等闲散的兴致?在这除夕之夜不必到会计室门前等着领欠薪,不必在冰天雪地中挟着东西进当铺,不必向亲戚朋友左右张罗,不必愁明天酒肉饭食的有无,这样我应该很欣慰的送旧迎新。然而爆竹声中的心情,似乎又不是那样简单而闲逸,我不知怎样形容,只感到无名的怅惘和辛酸!为了这一声声间断连续的炮竹声,扰乱了我宁静的心潮,那纤细的波浪,一直由官感到了我的灵魂深处,颤动的心弦不知如何理,如何弹?

我想到母亲。

母亲这时候是咽着泪站在神龛前的,她口中呢喃祷告些什么,是替天涯的女儿在祝福吧?是盼望暑假快临她早日归来吧?只有神知道她心深处的悲哀,只有神龛前的红烛,伴着她在落泪!在这一夜,她一定要比平常要想念我,母亲!我不能安慰你在家的孤寂,你不能安慰我漂泊的苦痛,这一线爱牵系着两地相思,我恨人间为何有别离?而我们的隔离又像银河畔的双星,一年一度重相会,暑假一月的团聚恍如天上七夕。母亲,岁去了,你鬓边银丝一定更多了,你思儿的泪,在这八年中或者也枯干了,母亲,我是知道的,你对于我的

爱。我虽远离开你,在团圆家筵上少了我;然而我在异乡团贺的筵上,咽着泪高执着酒杯替别人祝福时,母亲,你是在我的心上。

母亲! 想起来为什么我离开你,只为了,我想吃一碗用自己心血苦力挣来的饭。仅仅这点小愿望,才把我由你温暖的怀中劫夺出,做这天涯寄迹的旅客,年年除夕之夜,我第一怀念的便是你,我只能由重压的,崎岖的扎挣中,在远方祝福你!

想到母亲,我又想到银须飘拂七十岁的老父,他不仅是我慈爱的父亲,并且是我生平最感戴的知己;我奔波尘海十数年,知道我,认识我,原谅我,了解我的除了父亲外再无一人。他老了,我和璜哥各奔前程,都不能常在他膝前承欢;中原多事,南北征战,反令他脑海中挂念着两头的儿女,惊魂难定! 我除了努力做一个父亲所希望所喜欢的女儿外,我真不知怎样安慰他报答他,人生并不仅为了衣食生存? 然而,不幸多少幸福快乐都为了衣食生存而捐弃;岂仅是我,这爆竹声中伤离怀故的自然更有人在。

我想倦了娘子关里的双亲时,又想到漂流在海上的晶清,这夜里她驻足在哪里? 只有天知道。她是在海上,是在海底,是在天之涯,是在地之角,也只有天知道。她这次南下的命运是凄悲,是欢欣,是顺利,是艰险,也只有天知道。我只在这爆竹声中,静静地求上帝赐给她力量,令她一直扎挣着,扎挣到到一个不能扎挣的时候。还说什么呢! 一切都在毁灭捐弃之中,人世既然是这样变的好玩,也只好睁着眼挺着腰一直向前去,到底看看最后的究竟是什么? 一切的箭镞都承受,一切的苦恼都咽下,倒了,起来! 倒了,起来! 一直到血冷体僵不能扎挣为止。

走向前便向前走吧! 前边不一定有桃红色的希望;然而人生只是走向前,虽崎岖荆棘明知险途,也只好走向前。渺茫的前途,归宿何处? 这岂是我们所知道,也只好付之命运去主持。人生惟其善变,才有这离合悲欢,因之"生"才有意义,有兴趣;我祷告晶清在海上,落日红霞,冷月夜深时,进步觉悟了幻梦无凭,而另画一条战斗的阵线,奋发她厮杀的勇气!

我盼望她在今夜,把过去一切的梦都埋葬了,或者在爆竹声中毁灭焚碎不再遗存;从此用她的聪明才能,发挥到她愿意做的事业上,哪能说她不是我们的英雄?!悲愁乞怜,呻吟求情,岂是我们知识阶级的女子所应为?我们只有焚毁着自己的身体,当后来者光明的火炬!如有一星火花能照耀一块天地时,我们也应努力去工作去寻觅!

　　黄昏时,我曾打开晶清留给我的小书箱,那一只箱子上剥蚀破碎的痕迹,和她心一样。我检点时忽然一阵心酸,禁不住的热泪滴在她的旧书上。我呆立在火炉畔,望着灰烬想到绿屋中那夜检收书箱时的她,其惨淡伤心,怕比我对着这寂寞的书箱落泪还要深刻吧!一直搁在我房里四五天了,我都不愿打开它,有时看见总觉刺心,拿到别的房里去我又不忍离它。晶清如果知道它们这样令我难处置时,她一定不愿给我了。

　　我看见时总想:这只破箱,剥蚀腐毁的和她心一样。

　　在一个梦的惊醒后,我和她分手了;今夜,这爆竹声中,她在哪里呢?命运真残酷,连我们牵携的弱腕,他都要强行分散,我只盼望我们的手在梦中还是牵携着。

　　夜已深了,爆竹声还不止。不宁静的心境,和爆竹一样飞起又落下,爆裂成一片一节僵卧在地上。

小说

弃　妇

一个清晨。我刚梳头的时候;琨妹跑进来递给我一封信,她喘气着说:

"瑜姐,你的信!"

我抬头看她时,她跑到我背后藏着去了。我转过身不再看她,原来打扮得非常漂亮;穿着一件水绿绸衫,短发披在肩上,一个红绫结在头顶飞舞着,一双黑眼睛藏在黑眉毛底,像一池深苍的湖水那样明澈。

"呵!这样美,你要上哪里去,收拾得这样漂亮?"我手里握着头发问她。

"母亲要去舅妈家,我要她带我去玩。上次表哥给我说的那个水莲公主的故事还未完呢,我想着让他说完。再讲几个给我听;瑜姐,你看罢,回来时带海棠果给你吃;拿一大篮子回来。"说到这里她小臂环着形容那个大篮子。

"我不信,母亲昨天并莫说要去舅妈家。怎么会忽然去呢?"我惊疑地问她。

"真的,真的。你不信去问母亲去;谁爱骗你。母亲说,昨夜接着电报,姥姥让母亲快去呢。"她说着转身跑了,我从窗纱里一直望着她的后影过了竹篱。

我默想着,一定舅妈家有事,不然不会这样急促地打电报叫母亲去。什么事呢?外祖母病吗?舅父回来了吗?许多问领环绕着我的脑海。

梳好头,由桌上拿起那封信来,是由外埠寄来的,贴着三分邮票,因为用钢笔写的,我不能分别出是谁寄来的。拆开看里面是:

瑜妹:

　　我听说你已由北京回来,早想着去姑母家看望你,都因我自己的事纠缠着不得空,然而假使你知道我所处环境时,或许可以原谅我!

　　你接到这信时,我已离开故乡了,这一次离开,或者永远莫有回来的机会。我对这样家庭,本莫有什么留恋;所不放心的便是茹苦含辛,三十年在我家当奴隶的母亲。

　　我是踢开牢狱逃逸了的囚犯，母亲呢，终身被铁链系着，不能脱身。她纵然爱我，而恶环境造成的恶果，人们都归咎到我的身上；当我和这些恶势宣战后，母亲为她不肖的儿子流了不少的泪，同时也受了人们不少的笑骂！

　　我更决心，觉着母亲今日所受的痛苦，便是她将来所受的痛苦；我无力拯救母亲现实的痛苦，我确有力解除她将来的痛苦；因之我才万里外归来，想着解放她同时也解放我，拯救自己同时也拯救她。

　　如今我失败了，我一切的梦想都粉碎了！我将永远得不到幸福，我将永远得不到愉快，我将永远做个过渡时代的牺牲者，我命运定了之后，我还踌躇什么呢？我只有走向那不知到何处是归宿的地方去。

　　我从前确有一个梦想，这个梦想像一个毒蟒缠绕着我，已经有六年了。我孕育了六年的梦想，都未曾在任何人面前泄露，我只隐藏着，像隐藏一件珍贵的东西一样的，我常愿这宝物永远埋葬着，一直到黄土掩覆了我时，这宝物也不要遗失，也不要现露。这梦想，我不希望她实现，我只希望她永久作我的梦想。我愿将我的灵魂整个献给她，我愿将我的心血永远为她滴，然而，我不愿她知道我是谁？

　　我园里有一株蔷薇，深夜里我用我的血我的泪去灌溉她，培植她；她含苞发蕾以至于开花，人们都归功于园丁，有谁知是我的痴心呢！然而我不愿人知，同时也不愿蔷薇知。深夜，人们都在安息，花儿呢也正在睡眠；因之我便成了梦想中的园丁。

　　我已清楚地认识了自己的命运，我也很安于自己命运而不觉苦痛；但是，这时

141

确有一个人为了我为了她自己,受着极沉长的痛苦,是谁呢?便是我名义上的妻。

我的家庭你深知。母亲都是整天被人压制驱使着作奴隶,卅年到我家,未敢抬起头来说句高声话。祖母脾气又那样暴烈,一有差错,跪在祖宗像前一天不准起来。母亲这样,我的妻更比不上母亲了,她所受的苦痛,更不堪令人怀想她。可怜她性情迟钝,忠厚过人;在别人家她可做一个好媳妇,在我家里,她便成了一个仅能转动的活尸。

我早想着解放了她,让她逃出这个毒恶凌人的囚狱;无论到什么地方去,都比我的家自由幸福多了,我呢,也可随身漂泊,永无牵挂;努力社会事业,以毁灭这万恶的家庭为志愿;不然将我这残余生命浮荡在深涧高山之上,和飞鸟游云同样极止无定的飘浮着。

决志后,我才归来同家庭提出和我的妻子正式离婚。到知道他们不明白我是为——她。反而责备我不应半途弃她;更捉风捕影的,猜疑我别有怀抱。他们说我妻十年在家,并未曾犯七出例条,他们不能向她家提出。更加父亲和她祖父是师生关系,更不敢起这个意。他们已经决定要她受这痛苦,我所想的计划完全失败了。不幸的可怜的她,永远的在我名下系缚着,一直到她进了坟墓。这是多么残酷的事情,我懊丧着,我烦恼着,也一直到我进了坟墓,一切都完了,我还说什么呢?

瑜妹!我给你写这封信的动机,便是为了母亲。母亲!我不能不留恋的便是母亲!我同家庭决裂,母亲的伤痛可想而知,我不肖,不能安慰母亲。瑜妹!我此后极止何处,我尚不知。何日归来,更无期日;望你常去我家看看我的母亲,你告诉她,我永远是她的儿子,我永远在天之涯海之角的世界上,默祝她的健康!

瑜妹,我家庭此后的情形真不敢想,我希望他们能为了我的走,日后知道懊悔。我一步一步离故乡远了,我的愁一丝一丝的也长了。

再见吧!祝你健福!

徽之

我读完表哥的信,母亲去舅舅家的原因我已猜着了,表哥这样一走,舅母家一定又闹得不得了,不然不会这样焦急地催母亲去。我同情母亲的苦衷,然而我更悲伤表嫂的命运,结婚后十年。表哥未曾回来过,好容易他大学毕业回来了;哪知他又提起离婚。外祖母家是大家庭,表嫂是他们认为极贤德的媳妇,哪里让他轻易说道离婚呢?舅父如今不在家,外祖母的脾气暴躁极了,表哥的失败是当然的,不过这么一闹,将来结果怎样真不敢想;表哥他是男人,不顺意可以丢下家庭跑出去;表嫂呢,她是女人,她是嫁给表哥的人,如今他不要她了,她怎样生活下去呢?想到这里我真为这可怜的女子伤心!我正拿着这封信发愣的时

候，王妈走进来说：

"太太请小姐出去。"

我把表哥的信收起后，随跟着王妈来到母亲房里。母亲正在房里装小皮箱里的零碎东西，琨妹手里提着一小篮花；嫂嫂在台阶上看着人往外拿带去的东西。

"瑜！昨夜你姥姥家来电，让我去；我不知道为的什么事，因此我想着就去看。本来我想带你去。因为我不知他们家到底有什么事，我想还是你不去好。过几天赶你回京前去一次就成了，你到了他们家又不惯拘束。琨她闹着要去，我想带她去也好，省的她留在家里闹。"母亲这样对我说的时候，我本想把表哥的事告诉她。后来我想还是不说好了，免得给人们心上再印一个渺茫的影子。

我和嫂嫂送母亲上了火车，回来时嫂嫂便向我说："瑜妹，你知道表哥的事吗？听说他在上海念书时，和一个女学生很要好，今年回来特为的向家庭提出离婚。外祖母家那么大规矩，外祖母又那么严厉，表嫂这下可真倒霉极了。一个女子——像表嫂那样女子，她的本事只有俯仰随人，博得男子的欢心时，她低首下心一辈子还值得。如今表哥不要她了，你想她多么难受呢！表哥也太不对，他并不会为这可怜旧式环境里的女子思想；他只觉着自己的妻不如外边的时髦女学生，又会跳舞，又会弹琴，又会应酬，又有名誉，又有学问的好。"她很牢骚地说着。我不愿批评，只微微地笑了笑；到了家我们也莫再提起表哥的事。

但是我心里常想到可怜的表嫂，环境礼教已承认她是表哥的妻子了——什么妻。便是属于表哥的一样东西了。表哥弃了她让她怎样做人呢？她此后的心将依靠谁？十年嫁给表哥，虽然行了结婚礼表哥就跑到上海。不过名义上她总是表哥的妻。旧式婚姻的遗毒，几乎我们都是身受的。多少男人都是弃了自己家里的妻子，向外边饿鸦似的，猎捉女性。

自由恋爱的招牌底,有多少可怜的怨女弃妇践踏着!同时受骗当妾的女士们也因之增加了不少,我想着怎样才能拯救表嫂呢?像她们那样家庭,幽怨阴森简直是一座坟墓,表嫂的生命也不过如烛在风前那样悠忽!

过了三天,母亲来信了。写得很简,她报告的消息真惊人!她说表哥走后,表嫂就回了娘家,回去第二天的早晨,表嫂便服毒死了!如今她的祖父,和外祖母闹得很利害,舅父呢不在家,表哥呢,他杀了一个人却鸿飞渺渺地不知哪里去了。因此舅母才请母亲去商量怎样对付。现在还毫无头绪,表嫂的尸骸已经送到外祖母家了,正计划着怎样讲究的埋葬她!母亲又说琨妹也不愿意在了,最好叫人去接她回来,因为母亲一时不能回来,叮咛我们在家用心地服侍父亲。

嫂嫂看完母亲的信哭了!她自然是可怜表嫂的末遇,我不能哭,也不说话,跑到院子里的葡萄架下站着,望着晴空白云枝头小鸟,想到表哥走了,或者还有回来的一天。表嫂呢,她永远不能归来了!为了她的环境,为了她的命运,我低首默祷她永久地安眠!

《京报副刊·妇女周刊》周年纪念特号,一九二五年十二月二十日,第四五、四六、四七面。原署名漱雪。

144

红鬃马

　　那是一个春天的早晨，一轮赤日拖着万道金霞由东山姗姗地出来，照着摩天攀云的韩信岭。韩信岭下的居民，睡眼朦胧中，忽然看见韩侯庙里的塔尖上，插着一杆雪白的旗帜，在日光中闪耀着，在云霄中飘展着。这时岭下山坡上，陆陆续续可以看见许多负枪实弹的兵士，臂上都缠着一块白布，表示革命军特别的标志。

　　他们是推倒满清，建设民国的健儿。一列一列整齐的队伍过去，高唱着激昂悲壮的军歌，一直惊醒了岭下山城中尚自酣睡的居民。

　　韩信岭四周的山城。为了这耀目的白采，勇武的健儿们，曾起了极大的纷扰，但不久这纷扰便归于寂静；居民依然很安闲愉快地耕种着田地，妇人也支起机轮纺织布匹，小孩们还是在河沟里掏螃蟹，沙滩上捡石子地玩耍着。

　　在当时纷扰中，隐约的枪声里，我和芬嫂、母亲扮着乡下人，从衙署逃出来，那时只有老仆赵忠跟着我们。枪林弹雨中，我们和一群难民跑到城外，那时天已黄昏，晚霞正照着一片柳林，万条金线慵懒地垂到地上。树荫下纵横倒卧着的都是疲惫的兵士，我们经过他们的面前连看都不敢看，只祷告不要因为这杂乱的足声惊醒他们的归梦。离城有五里地了，赵忠从东关雇来一辆驴车，母亲告诉车夫去南王村，拿着父亲的一封信去投奔一个朋友。我那时才十岁，虽然不知为什么忽然这样纷扰，不过和父亲分离时，看见父亲那惊吓焦忧的面貌，和母亲临行前收拾东西的匆促慌急，已知道这不幸的来临，是值得我们恐怖的！

　　逃难时我不害怕也不涕哭，只默默地看着面前一切的惊慌和扰乱，直到坐在车上，才想起父亲还陷在恐怖危险中，为什么他不和我们一块儿出来呢！问芬嫂，她掩面无语；问母亲时，她把我揽在怀中低低地哭了！夜幕渐渐低垂，树林模糊成一片漆黑。驴车上只认出互相倚靠蜷伏的三个人影。赵忠和车夫随着车走。除了车轮的转动，和黑驴努力前进的呼吸外，莫有一点响声。广漠的黑暗包围着。有时一两声的犬吠，和树叶的飘落，都令人心胆俱碎！到了南王村已是深夜，村门上有乡勇把守，因为我们是异乡人不许走进村。后来还是请来了父亲的朋友王仁甫，问明白后才让我们进去。过了木栅门，王宅已派人拿了灯笼来接，这时我心中才觉舒畅，深深地向黑暗的天宇吐了一口气。坐上王宅车到他家时，我已在路上睡着了。

这一夜，母亲和芬嫂都未安眠，我们焦虑着父亲的吉凶。芬嫂和母亲说："早知道这样两地悬念，还不如在一块儿放心。"母亲愈想愈觉着难过，但是在人家这里也不愿现出十分悲痛的样子。第二天。母亲唤醒我，才知道父亲已派人送信来了。说城中一切都平靖，革命军首领是我们同乡郝梦雄，他是父亲的学生，所以不仅父亲很平安，连这全县一百余村也一样平安。这消息马上便传布了全村，许多妇人领着自己的小孩来到王宅慰问我们！母亲很客气地接见了他们。那天午餐是全村的乡董公请，母亲在席上饮上三杯酒，庆祝这意外的平安！

午餐完毕，王宅用轿车送我们进城，这次不是那样狼狈了。一进城门，便看见军队排立着向我们举枪致敬。车进了大门，远远已看见父亲和一位雄壮英武全身军装的少年站在屏风门前迎接我们。下了车，我先跑过去抱住父亲，父亲笑着说："过去给你梦雄哥行礼，不是他，我也许见不着你们了。"这时真说不出是悲是喜，母亲和芬嫂都在旁边擦着眼泪，父亲笑声中也带了几分酸意。我走到梦雄面前很规矩的向他行了礼，他笑着握了我的手说："几年不见，妹妹已长大了，你还认识我吗？"他蹲下来捧着我的下颚这样问，我笑了，跑到母亲跟前去，父亲笑了，梦雄和赵忠他们都笑了！

过了几天，父亲和梦雄决定了一同进省。因为军旅中不便带女眷，所以把我们留在这里。在梦雄走的前一天，我们收拾好行装搬到南王村王仁甫家中暂住，等父亲派人来接我们。临行时父亲和梦雄骑着马送我们到城外，我也要骑马，父亲便把我抱在他的鞍上。时已暮春，草青花红，父亲和梦雄并骑缓缓地走过那日令我惊心的柳林，我忽然感到一种光荣，这光荣是在梦雄骑着的那匹红鬃马的铁蹄上！

到了东关外，父亲把我抱下马来，让我和母亲坐在车上去。我知道和父亲将要分离，心中禁止不住的凄哀，拉着父亲的衣角哭了！梦雄跳下马来，抚着我的额前短发，他说："妹妹，你不要哭，过几天便派人来接你去省城。你想骑马，我那里有许多小马，我送你一匹，你不要哭，好妹妹。"母亲、芬嫂下了车和父亲、梦雄告别后，——赵忠又抱我上了车。车轮动了，回头我见父亲和梦雄并骑站在山坡上，渐渐远了，我还见梦雄举扬着他的马鞭。

梦雄因为这次征服了岭南各县的逆军，很得当道的赞喜！回到省城后，全城的民众开大会欢迎他的凯旋。不久他便升了旅长，驻扎在缉虎营，保卫全城。在这声威煊赫后的梦雄，当时很引起我们故乡长老的评论。他家境原本贫寒，父亲是给人看守祠堂，母亲是个瞎子。他十岁时便离开家乡去漂泊，从戎数载，转战南北。谁都以为他早已战死沙场，哪料到革命军纷起后，他遂首先回来响应。不仅少年得志令人敬佩，最使人艳羡的他还有一位美丽英武的大人，听说是江苏人，她的来历谁都不知道，但是她的芳名冯小珊是这城里谁都晓得的。

　　我们到了省城后,便和梦雄住在一条胡同内。小珊比我大十岁,我叫她珊姐。她又活泼又勇武,憨缦天真中流露出一种庄严的神采,教人又敬又爱。梦雄和她感情很好,英雄多情,谁也看不出英武的梦雄在珊姐面前缠绵柔顺却像一只小羊。

　　过了中秋节后四天,是我的生日。父亲特别喜欢,张罗着给我过一个愉快幸福的生辰。那天早晨,母亲给我换上玫瑰色缎子的长袍,上边加了一件十三太保的金绒坎肩,一排黄澄澄的扣子上镂着我的小名;芬嫂与我梳了两条松长的辫子垂在两肩,她又从小银匣内拿出一条珠链给我挂在颈上。收拾好,母亲派人来叫我,芬嫂拉着我走到客厅。在廊下便听见梦雄和珊姐的笑声!我揭帘进去。珊姐一见我便跑过来握着我的手说:“啊呀!好漂亮的小姑娘,你过来看看我送你的礼。”“她一定喜欢我的,你信不信?”梦雄笑着向珊姐说。我走到母亲面前,母亲指桌上一个杏黄色的包袱说:“你还不谢谢珊姐给你的礼。”我过去打开一看,是一套黑绒镶有金边的紧身戎装,还有一顶绒帽。梦雄不等我看完,便领我走到前院,出了屏门那棵槐树下拴着两匹马,一匹是梦雄的红鬃马;还有一匹小马,周身纯白,鞍辔俱全。我想起来了,这是梦雄三月前允许了我的礼物。我真喜欢,转过身来深深地向他们致谢!那天收了不少的礼物,但是最爱的还是这两样。

　　不久我便进了学校,散课后,珊姐便和我骑着马去郊外,缘着树林和河堤,缓辔并骑;在夕阳如染,柳丝拂髻的古道上,曾留了不少的笑语和蹄痕。有时玩得倦了。便把马拴在树上,我们睡在碧茵的草地上,绿荫下,珊姐讲给我许多江南的风景;谈到她的故乡时,她总黯然不欢,我那时也不注意她的心深处,不过她不高兴时,我随着也就缄默了。

147

　　中学将毕业的前一年,梦雄和珊姐离开了我们去驻守雁门关。那时我已十六岁了,童年的许多兴趣多半改变。梦雄送给我的小白马,已长得高大雄壮。我想留着它不如送给珊姐自用,所以我决定送给她。在他们临行时,我骑着它到了城外关帝庙,父亲在那里设下了

别宴。我下了马,和梦雄、珊姐握别时,一手抚着它,禁不住的热泪滴在它蒸汗的身上。珊姐骑着它走了三次,才追着梦雄的红鬃马去了。归途上,我感到万分的凄楚,父亲和母亲也一样的默然无语。斜阳照着疏黄的柳丝,我忽然想起六年前往事,觉童年好梦已碎,这一阵阵清峭的秋风,吹落我一切欢乐,像漂泊的落叶陨坠在深渊之中。

八年以后,暑假里,我由燕北繁华的古都,回到娘子关畔的山城。假如我尚有记忆时,真不信我欢乐的童年过后,便疾风暴雨般横袭来这许多人间的忧愁,侵蚀我,摧残我,使我终身墓葬于这荒冢寒林之中。此后只有在一缕未断的情丝上,回旋着这颗迂回而悲凄的心,在一星未熄的生命余焰里,挥泪瞻望着陨落的希望之星,和不知止于何处的遥远途程。这自然不是我负笈千里外所追求的,又何尝是我白发双亲倚闾所希望的。然而命运是这样安排好了,我虽欲挣脱终不能挣脱。

这八年中,我在异乡沉醉过,欢笑过,悲愁过,痛哭过,遍尝了人间的甜酸辛辣;才知道世界原来是这个罪恶之薮,而我们偶然无意中留下的鸿爪,也许便成了一种忏悔罪恶的遗迹。恍惚迷离中,一切虽然过去了,消逝了,但记忆磨灭不了的如影前尘,在回忆时似乎尚可得一种空幻的慰藉。

黄昏的灯光虽然还燃着,但是酒杯里的酒空了,梦中的人去了,战云依然深锁着,灰尘依然飞扬着,奔忙的依然奔忙,徘徊的依然徘徊,我忽然踟蹰于崎岖荆棘的天地中,感到了倦旅。我不再追求那些可怜的梦影了。我要归去,我要回到母亲的怀里,暂时求个休息去。我倦了,我想我就是这样倒下去,我也愿在未倒时再看看我童年的摇篮,和爱我的双亲。

扎挣着由黑暗的旅舍中出来,我拂了拂衣襟上的尘土,抚了抚心上的创口,向皎洁碧清的天空深深地吐了一口气后,踏着月色独自走向车站。什么都未带,我不愿把那些值得诅咒,值得痛恨的什物,留在身畔再系绊我。就这样上了车,就这样刹那间的决定中抛弃了一切。车开行了,深夜里像一条蜿蜒在黑云中的飞龙,我倚窗向着那夜幕,庄严神秘的古都惨笑!惨笑我百战的勇士逃了!

谁都不晓得,这一辆车中载着我归来,当晨曦照着我时,我已离开古都有八百里,渐渐望见了崇岭高山,如笏的山峰上,都戴着翠冠,两峰之间的瀑布,响声像春雷一般。醒了,我一十余载的生之梦,这时被涧中水声惊醒了!禁不的眼泪流到我久经风尘的征衫!为了天堑削壁的群山,令我回想到幼年时经过的韩信岭,和久无音信的珊姐和梦雄。

下火车,我雇了一只小驴骑到家;这比什么都惊奇,我已站在我家的门口了。湖畔一带小柳树是新栽的,晚风吹拂到水面,像初浣的头发,那边上马石前,卧着一只白花狗,张着口伸出血红的舌头,和着肚皮一呼一吸的,正看着这陌生的旅客呢!我把小驴系在柳树上,走向前去叩门,我心颤动着,我想这门开了后,不知将来的梦又是些什么?

到家后三天,家中人知我心境忧郁,精神疲倦。父亲爱怜我,让我去冠山住几天,他和小侄女蔚林陪着我。一个漂泊归来的旅客,乍承受了这甜蜜的温存和体贴,不觉感极涕下!

原来人间尚有这块园地是会使我幸福的，骄傲的。上帝！愿永远这样吧！愿永远以这伟大的慈爱抚慰世上一切痛苦失望中归来的人吧！

山道中林木深秀，涧水清幽，一望弥绿，把我雪白的衣裳也映成碧色。父亲坐着轿子，我和蔚林骑着驴，缓缓地迁回在万山之间；只听见水声潺潺，但不知水在何处！草花粉蝶，黄牛白羊，这村色是我所梦想不到的。一切诅恨宇宙的心，这时都变成了欣羡留恋，一草一木，一山一水之微，都给与我很深很大的安慰。我们随着父亲的轿子上了几层山坡，到了我家的祖茔；父亲下了轿，领着我和蔚林去扫墓，我心中自然觉到悲酸。在父亲面前只好倒流到心里。烧完纸钱，父亲颤巍巍地立在荒墓前，风吹起他颚下的银须和飞起的纸灰。这一路我在驴上无心再瞻望山中的风景，恨记忆又令我想到古都埋情的往事。我前后十余年中已觉世事变幻，沧桑屡易，不知父亲七十年来其辛苦备尝，艰险历经的人事，也许是恶苦多于欢乐？然而他还扎挣着风烛残年，来安慰我，愉悦我。父亲！懦弱的女儿，应在你面前忏悔了！

远远望见半山腰有一个石坊，峰头树林蔚然深苍中掩映着庙宇的红墙，山势蜿蜒，怪石狰狞，水乳由山岩下滴沥着，其声如夜半磐音，令人心脾凛然清冷。蔚林怕摔，下了驴走着，我也下来伴着她，走过了石坊不远便到了庙前，匾额写着"资福寺"。旁边有一池清泉，碧澄见底，岩上有傅青主题的"丰周瓢饮"四字。池旁有散发古松一株，盘根错节，水乳下滴，松上缠绕着许多女萝。转过了庙后，渡一小桥是槐音书院，因久无人修理已成废墟，荆棘丛生中有石碑倒卧，父亲叹了一口气，对我说，这是他小时读书之处。再上一层山峰至绝顶便到冠山书院，我们便住在这里。晚间，芬嫂又派人送来许多零用东西，和外祖母特别给我做的点心。

夜里服侍父亲睡了后，我和蔚林悄悄走出了山门，立在门口的岩石上，上弦月弯弯像一只银梳挂在天边，疏星点点像撒开的火花。那一片黑漆的树林中时时听见一种鸟的哀鸣。我忽然感到这也许便是我的生命之林！万山间飘来的天风，如浪一样汹涌，松涛和着，真有翻山倒海之势。蔚林吓的拉紧了我的手，我也觉得心惊，便回来入寝。父亲和蔚林都睡熟了，只有我是醒着，我想到母亲，假如母亲在我身畔，这时我也好睡在她温暖的怀中痛哭！如今我仿佛一个人被遗弃在深夜的荒山之中，虎豹豺狼围着我，我不能抑制我的情感，眼泪如泉涌出！

鸡鸣了，我披衣起来，草草梳洗后便走出了山门，想看着太阳出山时的景致。一阵晨风吹乱了我的散发，这时在烟雾迷漫中，又是一番山景。我站在山峰上向四面眺望，觉天风飘飘，云霞烟雾生于足下，万山罗列，如翠笋环拱，片片白云冉冉飘过，如雪雁飞翔，恍惚如梦，我为了这非人间的仙境痴迷似醉。天边有点淡红的彩色，渐渐扩大了，又现出一道深紫的虹圈，这时已望见东山后放出万道金光，这灿烂的金光中捧出一轮血红似玛瑙珠的朝阳！

我下了石阶走去，那边林中有个亭子，已废圮倾倒，蛛丝尘网中抬头看见一块横额，写

着"养志亭"三字。四周都是古柏苍松,陵石峻秀,花草缤纷,静极了,静得只听见自己呼吸的声音。我沉思许久,觉万象具空,坐念一清,心中恍惚几不知此身为谁?走下了养志亭,现出一条石道,自己忘其所以地披荆棘,践野草走向前去,望见一带树林中,隐约现出房屋,炊烟飘散,在云端缭绕。

150

　　下了山,看见一畦一畦的菜园,红绿相间。粉墙一带,似乎是个富人的别墅,旁边有许多茅屋草舍,鸡叫犬吠俨然似个小村落。看看表已七点钟了,我想该回去了,不然父亲和蔚林醒来一定要焦急我的失踪呢!我正要回头缘旧径上山去,忽然听见马嘶的声音,而且这声音很熟,似乎在哪里听见过一样!我奇怪极了,重登上了山峰,向那村落望去,我看不见马在哪里!又越过一个山峰时,我可以看见那一带粉墙中的人家了,一排杨柳下,拴着两匹马,我失惊的叫起来,原来一匹是梦雄的红鬃马,一匹是他赠我,我又赠珊姐的小白马。我仔细地望了又望,看了又看,一点都没有错,确是它们。

　　我像骤然得到一种光荣似的,心中说不出的喜欢,哪想到我会在这里无意中逢见它们。我又沉默了一会,觉着这不是梦。重新下了山,来到那个村落,我缘着粉墙走,看见一个黑漆大门,旁边钉着个铜牌写着郝宅,门口站着一个小姑娘,抱着一个小孩。我问她,这里是谁住着?她说是郝太太。我又问她:"你是谁呢?"她指着怀中小孩说:"这是郝少爷,我是她的丫头叫小蟾。"

　　我说明来历,她领我走到客厅,厅里满挂着写了梦雄上款的对联和他的像,收拾得很整洁。院子很大,似乎人很少,静寂的只听见蝉声和鸟唱。碧纱窗下种着许多芭蕉,映得房中也成了绿色。院中满栽着花木,花荫下放着乘凉的藤椅。我正看得入神时,帘子响了,回头见一个穿着缟素衣裳的妇人走过来。我和她一步一步走近了,握住手,但是一句话也说不出,四只眼睛瞪望着。我真想哭,站在我面前这憔悴苍老的妇人,便是当年艳绝一时天真活泼的珊姐。我呢？在珊姐眼中也一样觉得惊讶吧！别时，我是梳着双髻的少女，如今满面风尘，又何尝是当年的我。她问我为何一个人这样早来？我告诉了她，父亲和蔚林在山上时，她即叫人去告诉我在这里，并请他们来她家午餐。后来我禁不住了，问到梦雄，她颜色渐渐苍白，眼泪在眶中转动着，她说："已在一年前死了！"我的头渐渐低下，珊姐紧紧握住我的手，我和她都在静默中哭了！

珊姐含泪领我到她的寝室，一进门便看见梦雄的放大像，像前供着几瓶鲜花。我站在他遗像前静默了一会，我心中万分凄酸，哪知关帝庙一别便成永诀的梦雄，如今归来只余了一帧纸上遗影。我原想来此山中扫除我心中的烦忧，谁料到宇宙是如斯之小，我仍然又走到这不可逃逸的悲境中来呢！

"珊姐！难得我们在此地相见，今日虽非往日，但我们能在这刹那间团聚，又何尝不是一种幸福。你拿酒来，我们痛饮个沉醉后，再并骑出游，你也可以告我别后的情况，而且我也愿意再骑骑小白马，假如不是它的声音，我又哪能来到这里？"我似乎解劝自己又系解劝珊姐似的这样说。

珊姐叫人预备早餐，而且斟上了家中存着的陈酒。痛饮了十几杯后，我什么东西都没有吃，遂偕同珊姐走到后院。转过了角门，我看见那两匹马很疲懒的立在垂杨下。我望着它们时心中如绞，往日光荣的铁蹄，驰骋于万军百战的沙场，是何等雄壮英武！如今英雄已死，名马无主，我觉红鬃马的命运和珊姐也一样呢！我的白马也不如八年前了，但它似乎还认识故主，我走近它时，它很驯顺地望着我。珊姐骑上梦雄的红鬃马，我骑上白马，由后门出来。一片绿原，弥望都是黄色的麦穗，碧绿的禾苗。珊姐在前领着道，我后随着，俨然往日童年的情景，只是岁月和经历的负荷，使我们振作不起那已经逝去的豪兴了。

远远望见一片蔚浓的松林，前面是碧澄的清溪，后面屏倚着崇伟的高山，我在马上禁不住的赞美这个地方。停骑徘徊了一会，抬头忽然不见了珊姐，我加鞭追上她时，她已转入松林去了。我进了松林，迎面便矗立着一块大理石碑，碑顶塑着个雕刻的石像，揽辔骑马，全身军装；碑上刊着："革命烈士郝梦雄之墓。"珊姐已下了马，俯首站在墓前，墓头种满了鲜花和青草，四周用石柱和铁环围绕着。

我把马拴在松树上，走近了石碑，合掌低首立在梦雄墓前，致这最后的敬意和悲悼！梦雄有灵也该笑了，他一生中所钟爱的珊姐和红鬃马，都在此伴着他静默的英魂！偶然相识的我，也能今朝归来，祭献这颗敬慕之心。梦雄！你安息吧，殡葬你一切光荣愿望、热烈情绪在这山水清幽的深谷中吧！

珊姐望着石像哭了！我不知怎样劝慰她，只有伴她同挥酸泪！她两手怀抱着梦雄的像，她一段一段告诉我，他被害的情状，和死时的慷慨从容。我才知道梦雄第二次革命，是不满意破坏人民幸福、利益的现代军阀。他虽然壮志未酬身先死，但有一日后继者完成他的工作时，他仍不是失败的英雄。他的遗嘱便是让珊姐好好地教养他的儿子，将来承继他的未完之志去发扬光大，以填补他自己此生的遗憾！

自从听见了珊姐的叙述后，不知怎样，我阴霾包围的心情中忽然发现了一道白彩，我依稀看见梦雄骑马举鞭指着一条路径，这路径中我又仿佛望见我已陨落的希望之星的旧址上，重新发射出一种光芒！这光芒复燃起我烬余的火花，刹那间我由这个世界踏入另一世界，一种如焚的热情在我胸头缭绕着——燃烧着！

《晨报附刊》一九二七年五月九日，一五六六号，合订本一八、一九页；五月十一日，一五六七号，二四页；五月十二日，一五六八号，二七、二八页。原署名评梅。

152

余　辉

　　日落了,金黄的残辉映照着碧绿的柳丝,像恋人初别时眼中的泪光一样,含蓄着不尽的余恋。垂杨荫深处,现露出一层红楼,铁栏杆内是一个平坦的球场,这时候有十几个活泼可爱的女郎,在那里打球。白的球飞跃传送于红的网上,她们灵活的黑眼睛随着球上下转动,轻捷的身体不时地蹲屈跑跳,苹果小脸上浮泛着心灵热烈的火焰,和生命舒畅健康的微笑!

　　苏斐这时正在楼上伏案写信,忽然听见一阵笑语声,她停笔从窗口下望,看见这一群忘忧的天使时,她清癯的脸上现露出一丝寂寞的笑纹。她的信不能往下写了,她呆呆地站在窗口沉思。天边晚霞,像绯红的绮罗笼罩着这诗情画意的黄昏,一缕余辉正射到苏斐的脸上,她望着天空惨笑了,惨笑那灿烂的阳光,已剩了最后一瞬,陨落埋葬一切光荣和青春的时候到了!

　　一个球高跃到天空中,她们都抬起头来,看见了楼窗上沉思的苏斐,她们一齐欢跃着笑道:"苏先生,来,下来和我们玩,和我们玩!我们欢迎了!!"说着都鼓起掌来,最小的一个伸起两只白藕似的玉臂说:"先生!就这样跳下来罢,我们接着,摔不了先生的。"接着又是一阵笑声!苏斐摇了摇头,她这时被她们那天真活泼的精神所迷眩,反而不知说什么好,一个个小头仰着,小嘴张着,不时用手绢擦额上的汗珠,这怎忍拒绝呢!她们还是顽皮涎脸笑容可掬地要求苏斐下楼来玩。

　　苏斐走进了铁栏时,她们都跑来牵住她的衣袂,连推带拥地走到球场中心,她们要求苏斐念她自己的诗给她们听,苏斐拣了一首她最得意的诗念给她们,抑扬幽咽,婉转悲怨,她忘其所以的形容发泄尽心中的琴弦,念完时,她的头低在地下不能起来,把眼泪偷偷咽下后,才携着她们的手回到校舍。这时暮霭苍茫,黑翼已渐渐张开,一切都被其包没于昏暗中去了。

　　那夜深时,苏斐又倚在窗口望着森森黑影的球场,她想到黄昏时那一幅晚景和那些可爱的女郎们,也许是上帝特赐给她的恩惠,在她百战归来,创痛满身的时候,给她这样一个快乐的环境安慰她养息她惨伤的心灵。她向着那黑暗中的孤星祷告,愿这群忘忧的天使,永远不要知道人间的愁苦和罪恶。

这时她忽然心海澄静,万念俱灰,一切宇宙中的事物都在她心头冷寂了,不能再令她沉醉和兴奋!一阵峭寒的夜风,吹熄她胸中的火焰,觉仆仆风尘中二十余年,醒来只是一番空漠无痕的噩梦。她闭上窗,回到案旁,写那封未完的信。她说:

钟明:

自从我在前线随着红十字会做看护以来,才知道我所梦想的那个园地,实际并不能令我满意如愿。三年来诸友相继战死,我眼中看见的尽是横尸残骸,血泊刀光,原只想在他们牺牲的鲜血白骨中,完成建设了我们理想的事业,谁料到在尚未成功时,便私见纷争,自图自利,到如今依然是陷溺同胞于水火之中,不能拯救。其他令我灰心的事很多,我又何忍再言呢!因之,钟明,我失望了,失望后我就回来看我病危的老母,幸上帝福佑,母亲病已好了,不过我再无兄弟姊妹可依托,我不忍弃暮年老亲而他去。我真倦了,我再不愿在荒草沙场上去救护那些自残自害,替人做工具的伤兵和腐尸了。请你转告云玲等不必在那边等我!允许我暂时休息。愿我们后会有期。

苏斐写完后,又觉自己太懦弱了,这样岂是当年慷慨激昂投笔从戎的初志。但她为这般忘忧的天使系恋住她英雄的前程,她想人间的光明和热爱,就在她们天真的童心里,宇宙呢?只是无穷罪恶无穷黑暗的渊薮。

一六年五月二十六日。

《世界日报·蔷薇周刊》第二十七期,一九二七年五月三十一日,第四版。原署名评梅。

归　来

　　马子凌的军队快到 Q 城的时候，市民便在公共体育场，筹备开欢迎战士凯旋的大会。那时晴空无云，温阳正照着这绿色的原野，轻浮着一种草花的香气，袭人欲醉！场中央已扎起一座彩台，台上满摆着鲜花，花中放着一张新月式的白漆桌，两旁列着十几把椅子，全场中连系着十字交叉的万国旗，台顶上那杆令万人崇敬钦仰的旗子，这时临风飘展，使一切野花小草都含笑膜拜！

　　烟尘起处，军乐悠扬，旗帜飘摇中先是负枪实弹的步兵，一列一列过去之后，便是马队。在这种雄壮静肃的空气中，只听见幽扬的军乐和着整齐的步履，沙沙沙沙，这是光荣的胜利的语声吗？两旁的观众，扶老携幼，有认子的老母，有寻夫的娇妻，也有是含着悲酸哀痛，来迎接那些归来的沙场英魂；这时也许哀悼之感甚于欢欣之情罢！最后一队中有个清癯的戎装英雄，在马上他忍泪含笑向两旁狂呼投花的群众点头，这就是十年前投笔从戎，誓扫阴霾的马子凌。

　　子凌到了场中，军队和民众环绕着那一座高台，万头攒动中，子凌在台上演说他十年中百战成功的经过，他结论说这并不是他的光荣胜利，这是民众的光荣，民众的胜利。今日侥幸功成归来，宇宙重现了清明之象，他自然一样为祖国庆贺欢祝，不过为了证明他这次归来是把这光荣胜利送还给故乡父老，所以他才解甲弃枪，不愿拥兵高位自求荣利。

　　他演说完后，在民众热烈的掌声中，脱下他那件染满了血斑的战袍，一抬手扔挂在那杆大旗上，露出他背部和右臂的创痕，不知怎样他忽然流下泪来，他想到他的老父和他的爱人的惨死！

　　第二日他把一切军务都交给他的秘书王静泉代理后，提了一个小箱，就悄悄地离开 Q 城。一路上他心情很烦乱悲怆，往日他只希望着战争胜利和成功，几年中他摒弃了自己一切的情怀而努力迷恋着这愿望的实现。如今果能如愿归来，但是他在群众热烈的掌声中，惊醒了他的幻梦，他失望了！他抱着这虚空的怅惘，回到他的故乡。这时他知道自己的幸福欢乐已埋葬了，他所能偿愿无愧的，就是他能手刃了敌人的头颅，给他的老父和爱人报

155

仇;除此以外,他不能再在这光荣胜利的欢笑中求幸福求爱情求名利了。

十年前,子凌的故乡木杨镇,正是E军和G军开火接触的战线,炮火声中,将这村庄里多少年的安宁幸福给破碎了!那时幸好母亲和妹妹已逃到外祖母家,他呢,在城里念书车路不通,不能回来。在军队开到的前几天,子凌的父亲是这一乡最有名望的老者,所以许多乡人都信仰尊敬他,自从风声紧急后,便在他家里开了几次会议,但这是绝对无办法可想的,后来只议决把妇女先让躲到别的乡村去,余下男人们在家里守着,静等着战神的黑翼飞来。

一天黄昏时候,晚饭后许多农民都聚集在小酒店的门口,期待着那不堪设想的惊惶惨淡之来临。这时正好村西瓦匠的儿子张福和已从前线上逃回来,他传来的消息是G军失利,E军追击着离这里已有三百里。夜来了,一切的黑暗把这几千户的乡镇包围后,忽然由西南角传来一阵枪炮声。一缕缕的白烟在荫深的树林中飘浮着,惊的树上的宿鸟都振翼向四下里乱飞,村中隐隐听见惶恐喧嚷之声,他们抖颤着,可怕的噩运已来了。

夜里十点钟时候,枪声愈来愈近,隐约中在大道上可以看见灰色蠕动的东西蜿蜒而来;这时子凌的父亲也来到酒店门口,虽然在这样急迫危险中,他仍然保持着那往日沉默庄严的态度。不时把头仰起望着黑漆无星光的天宇!枪声近了,人们马上现露出惊惶来,村门口的狗,都汪汪汪汪向着大道狂吠,这安逸幸福的乡镇,已在这一刹那中破碎了!

败兵进了木杨镇后,大本营便扎在子凌的家中,自然因为他是这里的首富,人格资产房屋都较为伟大!这是木杨镇的酷劫,一切呵!在顷刻之中便颓倒粉碎,妇女和小儿更践踏凌辱得可怜。

当翌晨太阳重照着木杨镇天宁寺的塔尖时,子凌的家中忽然起了极大的扰乱和惊惶,镇中的人们都十分悲痛哀悼地跑来看,原来子凌的父亲,在后院马槽中被人刺死了!死的自然惨凄,周身的衣服都被脱去,紫的血和土已凝结在一块,雪亮的刺刀还插在咽喉上!到底是为什么死的?至如今都是疑案,但也无什可疑,总之在枪弹飞来飞去的战翼下,一切都是毁灭,一切都是牺牲。

一月之后,子凌从Q城奔丧归来,母亲和弱妹都在外祖母家中病着,他咽下悲痛愤慨的眼泪,料理完一切后,遂辞别了老母稚妹回到Q城。这时他热血沸腾,壮怀激荡,誓愿拼此头颅,拼此热血,为惨死的老父伸此一腔冤气,并为许多同胞建筑平和幸福之基。这时Q城已有一般青年男女,组织了一个铁血社,同心同志向这条路去进攻,不久子凌便推为这社里的首领,为若干热血健儿所尊崇所爱护。内中有一女同志胡君曼,和子凌肝胆相照,情意相投,协力互助着求铁血社的进行发展,数年之中,他们的社员已有十万余人。这时国内各派擅权,相继消长,战争不已,民苦日深,但是铁血社的雏形,已召了许多敌人的嫉恨,每欲乘机扑灭此潜伏的势力而甘心。

有一年的暑假中,君曼负了使命南下,哪晓得敌方的侦探已追踪了她,当她在Y埠下车时，便被那里的军队捕了去。捕去后在她身上搜出许多密件公文，都是对于敌军不利的计划。Y埠的军长大为震怒，连审讯都没有，便把君曼赏给了捕她的那个营长去当姨太太。这消息子凌知道后万分的愤怒悲痛，更觉这世界是人间魔窟，险恶已极，虽然那时他们势力薄弱，不能相敌，但是这耻辱，已给铁血社不少的兴奋和努力。过了几天，子凌忽然接到君曼一封潦草简短的遗书，说她虽死请子凌不要太过伤心，只盼他积极去进行他们的社务，以事业便是爱情，爱情便是事业的话来勉励他。从此以后子凌专心一意的以改革社会环境为己任，一想到父亲和君曼的惨死，便令他热血沸腾，愤不欲生！

十年之后，子凌杀死一切的敌人，凯旋归来，这是一般人所最钦仰羡慕他的，然而当他脱去了赤血斑驳的战袍，露出他背上和右臂的创痕，同时也撩揭起他心底的悲痛，他觉得在枪林弹雨中十年奔走湖海飘零。如今虽然是获得一时的胜利成功，不过在人类永久的战斗里，他只是一个历史使命的走卒，对他自己只是增加生命的黯淡和凄悲！毫无一些的安慰，反因之引起了不堪回首的当年。

一个驰骋疆场，叱咤风云的英雄，如今夕阳鞭影，古道单骑，马儿驼也驼不动那人间的忧愁和怆痛！他抛弃了一切的虚荣名利，独自策马向故乡去了。去哭吊父母的坟墓，去招祭君曼的英魂去了。

十六年蒲节前一日。　　157

《世界日报·蔷薇周刊》第二十八期，一九二七年六月七日，第三、四版。原署名评梅。

被践踏的嫩芽

梦白毕业后便来到这城里的中学校当国文教员,兼着女生的管理。虽然一样是学校生活,但和从前的那种天真活泼的学生时代不同了。她宛如一块岩石在狂涛怒浪中间,任其冲激剥蚀。日子长久了。洁莹如玉的岩石上遂留下不少的创洞和驳痕。黑影掩映在她的生命树上,风风雨雨频来欺凌她惊颤的心,任人间一切的崎岖,陷阱,罗网,都安排在她的眼前,她依然终日来来往往于人海车轨之中,勤苦服务她这神圣的职业。

她是想藉着这车马的纷驰,人声的嘈杂,忘掉她过去的噩梦,和一切由桃色变成黑影的希望。

不知道梦白身世的人,都羡慕她闲散幽雅的兴趣,和蔼温柔的心情;所以她在这学校内很得她们一群小天使的爱敬。她自己,劫后残灰,天涯飘萍,也将这余情专诚地致献于她们,殡埋了一切,在她们洁白的小心里。

有一天梦白正在办公处整理她的讲义,一阵阵凉风由窗纱吹进来。令她烦热的心境感到清爽舒畅。这时候已经日暮黄昏,回廊上走过一队一队挟书归去的白衣女郎。有时她偶然抬头和她们相触的目光嫣然微笑!

钟声息了,只剩下这寂寞的空庭,和沉沉睡去的花草,梦白为了这清静的环境沉思着!散乱的讲义依然堆集在桌上。这时忽然有轻轻叩门的声音。门开了走进一个颀长淡雅的女郎,丰容盛鬋,眉目如画,那种高洁超俗的丰度,令人又敬又爱。梦白认识她是这校中的高才生郑海妮。

海妮走到梦白的桌子前,她嗫嚅着说:"先生!我有点事来烦扰您。"说着把书包打开拿出一束信来,这一束信真漂亮,颜色是淡青、淡黄,淡紫、淡红,还有的是素笺角上印着凸起的小花。梦白笑了!她说:"呵!这一段公案又来了。"

海妮脸上轻泛起那微醉的酡红,薄怒娇嗔的告诉梦白这束信的来历和那厌烦的扰人,为了免除家庭的责难,同学的嘲笑,她希望梦白向学校提出,给他一种惩罚,不要再这样来扰人讨厌。梦白翻着这一束信静听她絮烦的妙语,她心现着有点醉了!"海妮!把这信留在这里我看看,你先回去,明天应该怎么办,我再和你商量"。"谢谢先生!"海妮微微弯着

158

腰,姗姗地走出去了。

晚餐后,梦白在灯下坐着看学生的试卷,她忽然想起海妮给她一束信。她遂把试卷放在一边,她把那束信抽出来看:

海妮:

假如上帝安排下他的儿女是应该相爱的,那我就求你接到这信时你不必惊讶!我仅仅是个中学生,既不是名画家,更不是大诗人,我不能把我崇敬爱慕的女郎,用我的拙腕秃毫来描写于万一;我不颁要赞美,我只求心灵有一块干净地方来供奉她,人间采一朵幽淡如兰的鲜花来祭献她,再用我的血泪灌溉这朵花永远是盛开着,令她色香不谢。

昨天我独自在图书馆看书,正是心神凝注时,门帘动了,你姗姗地由我身边走过去。借完书,你又姗姗地惊鸿一瞥似地走出去。就是这样一来一去,把我平静的心波鼓荡的狂涛怒浪,山立千仞。我不能在这里枯坐,遂挟了书走到操场的树阴下。我想在那嘈杂人声中,来往人影里,消失了我心头的倩影。谁知道你偏又和你的同伴来到操场上散步。我明知道是我自己的心情恍惚,但是我那时真恨你,并且恨那和你同行的女伴。

我自己也莫名其妙,在学校已经三年半了。女性的同学我见过数百人,在万花群艳中未曾令我神夺志移,但是你来了之后我就觉得两样了,几次自己想驱逐这幻影的来临,但是终于无效。海妮!这些诉告在你自然是值的卑视讪笑的,我本不愿把这些难邀一笑的言语来扰你清听,但是我的心在悄悄地督催我,我也觉真心的祭献是不至于令神嗔怪的!

林翰生

梦白看完后,觉得这信写的很真诚别致,还不怎样令人不能往下看,海妮的情书自然也该超出于旁人吧!她想着不禁笑了!接着又抽看第二封:

海妮:

我早知道你是不理我的,也知道你对于这渴慕你的人们,环绕于你足下的人们是一样的予以冷笑!我不能把我自己怎样超拔于群侪,令你垂青,我只是一个中学生,我毫无特别的才能建设值的你敬慕。

我现在是求学时代,不幸便无意中受了爱神的戏弄,令我由光明的前途,沉溺于黑暗的陷阱,我哪敢怨你,我自然是痛恨诅咒那嘲弄人的命运。我好似驰骋山野的骏马,忽然自愿把鞍辔加上,任人鞭骑,这是令我日夜痛心怆然下泪的遭逢呵!海妮!不论怎样,我永远珍藏这颗心至永久罢!我不敢说是爱你。

我应该告诉你我的身世,我是孤儿,父母都在十年前相继弃我而去,族叔抚养我到如今,我从未曾奢望过人间的幸福,只求能有点树立时,不辜负叔父一场教养。在我这十八年凄空清寂的生活里,微微有点余温使我生命之火星光彩闪烁的就是你了,你的学问品格处处都令我敬慕,我才不自主的把这颗幼小被伤的嫩芽,重献到你的足下来求践踏。

你是名门闺秀,富室千金,天赋给你的是人间的欢乐和幸福,我也明白,到什么时候我和你也是两个世界的人,侯门似海,我终于是徘徊在朱门外的流浪者。我本不必把我的衷曲向你弹述,希望求你的怜恤,你是不能表同情于我的;但是海妮,我能够珍藏你于方寸灵台之中,我就不再奢求什么了。

林翰生

梦白连读了几封信后,她的神色异常颓丧,她觉这信里所说的话,好像十年前也有人这样向她说过一样。前尘梦影又涌现到她的回忆边缘上来,令她默默地向着灯光沉思,她不知怎样来处理这一段公案。

翌晨,梦白同海妮商量,海妮的意思还要令梦白提出校务会议,因为不给他惩罚时,怕他还要再写信来,频频相扰,她是想藉此申明表白给她的家庭同学看一看的。梦白原想探一探海妮的口吻,如果她能通融和缓时,她是不愿意声明这件事的,因为这事的结果,在她素有经验的心中已都安排好了;林翰生又是品学皆优的高才生,她怕他受不住这无情的风波!但是海妮这样坚决她也无计再能调剂。这严重的空气,遂允许了海妮的要求,在当天下午把这件事情提出校务会议。

会议室里一张长桌上,铺着雪白的桌布,放着瓶花,四周都坐满了穿长衫西装的人们;这都是校中的重要职员。门开了,梦白手里拿着那一束鲜艳的信笺进来,他们都很注意地问道:"这是什么?"开会时,梦白先把这一束信的公案报告了一遍,主席一面读着信一面征求各位的意见。有的主张重办,有的主张从宽,众见纷纭,莫衷一是。主席后来把两种意见折衷办理,议决给林翰生一个行为不检的特别惩戒,由本级级任面加训迪。这是姑念他平常品学皆优,所以这次才不出牌示给他包留情面。林翰生做梦也不知道,他写给海妮的情书遭了这般厄运,在这庄严堂皇的会议席上,互相传观。

三天后的早晨正是狂风暴雨时候,海妮神色仓忙,面容灰白,又来到梦白的办公处,她站在梦白面前嘤嘤啜泣!梦白不知她受了何人的委曲,再三问她,她由衣袋中拿出一封信来递在梦白手中,拆开来写的是:

海妮:

我不怨你对我这样绝情。就是这一点行为不检的惩戒,我也不介意;不过我三年多在学校里师长同学面前,我未曾失意过,这次事情发生后,似乎一切人们都觉着我是个轻薄可鄙的少年,将不齿于友侪,这是令我最痛心的。

到如今我在情感上并不忏悔我过去是错误,我用天真忠诚的心血,滴沥着写给你的信,就是枪眼对着心口,钢刀放在颈上,我也不懊悔那是罪恶的表现,不道德的行为。他们那些假道学的人们,根本不能来讪笑我,虽然我自始至终,对于这件事我不愿有所表白。海妮!为了你的绝情,陷我于这黑暗的深渊,不能振作。但是我已另外发现了路途了。我已和叔父商议好,明日便束装回里,我不愿再在这学校逗留,这里对我无一点留意,海妮!就是你,我也不再向你说什么了,我为了你的清静,我从此不再写信,也不再在这里停留,愿我们从此永远隔绝好了。

本可以不必写信给你,不过我想告诉你我此后的消息,你也该放心了。海妮!我自然爱你一如往日。此后不论漂泊到天涯地角,我也遥远的替你祝福!也希望你慧心里不要忘了这被你践踏的嫩芽,海妮!海妮!从此你的倩影日离我远了,也许是日距我近了。假如你是有情人,愿你将来心幕上不要留今日的残痕。至于宇宙对我的命运和安排,我也不怨恨冷酷,因为我能在极短的时期中认识你,而且又与你以微小可记的印象,我已曾满足了。夜深了,我按着惨痛的心灵;向你告别,向我认识你的学校告别!

林翰生

梦白看见这封信,她并不惊奇,不过她心头感到万分的凄酸!抬头见海妮还在低低地泣!纯是个不懂要的儿女态度,她本想说她几句,后来因她已经心碎便忍住了。

一阵风吹开了窗帷,梦白忽然见阶前的一株不知名的紫花,被风雨欺凌的落红满地。这时雨直如注,狂风卷着雨丝把纸窗都湿了,梦白低低地向海妮说了声:"也许这时候他已经走了。"

《世界日报·蔷薇周刊》第三十三期,一九二七年七年月十二日,第三、四版。原署名碧茜。

白云庵

天天这时候，我和父亲去白云庵。那庵建在城东的山阜上，四周都栽着苍蔚的松树，我最爱一种披头松，像一把伞形，听父亲说这是明朝的树了。山阜下环绕着一道河水，河岸上都栽着垂杨。白巉巉的大小山石都堆集在岸旁，被水冲激的成了一种极自然美的塑形。石洞岩孔中都生满了茸茸的细草，黄昏时有田蛙的跳舞，和草虫的唱歌消散安慰妇人们和农工们一天的劳苦；还有多少有趣的故事和新闻，产生在这绿荫下的茶棚。

大道上远望白云庵像一顶翡翠的皇冠，走近了，碧绿丛中露出一角红墙，在烟雾白云间，真恍如神仙福地！庵主是和父亲很好的朋友，据说他是因为中年屡遭不幸，看破了尘世，遂来到这里，在那破庙塌成瓦砾的废址上结建了一座草庵。他并不学道参禅。他是遁潜在这山窟里著述他一生的经历，到底他写的是什么，我未曾看见，问父亲，也不甚了解；只知道他是撰著着一部在他视为很重要的著述。

早晨起一直到黄昏，他的庵门紧闭着，无论谁他都不招待不接见，每天到太阳沉落在山后，余霞散洒在松林中像一片绯纱时，他才开了庵门独自站在岩石上，望着闲云，听着松啸，默默地很深郁的沉思着。这时候我常随侍着父亲走上山去，到松林里散步乘凉，逢见他时，我总很恭敬的喊一声"刘伯伯"。慢慢成了一种惯例，黄昏时父亲总带着我去白云庵，他也渐渐把我们看作很知己的朋友，有时在他那种冷冰如霜雪的脸上，也和晚霞夕照般微露出一缕含情的惨笑！

父亲和他谈话时，我拿着一本书倚在松根上静静地听着，他不多说话，父亲和他谈到近来南北战事，革命党的内讧，和那些流血沙场的健儿，断头台畔的英雄，他只苍白着脸微微叹息！有时他很注意地听，有时他又觉厌烦，常紧皱着眉峰抬头望着飘去飘来的白云。我不知他是遗憾这世界的摒弃呢，还是欣慰这深山松林，白云草庵的幽静！久之我窥测出他的心境，逆料这烟云松涛中埋葬着一个悲愁的惨剧，这剧中主人翁自然是这位沉默寡言，行为怪的"刘伯伯"。

有一天父亲去了村里看我的叔祖母，我独自到松林里的石桌上读书。那时我望着将要归去的夕阳,有意留恋;我觉一个人对于她的青春和愿望也是和残阳一样,她将悄悄地逝去了不再回来,而遗留在人们心头的创痕。只是这日暮时刹那间渺茫的微感,想到这里我用自来水笔写了两行字在书上:

> 黄昏带去了我的愿望走进坟茔,
> 只剩下萋萋芳草是我青春之魂。

我握着笔还想写下去。忽然一阵悲酸萦绕着笔头,我放下了笔,让那一腔凄情深深沉没隐埋在心底。我不忍再揭开这伤心的黑幕,重认我投进那帏幕里的灵魂。这时我背后传来细碎的足音,沉重而迟缓,回过头来见是白云庵中的"刘伯伯"。我站起来。他问我父亲呢,我方回答着,他就坐在我对面的石凳上,俯首便看见我那墨水未干的两行字,他似乎感触着一种异样的针灸,马上便陷进深郁的沉思里。半天他抬头向我说:"蕙侄,你小小年纪应该慧福双修,为什么写这样的悲哀消极的句子?"他严肃的面孔我真觉有点凛然了,这怎样解说呢!我只有不语。过了一会他深深地叹了口气,他又望着天边最后的余霞说:"我们老年人总羡慕你们青年人的精神和幸福,人老了什么也不是,简直是一付储愁蓄恨的袋子,满装着的都是受尽人生折磨的残肢碎骨,我如今仿佛灯残烛尽,只留了最后的微光尚在摇幌,但是我依然扎挣着不愿把这千痕百洞的心境揭示给你们年青人,蕙侄,像你有什么悲愁? 何至于值得你这般消极? 光明和幸福在前途等候着,你自前去迎接罢! 上帝是愿意赐福给他可爱的儿女。"到了最后一句时他有点哽咽了,大概这深山草庵孤身寄栖的生活里,也满溢着他伤心的泪滴呢。这时云淡风清,暮色苍茫,他低了头若不胜其所负荷的悲愁,松涛像幽咽般冲破这沉静的深山,轻轻唤醒了他五十余年的旧梦,他由口袋里拿出他的烟斗,燃着缥渺的白烟中,他继续的告我他来到这里的情形,他说:"蕙侄! 我结庵避隐到这山上已经十年了,我以前四十余年的经过,是一段极英武悲艳的故事,今天你似乎已用钥匙开开我这秘密的心门,我也愿乘此良夜,大略告告你我在人生舞台上扮演过的角色。

三十年前我并不是这须发苍白的老翁,我是风流飘洒的美少年,我的祖父和父亲都是亡国盛朝的大臣,我是在富贵荣华的府邸中长大,我的故乡是杭州,我也并不姓刘,因为十年前我遭了一次极重要的案件,我才隐姓埋名逃避在这里。

西子湖畔苏堤一带,那里有我不少的马蹄芳踪,帽影鞭痕,这是我童年欢乐的游地,也是我不幸的命运发轫之处。有一年秋天,我晚饭后到孤山去看红叶,骑着马由涌金门缘着湖堤缓辔游行,我在马上望见前面有一个淡青竹布衫,套着玄青背心的女郎,她右手提着一篮旧衣服向湖边去。我把鞭子一扬,马向前跑了几步,马的肚带忽然开了,我翻镫下马来扣时,那女郎已姗姗来到我面前了。她真是我命中的女魔,我微抬身便吃了一惊! 觉眼前忽然换了一个世界,我恍如置身在广寒宫里,清明晶洁中她如同一朵淡白莲花! 真是眉如春

山微颦，眼似碧波清澈；我的亲眷中虽不少粉白黛绿，但是我从未曾行见过这样清秀幽美的女郎。当时把我的马收拾好，她已转到湖边去了，我不自禁地牵了马跟着她，她似乎觉得我是在看她，她只低了头在湖边浣衣，我不忍令她难堪，遂悄悄地骑了马走了。从此以后，我天天到这堤上来徘徊，但总没有再逢见她，慢慢这个影响也和梦中的画景一样，成了我灵台中供养着的一朵莲花。这一瞥中假如便结束了这段姻缘，那未尝不是一个绚丽神仙的梦境。哪知三个月之后，我从嫂嫂房里出来，逢见赵妈领着一个美丽的姑娘进了月亮门，走近了，她抬起头来，吓了我一跳！这是奇遇，你猜她是谁，她就是苏堤上逢见的浣衣女郎。她两腮猛然飞来两朵红云，我呆呆地站在走廊上。

后来我问嫂嫂的丫头，才知道她是赵妈的女儿，名字叫"梅林"，那年她才十六岁，我的母亲喜欢她幽闲贞静，聪明伶俐，便留在我家里住，不久我们便成了一对互相爱恋的小儿女，我那时十八岁。这当然是件不幸的事件，我们这样门第，无论如何不许我娶老妈子的女儿，我曾向我母亲说过，爱我的母亲只许我娶亲以后，可以收她做我的妾，我那时的思想遂被这件不幸的婚姻问题所激动，我便想当一个家庭革命者，先打破这贫富尊贱的阶级和门阀的观念，后来父亲听见这消息，生气极了，教训了我一顿，勒令母亲马上驱逐赵妈出去，自然，"梅林"也抱着这深沉的苦痛和耻辱出了我家的门。

在她们没有走的前一天夜里，我和梅林在后门的河沿上逢见，她望着垂柳中的上弦月很愤怒地向我说："少爷！我今天听太太房里的兰姑告我，说老爷昨天在上房里追问着我和少爷的事，他生气极了，大概明天就要我和我妈回去。少爷，这件事我现在不能说什么话，想当初我原不曾敢高攀少爷，是少爷你，再三地向我表示你对我的热感，我岂不知我是什么贫贱的人，哪敢承受你的爱情，也是你万般温柔来要求我的。如今，我平空在你家闹了这个笑话，我虽贫贱，但我……唉！我家里也有三亲六故，朋友乡里，教我怎样回去见人呢？"

她说着低了头呜呜地哭了！这真是青天的霹雳！我那时还是个不知世故的小孩，我爱梅林纯粹是一腔天真烂漫的童心，一点不染尘俗的杂念，哪知人间偏有这些造作的桎梏来阻止束缚我们。我抚着她的肩说："梅林！你不用着急，假若太太一定让你回去你就暂时先回去。我总想法子来成全我们，如果我的家庭真是万分不叫我自由，那我也要想法子达到我们的目的，难道我一个男子不能由我自己的意志爱我所爱的人吗？不能由我自己的力量去救一个为我牺牲的女子吗？至于我的心，你当然相信我，任海枯烂烂，天塌地崩。这颗爱你的心是和我的灵魂永远存在。梅林！我总不负你。你抬起头来看！我对着这未圆的月儿发誓：梅林我永不负你。"她抬起头来说："少爷！从前的已经错了，难道我们还要错下去吗？我呢！原是很下贱的人，在你们眼底只是和奴婢一样的地位……至于说到深层的话，少爷，梅林没有那么大的福分，就是你愿意牺牲上你的高贵来低就我，我也绝不作那非分之想。谁叫我们是两个世界中的人，假如我是宦门小姐，或者你是农夫牧童，老天就圆满了我们的心了。假如少爷慈悲爱怜梅林，只要在你心里有一角珍藏梅林之处，就是我不幸死去，也无所憾！少爷，其他的梦想，愿我们待之来生吧！"

她走后，我被父亲派到海宁去看病的姑母。我回来便听见她们说梅林死了，说她回去后三天便投湖死了！当时我万分悲痛，万分忏悔，我天天骑着马仍到逢见她的苏堤上去徘徊凭吊，但这场噩梦除了给我心头留下创痕外，一切回忆，渺茫轻淡，恍如隔世。这样过了二年，我憔悴枯瘦的如一个活骷髅，那翩翩美丽的青春和幸福，都被这一个死的女郎遮蔽成阴森、惨淡、悲愁的黑影，因之我愤恨诅咒这社会和家庭，以及一切旧礼教的藩篱。于是我悄悄的离开家庭走了。

戊戌政变时，我在京师大学堂，后来又到上海当报馆主笔，那时我已和家庭完全绝裂，父亲和我的思想站在两极端不能通融。他是盛朝的耿耿忠心的大臣，我是谋为不轨的叛徒。太后临朝，光绪帝被囚于瀛台，康梁罢斥的时候，封闭报馆，严拿主笔。我和一个朋友逃到日本，那时我革命的热心更是拼我头颅，溅此鲜血而不顾。以我一个文弱书生，能这样奋斗，我自己的思想建筑在革命的程途上，这自然都是一个女子的力量，我爱敬的梅林姑娘。

在日本晤孙文和宫崎寅藏，庚子那年我回国随着唐才常一般人，奔走于湘鄂长江，两粤闽浙间，后来在汉口被官兵破获，才常等廿余人均死。我那时幸免于难，又第二次逃到日本。不久联军入北京，太后挈光绪出走，父亲母亲和全家都在北京被害，只剩了杭州家里老姨太养着的我的三弟，从此以后我湖海飘零，萧然一身，专心致志于革命事业者十余年，其间我曾逢见不少异国故乡的美婉女郎，她们也曾对我表示极热烈的愿望，但是我都含泪忍痛的拒绝了。因为我和梅林有海枯石烂永不相忘的誓言。

我的少年期，埋葬了这一段悲惨的情史在我心底，以后我处处都是新疮碰上我的旧创。在日本我逢见黄君璧女士，她是那时在东京最有名的中华女侠，她学医我学陆军，我们是天

165

天见面，肝胆相照的朋友，但是我心头有我的隐恨埋殡着，永不曾向她有超过朋友情谊的表示和要求。

辛亥革命，我二次回国投身军界，转战南北，枪林弹雨中幸逃出这付残骸来。民国以后我实指望着革命是得到了真正的成功，哪知专制的帝王虽推倒，又出了不少的分省割据的都督将军，依然换汤不换药的是一种表面的改革，我觉悟了中国人的思想，根本还是和前一样，渐渐我和这般革命元勋，旧时同志，发生了意见，我乃脱甲投戈又回到日本。袁氏称帝，那一般同志在日本重新旗鼓的预备挞伐，我也随着回来。这次我去向一个伟人抛掷炸弹，未中，我扮着乡人逃出北京，回到杭州看了看我的三弟，和已经出嫁并生有子女的妹妹。这时我才觉着我漂泊生活，已如梦一般把我那青春幸福的时代逝去了。我那时候更凄楚的想到梅林，我独自去苏堤一带又追寻了一番我们廿年前的旧梦。她一个勇武柔美，霜雪凛然的女郎，激发我做了这许多轰轰烈烈的事业，但如今我独自在苏堤上，回想起来更增加我的悲痛！廿余年中我像怒潮狂焱，任忧愁腐蚀，任心灵燃烧，到如今灵焰成灰烬，热血化白云，我觉已站在上帝的面前，我和人间一切的愿望事业都撒手告别。宇宙本无由来，主持宰制之者惟我们的意欲情流；人生的欢乐，结果只留过去的悲哀；人生的期望，结果只是空谷的回音，这和巍峨的宫殿，峥嵘的宝塔一样，结果只是任疾风暴雨，摧残欺凌，什么美人唇边的微笑英雄手中的宝刀，都是罪罚的象征，都是被梦来戏弄。地狱，死刑，暗杀；事业，爱人，金钱，在我的心底呵！从前都是热血的结晶，如今都化成苍白的流云飞上天边去了！"他说到这里忽然站起，用手向星月灿然的天空指着，他的血又重新沸腾了，苍白的月色下，我看他的脸却和刚才的晚霞一样红，额下银须被晚风吹的在襟头飘拂着。

166

"蕙侸；你知道吧！我从前的雄心壮志，爱国热诚，革命思想，也和现在的青年们一样狂

热呢！那时悬赏捕我的风声日紧一日我也不能再振作我往日的雄心了，一切都和太阳下的融雪一样，我不能再扎挣支持上这孤独，悲哀，空虚的躯壳，和无穷无穷的前途奋斗征战了！我遂肩行李云游到这山中。我爱这里有水涧瀑布，翠峦青峰。微雨和风，白云明月之下，我找了这一块干净土，把五十年雄心壮志，绮情蜜意都一齐深葬此山。任天下怎样鼎沸混乱，人民怎样流离痛苦，我不闻问了，我将深藏此深山松篁中，任白云飘过我的头顶。我老了，我的担子青年人已接过去了，我该休息了，整理完成这廿年中的日记后，我想可以寻梅林去了！只恐怕她还是青春美丽的少女之魂，而我已经是龙钟苍老的白头翁了！"他手里拿着烟斗，微仰着头望着松林中透露出的半弦月神，他心里又想起廿年前那夜的月色，和梅林最后诀别的河畔蜜语。

我始终未曾打断他的话，这时我看他已不能再说什么了，我说："刘伯伯！人生的悲剧，都是生活和思想的矛盾所造成。理想和现实永远不能调和，人类的痛苦因之也永无休止。我们都在这不完善的社会中生活，处处现实和理想是在冲突，要解决这冲突的原因，自然只有革命，改变社会的生活和秩序。不过这不是几个人几十年就能成功的，尤其因为人生是流动的进步的，今天改了明天也许就发现了毛病，还要再改，革了这个社会的命，几年后又须要革这革过的命。这样我们一生的精力只是一小点，光阴只是一刹那，自然我们幸福愿望便永远是个不能实现的梦了。一方面肉体受着切肤的压迫，一方面灵魂得不到理想中的安慰，达不到梦中的愿望，自然只有构一套悲剧了事。伯伯！你五十多岁了，也是一个时代的牺牲者，哪知我二十多岁也是一样作了时代的牺牲者！说句不怕伯伯笑话的话吧！我如今消极的思想，简直和你一样。虽然我是个平常的女孩儿，并不曾有过什么惊天动地的作为，建设什么爱国福民的事业，和伯伯似的倦勤退隐。不过近来我思想又变了，我自己虽然把人生已建在消极的归宿处——坟墓之上；但是我还是个青年。我不希望我为了自己的悲愁就这样悄悄死去的。我要另找一个新生命新生活来做我以后的事业。因之，我想替沉没浸淹在苦海中的民众，出一锄一犁的小气力，做点能拯救他们的工作，能为后来的青年人造个比较完善的环境安置他们，伯伯，假如你愿意，你便把你那付未卸肩的担子交付给我，我肩负上伯伯这付五十年湖海奔走，壮志如长虹的铁担。"

他听了我这一番话，冰森冷枯的脸上，忽然露出浅浅的笑痕，他放下了烟斗，站起来伸过他那瘦枯如柴的手来握住我的右手，他说："蕙俦！二十年来我这时是第一次得意！你这番话大大令我喜欢！你们青年，正该这样去才是光明正坦的大道，才可寻得幸福美满的人生。蜷伏在自己天鹅绒椅上哼哼悲愁，便不如痛痛快快，去打倒，去破坏这使你悲愁的魔鬼。革命的动机有时虽因为是反抗自己的痛苦，但其结果却是大多数民众的福利，并不能计较到自己的福利。所以这并不是投机求利的事业，虽然为了追求光明幸福而去，但是这也是梦想，你不要因为失望便诅咒他，我从前曾有过这样错误思想，现在先告诉你。蕙俦，你去吧！你去用你的血去溅洒这枯寂的地球去吧！使她都生长成如你一样美丽的自由之花。我在这松林里日夜祷告你的成功,你接上这付铁担去吧!事完后你再来这里和我过这云烟山林的生活,我把我整理好的日记留给你。假如我不幸死去,蕙侣!我也无恨憾了,你已再造了我第二次的生命!"他说到这里,山下远远看见一盏红灯隐现在森林中,走近时原来是我家的仆人,母亲叫他燃着来接我的。我向刘伯伯说:"天晚了,明天我再来和伯伯说。这样大概我行期要提早,也须这一星期便可动身。谢谢伯伯今天给我讲的故事,令我死灰复燃,壮志重生。"他望着我笑了!我遂和来人点着母亲的红灯下了山,归路上月色凄寒,回头望白云庵烟雾缭绕,松柏森森中似乎有许多火萤飞舞,星花乱进,这是埋葬在这里的珠光剑气罢!

我默想着松下桌旁的老英雄,他万想不到他和梅林的一番英雄儿女的侠骨柔情,四十年后还激动了一个久已消沉的女子。

十六年,七,二十六,山城栖云阁。

《世界日报·蔷薇周刊》第三十七期、三十八期,一九二七年八月九日第二、三、四版,十六日第三、四版。原署名评梅。

匹马嘶风录

一

一切都决定了之后，黄昏时我又到葡萄园中静坐了一会，把许多往事都回忆了一番，将目前的情况也计划了一下，胸头除了梗酸外，也不觉怎样悲切。天边冉冉飘过的白云，我抬头望着她惨笑，愿残梦就这样醒来吧！

这小园是朝朝暮暮常来的地方，在这里也曾沉思过，也曾落泪过，然而今夜对之略无留恋之情，我心中汹涌的热血，将这些悲秋伤逝之感都湮没了。青天的云幕慢慢移去，露出了皎洁晶莹的上弦月，三五小星散落在四周，夜景清寂中，我今晚最后在这古城望月，明天这时也许已在漂泊的途程上了。

出了葡萄园闭上那木栅门，我又回头望了望，月儿一丝丝的银辉，射放在一棵棵的树林里，仿佛很甜蜜的吻着，满园的花草也都沉睡在月光中，低垂着慵懒的腰肢。我不知为什么，忽然这样痴迷如醉，像饮了浓醴一般。

远远听见犬吠声时，才独自回来。屋内零乱极了，满地都是书籍和衣服，我望着它们真不知如何整理？呆呆地对灯光想了半天，才着手去收拾。先把信件旧稿整理了一下，这都是创痕，我也不忍揭视，把它们收集在字纸篓中，拿到阶前点着火烧了，风吹着纸灰飘飞了满院，在烟气缭绕中映出件件分明的往事。把信烧完后，将这些书装在箱里，封上了号数，存在采之处。身边只剩下一个小箱，装着衣服和应用东西，一块毡子放在外边。其余零星什物都堆在墙角，赏给这里的佣人们。

收拾完，已是夜里三点钟。

这次离开 P 城是秘密的，我谁也不让他们知道，免却许多纠缠。云生他要送我到 C 岛，顺路我去 C 城看看我的姑母。我们都是把生命付与事业的，所以云生对于我这次走又鼓励又留恋，但是我怎能不走，为了我们的工作。他和我一块儿去又不能，因为他在这里有很重要的职务，不能脱身。今天他同我在路上逢见亚芬后，他就问我："雪妹，假如你走后，我不幸在这里遇了险,你怎样呢!"我笑着说;"不管你怎样,我也和亚芬对死了的天华一样。"他很黯然!我还笑着说:"云哥,英雄点吧!我们事业成功后,一切的悲愁烦恼便都解决了。"

我忽然又想到碧茜,这次走前途茫茫,吉凶未卜,我和她总是多年相知,虽然这回做的怎样斩钉斩铁,也该告诉她一声。我坐在案傍,披笺濡毫,写这封信:

碧茜:

这时月儿也许正抚吻着你的睡靥,在你梦中我倚装写这个短笺向称告别。想多年相知的你,对我这次走自然也许是意中事而不觉惊奇。

五年来频遭不幸,巨创深痛中,含泪扎挣走上了这最后的途程,这是我的思想在残酷的礫碎下迸散出的火花,这火花呵!虽能焚毁那万恶社会的荆棘,但不能有所建白时也能用以自焚呢!但是朋友我只有不顾一切的去了。

此后我残余的生命便交给事业了。以我抛弃了这花园派小姐的生活,去向枪林弹雨中寻找一个流浪飘泊的人生。前途的黑暗惨淡我也早已料及,不过我是欢迎一切的毁灭去的,我并不畏惧那可怕的将来。当我欣然而去的时候,朋友,你也不必为我那不堪想到的命运悲哀罢!

碧茜:纸短情长,后会有期,再见呵,愿你文笔日健!

何雪樵

更析声又响了,一声声在深夜里,令我这要远行的人听见更觉凄凉!拧熄了灯,月光照的屋里和白昼一样,我倚在行装上,静静地坐着,斑驳的树影在窗上摇曳,心潮的浪花打激在我的脑海里,不禁想到自己畸零的身世。三年前父母在A城,被土匪驱逐到山洞里,在里面燃着青椒,外面封住口,活活地熏死!去年哥哥又被流弹打死在铁道旁,现在还未找到尸身,只剩了一个叔父,三四年无音信,也不知流落何处?我自恨为什么生在这乱世,从小就受着残酷的蹂躏和践踏,直到现在弄得人亡家散,天涯孤身,每一念及,令我愤恨流涕,痛不欲生。如今,我更去那远道漂泊,肩负那毁灭一切的使命去了,但是我不能扎挣时,想到自己的前尘不更觉这样扎挣是罪恶吗?

毕业后到F城逢见云生。那时他正从海外回国。四处寻找同志,预备组织一个团体,我们经朋友的介绍便认识了。他沉静寡言秉性敏慧,文字交五载。他不仅是我的良友而且是我的严师,我遭了几次的不幸,都是他竭尽心力的帮助我,安慰我。我何尝不知他迂回宛转的心曲,但是我千疮百洞的残躯,又怎忍令云生为我牺牲他前途的快乐和幸福呢!

云山迷漫中,我爱天边的虹桥,然而虹桥永不能建在地上,愿云生就是我心中的虹桥罢!我怎能说爱他。

二

昨夜倚着行装不知何时睡去,醒来窗前已露鱼白色,晨鸡喔喔地叫了,破晓的角声,从远处悲沉的吹起。我翻身起来草草梳洗后,遂到前院去寻见赵竹君,我告诉她要去 C 城看姑母,也许要住几天须得请人代课的话。她一一都答应了,送我到门口上了车,太阳出来,红霞迷漫树梢时我已到了车站了。云生已和采之在等着我,此外还有许多同志来送行。七时车开,采之笑着说,"云生好好地护送雪樵一程,希望雪樵常常有信给我们。"我和云生立在车窗前边和送行的人们笑说:"再见"一霎时便看不见这庄严苍老的古都,一片弥绿都是一望无际的春郊。云生坐在我的对面笑了!我问他笑什么?他说:"我笑你的行色呢!"我也笑了。然而这欢笑的幕后便是悲哀,想到眼前暂聚久别的情境,又不禁泫然!

一路上云生告诉我许多的风景和他往日的生活,沿途颇不寂寞,我一点没有想到这次旅行的苦楚,和将来置生命于危险的悲戚。

到了 C 城下了车,云生去看他的朋友,我去看姑母,惠和表妹见我来了,喜欢的她跳出跳进的给我预备午餐,收拾房屋。我不敢向姑母说别的话,我只说有点事去 C 岛。姑母要我多住几天,我因为云生不能久待。所以在第二天的早晨遂乘车向 C 岛去。

午后到了 C 岛,我们住在大东旅舍,云生心里似乎极不高兴,常独自长吁!我也明知道他心中的烦恼,但是我该怎样安慰他呢!我们终须要撒手分离的。在餐后这里的分部开会,在那里逢见从前的同学王学敬,她预备和我一块儿去 A 埠,这也好,省的路上寂寞。

开完会回到旅社已黄昏了,明晨云生就要回 P 城去,晚饭后他要我去海边玩。

C岛的街市,清静的宛如一座公园,这时正是春天,路旁的松柏都发出青翠的苞芽,柳条嫩黄的鲜艳,风过处一阵阵芬芳的草香,沁人如醉。我和云生顺路进了外国坟茔的园门,那里边苍松翠柏,花红草碧,汉白玉的塑像,大理石的墓碑,十字架,都很幽静的峙立着,这都是些异国漂泊的孤魂,战士忠勇的英灵。我坐在石头上,云生伏在碑上,他的面色很苍白,背过脸去似乎在暗暗咽泪!我也默望松林中夕阳残照余辉沉思。这垒垒芳冢都是不相识者,我们哀悼谁呢,这只有上天知道。

出了坟茔的门向海边去,正是月圆时候,一轮皎洁的明月照的这宇宙像水晶世界,静悄悄的海边只听见低微的涛语,像夜莺哀啼,嫠妇呜咽一样的悲幽凄凉!我们缘着沙岸走,那黑影高耸,斜上去的土阜便是炮台旧址。这时海风滔滔,海雾漾漾,月光下冲激的浪花如烂银一般推涌着。一波过去,一波又来,真是苍天碧海,一望无际,我忽然觉着自己太渺小了,对着这苍茫的大海不禁微有所感。想我这孤苦伶仃,湖海漂零的弱女子,在这样地狱般的人间扎挣着,也许这里便是我二十年来最后奋斗的坟墓了,又何必到异乡建设什么事业去!云生见我这样驻了足呆想,他低声问我:"雪妹!你怎么了,冷吗?"说着便把我的大衣递过来,我穿上后他给我扣好了扣,扶着我的肩说:"不许你现在想心思,有心思明天我走了你再想吧!我们聚时无多,后会难知,在这样伟大雄壮的大海边,冷静凄悲的月夜下,我就借天上的星月当蜡烛,地上的青草当桌子,我们把带来的这瓶酒喝完。我拣这个地方来给你饯别,虽然简陋,但也还别致吧!良会难再,明天此时怕我和你已撒手分道在天涯海角了!唉!碧海青天无限路,更知何日重逢君……"他说到这里已哽咽不能成声。无有不散的筵席,只是今天的别宴太好了,这令我永不能忘。"他没有说什么话,走了几步忽然又回去,把那个酒瓶也投入大海,海面上依然起了一个水泡。

三

今天刚起来打开窗户,茶房便进来了,他手里拿着一封信道:"吴先生已经走了,这封信他教我交给您。"我急忙打开来,上边写的是:

雪樵:

　　你也许要怪我不辞而别,不过请你原谅我!我不愿明天再看见你,见了你时怕我更要比今夜还不英雄呢!我知道你现在已经睡了,但是这样明月,这样静夜,我无论如何这凄楚的心情不能宁贴,教我如何能睡。今夜海边的别宴,太悲壮了,也太哀艳了,可惜我不是诗人,不是画家,不能把那样美丽雄壮之景,缠绵婉转之情描写出。雪妹,我们离别这并不是初次,这漂浪无定的行踪,才是我们的本色,我们何至于那样一说离就快懦呢!不过连我自己都莫名其妙,常怕你这次远道去后,我们就后会无期了。

　　学敬的哥哥敏文在 C 城,我已写信去了,你到了那里他自然能招呼你,这次走有学敬伴你到 A 埠,一路上我也可放心了。有机会我这里能脱身时,我就去找你,愿你忘掉一切的过去,努力开辟那光明灿烂的将来。谁都是现社会桎梏下的呻吟者,我们忍着耐着,叹气唉声的去了一生呢,还是积极起来粉碎这些桎梏呢!我和你都是由巨创深痛中扎挣起来的人,因悲愤而失望,便走了消极不抵抗的路,被悲愤而激怒,来担当破坏悲哀原因的事业,就成了奋斗的人了。雪妹!你此去万里途程,力量无限,我遥远地为我敬爱的人祷祝着!

　　至于我,我当效忠于我的事业。我生命中是有两个世界的,一个世界是属于你的,愿把我的灵魂做你座下永禁的俘虏,另一个世界我不属于你,也不属于我自己,我只是历史使命中的一个走卒。我侨生活日在风波之中,不能安定,自然免不了两地怀念。因之我盼望你常有信来,我的行踪比你固定,你有了一定驻足处即寄信来告我。

　　雪妹!千言万语我不知从何处说起,也不知该如何结束。东方已现鱼肚色,晨曦也快照临了,我就此在你梦中告别吧! 雪妹,"一点墨痕千点泪,看蛮笺都渍殷红色。数虬箭,四更彻。"这正是替我现时写照呢!再见吧,我们此后只有梦中相会!

吴云生

　　我看完后喉头如梗,眼泪扑簌簌的流下来,把信纸都湿透了。这时我才感到自己孤身在旅途中的悲哀!想这几年假使不是云生这样爱护我安慰我,勉励我,怕我已不能挣扎到现在。如今我离开他了,此去前途茫茫,孤身长征,怎能咽下这一路深痛的别恨。但转念一想,我既走上了这条路,哪能为了儿女私情阻碍我的前途,我提起了理智的慧剑斩断了这缠绵惜别的情丝。

　　吃完早点,我给云生写了封信。正预备出门时学敬来了,她说船票已都买好,明天上午八时开船,她的事情都办清楚了,让我今天就到她家去,明天一块儿上船。

　　翌晨八时,我已和学敬上了船。船开后她有点晕船,我还能挣扎着,睡在床上看小说。黄昏时我到船头上看海中的落日,和玛瑙球一样,照的船栏和人间都一色绯红。我默倚着船栏看那船头涌起的浪花,落下便散作白沫,霎时白沫也归于无处寻觅。我旁边站着一个老人须发苍白,看去约有七十多几了,我看他时他似乎觉着了,抬起头来和我笑了笑!问我去那里,我告诉他去 A 埠,后来我就和他攀谈起来,他姓王,和小孩一样处处喜欢发问,并且很高兴的告我他过去四十年经商的阅历。他的见解很年青,绝不像老年人,而且他很爱国,他愿看到有一日中国的旗插在香港山巅上。这更是一般主张无抵抗主义——投降主义的学者们所望尘莫及了。

回到舱内，学敬睡着了，隔壁有人在唱，我心情也十分凄楚不能睡着，回想一切真如春梦，遗留在我心底的只是浅浅的痕迹，和水泡起灭一样的虚幻，什么人生的折磨，事业的浮沉，谁是成功，谁是失败，都如波浪、水泡一样，渺茫如梦。这时风起了，波浪涌击着舱窗，又扑的一声落下，飞溅起无数的银花，船更颠簸了，这宛如我的生命之海呢！

远远我似乎听见云哥唱歌的声音，声音近了，我看见云哥走近我的床来，我张手去迎他，忽然见他鲜血满身！我吓得叫了一声，惊醒后哪里有云哥的影子，想想才知是梦。但是这梦太可怕了，我的心惊颤着！我跪在床上祷告！上帝！愿你保佑他，我惟一的生命之魂影！

我伏在床上哭了！这一只大船，黑夜里正在波涛中冲冲扎挣着前进！

四

到了 A 埠，见着敏文，是学敬的二哥，他领我到他家去住，许多旧友都来看我，他们见我能这样抛弃了旧日安乐的生活，投向这个环境中来，自然都异常欢迎！在他们这种热烈的空气中，我才懊悔来晚了。一切的烦恼桎梏都落在我的足下，我的勇气真能匹马单骑沙场杀敌！

在这里又逢见三年未见的琦如，他预备和我去 C 城。第三日我们遂离 A 埠。海道走了三天，琦如和我谈这几年漂泊的生活，人生的变化，在路上还不寂寞。到了 C 城，这里正是战区，军队已开走了，三四天内还要出发大队。我和琦如见了学敬的大哥敏慧，他说云生来信他已收到了，问我愿意在哪部做工作，我说要去前敌，他说去前敌就是宣传队和红十字会救护队，救护要有点医学研究的才能去呢！我道："做看护还可以，我们因为五卅事件发生后，学校里曾组织过救护班，而且我们还到过医院实习过。缚缚绷布总能会呢！"他们都

174

笑了！

第二天敏慧同我到医院找王怀馨，她是日本毕业的，回国后便在Ｃ城服务，在东京时和云生他们都认识。她颀长的身腰，凤眼柳眉，穿着军装，站在我面前真是英气凛然，令人起敬！她告我说，救护队分两种，一种是留在Ｃ城医院救济运回的伤兵，一种是随军临时救护，问我愿那一种。我说去从军。她道："那更好了，这次出发一共去一百人，你就准备吧！队长是黄梦兰，她从前在Ｐ城念书，也许你们认识的，我令人请她来介绍一下。"一会工夫梦兰来了，似曾相识，她握着我手说："欢迎我们的新同志。"我们都笑了！

在这里住了三天，一切都准备好了，我早已换上军装，她们都说是很漂亮呢！明天就出发，这时我们真热闹，领干粮，领雨衣，领手枪，领子弹，其余便是我们的药品袋和救护器具。

到夜里她们都睡了，我给云生写了封长信，告诉他昨天我就出发的消息，和我近来的生活，别的话都没敢写，我让他写信时寄Ｃ城王怀馨转我。到了这里不知为什么，心中一切的烦恼都消失了，只是热血沸腾着想到前线去，尝尝这沙场歼敌是什么滋味？

天还黑着我们就起来了，结束停当后我们先到集合场去，这时晨雾微起，四周的景物都有点模糊，房屋树林都隐约的藏在黎明的淡雾下。等到七点钟集合号响了，这时公共运动场上一排一排的集合了有三万多人，军乐悠扬中，我们出动了，街市上两旁都是欢迎我们的群众，当我们武装的救护队宣传队过去时，妇女们都高声的呐喊着，我们都挺着胸微笑了！火车开动时敏慧来看我，他又给了我一件工作，令我写点战场上的杂感给他编辑的《前锋周刊》。我和冯君毅坐在车窗边，他告我Ｐ城的消息很紧，云生久无信来，我真念他呢！

车道傍碧水长堤，稻田菜圃，一点都没有战云黯淡的情景，这样锦绣的山河，为什么一定要弄得乌烟瘴气，炮火迷漫呢！但是我们的军队是民众的慈航，为了歼灭和打倒民众之敌，我们不得不背起枪来。午餐便是随身带的干粮，不知为什么，我们大家吃起来，都觉着十分香甜。这一车的同志们，英武活泼，看起来最低限的程度也是高小毕业，又都是志愿从军，经过训练的，自然较比那些用一个招兵旗帜拉来的无知识的丘八，不啻天渊之别；这样的军队不打胜仗我真不信呢！

第二天傍晚到了Ｆ镇，景象非常之惨淡，据云匪军刚刚退去，我们的前线在这里的已有五千人。下了火车我们整齐队伍走到龙王庙，一路的男女老少都出来看我们，而且惊奇的都低低的互相传说："还有女兵呢！"在他们无恐怖的面色上，我知道我们军队是和人民一体的。

到了龙王庙我们可以休息了，其余的军队是驻扎在附近的兵营里。我把身上的累赘东西放下后，就拉了梦兰到后边去看，走到殿上忽然看见神座下放着三四付棺材。梦兰走进去，她忽然叫起来，她告我说："有一个棺材板正蠕动呢！"我走近了看时，原来棺板未钉，外面还露着灰布的衣角。也许是听见我们说话的声音了，棺材内有微微喘息的声气，梦兰说："一定还没有死呢！我去叫人去打开看看。"我在殿上等着，少时她带了二个粗使的人来，让他们揭起棺板，里面原来迭放着两个死兵，上边的这一个脸伏在底下那个的胁间。把他提出来翻了个身，果然是个活人，面色虽苍白如纸，但还有呼吸！底下那个已死了，梦兰教他们重新把棺板钉好，一齐连那几付棺都抬出去找个空地掩埋了。把那个未死的伤兵抬到前面去。给他灌了点药，检查后，他的伤在腰部，子弹还未拿出呢！于是我们设法取出加以医治。

在我军攻击 F 镇时，敌军伤兵太多，因无人救护就都活着掩埋了。这有棺材装着的大概还是官长吧！

翌晨黎明我们骑着马到离 F 镇三十里的 T 庄去，这一带便是前几天的战场，树木枝柯，被炮打击的七零八落，田中禾苗都践踏成平地，邻近乡村的房屋，十室九空，被流弹穿了许多焦洞，残垣断桥间，新添了许多凸起的新土，这都是无定河边骨，深闺梦里人。五年前我的故乡，我的家园，何尝不是这样的蹂躏，在炮火声中把我多年卧病在床的祖母惊吓死！谁能料到呢！当年那样娇柔孱弱的小姐，如今也居然负枪荷弹，匹马嘶风驰驱于战场之上，来凭吊这残余的劫后呢！

176

在马上我又想起云生，假使他这时和我鸾铃并骑，双枪杀敌，这是多么勇武而痛快的事。如今别来将及一月了，还未见他一字寄来，我心惊颤极了，他在 P 城好像在虎狼齿缝间求生活，危险时时就在眼前！

正午时前线有消息来，说敌军败溃 B 山，T 庄全在我军手里了。那时我正给一个伤兵敷药，听见后他抬起头来和我笑了笑，表示他牺牲的光荣。

<h2 style="text-align:center">五</h2>

今天下午我们便去 T 庄驻防，缘途情状惨极了，黄沙碧血，横尸遍野，田畔的道路上，

满弃着灰色制服,破草鞋,水壶,饭盒,狼藉黯淡真不忍睹。到了那里他们已给我们找好地点,军队在野外扎着帐篷。宣传队男男女女正在街市上讲演呢!

黄昏时我约了文惠骑着马去街市上看看,走到一家门口,忽然看见一堆人正在院里围着哭呢,喜动的文惠下了马跑进去看,我也只好随她进去,他们见我们追来,都不哭了,但还在抽咽着!文惠问:"你们哭什么?我们的军队来嘈扰你们吗?"一个老婆婆过来,擦眼抹泪的说:"告诉你们也不要紧,唉!我们都是女人。我的两个女儿死了,不是好死的,是那可杀的土匪兵昨天弄死的。一个出嫁了,怀着七个月身孕,一个还未出嫁呢,才十二岁,刚才埋殡了,这时大女婿来了,我们说起来伤心的哭呢!"我们听了自然除了愤恨这残暴的兽行外,只好安慰这老婆婆几句。她见我们这情形慈悲,又抽咽着说:"你们要早来一步,就救了她们了。这时已晚了。"这是什么世界,想当初我父母和哥哥的惨死,也都是这些土匪兵害的,恶魔们为了争地盘闹意见,雇上这般豺狼不如的动物四处去蹂躏残害老百姓,把个中国弄的阴森惨淡连地狱都不如。

辞别了那伤心流泪的老婆婆,我们到征收局去看冯君毅,到了办公处见他们几个人都垂头丧气默无一言的坐着。顽皮的文惠说:"打了胜仗还不高兴,愁眉苦眼的干吗?"君毅叹了口气说:"这比败十几个仗的损失都大呢,真是我们的厄运。"我莫名其妙的问:"到底是什么事,这样吞吞吐吐?"君毅说:"敏慧刚才由C城来一密电,说P城的同志都被捕去,三天之内将三十余人都绞死了!""云生和采之呢?"我很急的问:他不说话了,只是低着头垂泪!我已经知道这不幸的噩耗终于来了!云生大概已成了断头台畔的英雄,但是我还在日夜祷祝盼望他的信呢!我觉得眼前忽然有许多金星向四边迸散,顿时,全宇宙都黑了,我的血都奔涌向脑海,我已冥然地失了知觉!

睁开眼醒来时,文惠和君毅、梦兰都站在我面前,我的身子是躺在办公处的沙发上,我勉强坐起来,君毅说:"雪樵!你自己要保重,又在军旅中一切都不方便,着急坏了怎么好,这样热的天气。这种事是不得已的牺牲,我们自然不愿他们死,他们的死,就是我们组织细胞的死。不过到不得不死时,我们也不能因为他们死就伤心颓毁起自己来。你不要太悲痛吧!雪樵,我们努力现在,总有一天大报了仇,这才是他们先亡烈士希望于我们未死者的事业呢!你千万听我的话。"梦兰和文惠也都含着泪劝我。我硬着心肠扎挣起来,一点都不露什么悲恸,我的脑筋也完全停滞了思想,只觉身子很轻,心很空洞。这时把我一腔热血,万里雄心马上都冰冷了!刚由巨创深痛中扎挣起来,我也想从此开辟一个境地,重新建筑起我的生命,哪知我刚跨上马走了几步就又陷入这无底的深洞!云哥!我只有沉没了,我只有沉没下去。

君毅们见我默默无言的坐着,知我心中凄酸已极!文惠她们和我回到宿处后,又劝了我一顿,我只低着头静听,连我自己都不知为什么这样恍惚,想到云生的死只是将信将疑。

晚餐时她们都去了大厅,我推说头痛睡在床上。等她们走了,我悄悄起来,背上我的

枪,拿上我的日记,由走廊转到后院,马槽中牵了我那小白马,从后门出来。这时将近黄昏,景物非常模糊,夕阳懒懒地放射着最小的余辉,十分黯淡。我跨上马顺着大道跑去,凉风吹面,柳丝拂鬓,迎面一颗赤日烘托着晚霞暮霭,由松林中慢慢地落下,我望着彩云四散,日落深山,更觉惆怅! 这和我的希望一样,我如孤身单骑,傍徨哀泣,荒林古道已是日暮穷途。

我也不知去那里,只任马跑去,一直跑的苍茫的云幕中,露出了一弯明月,马才停在一个村店的门口。看着小白马已跑得浑身是汗,张着嘴嘶喘! 我也觉着口渴,下了马走进村店去,月光下见席篷下的板凳上坐着一个老者,正在打盹呢。我走近去唤醒他,他睁眼看见我这样子,吓得他站直了不敢动。我道:"我是过路的,请你老给点水喝,并饮饮我的马。"他急忙说:"那可以,那可以,请军爷坐下等一等"。回身到里面去了,不一会出来一个十二三岁的小孩提着水壶,拔着鞋揉着眼,似乎刚醒来的样子。我也不管干净与否,拿起那黄瓷大碗喝了一碗。那老者手里执个油灯出来,把灯放在石桌上回头又叫"三儿,你把马饮饮去!"三儿遂把马牵到水槽傍去。我由身上掏了一张票子给他,也不知是多少,我说:"谢谢你老,这是茶钱。"翻身上马又顺着大道下去。

这时才如梦醒来,想到自己的疯狂和无聊。但这一气跑我心中似乎痛快,把我说不出来的苦痛烦恼都跑散了! 这时我假如能有暴风在右手,洪水在左手,我一定一手用暴风吹破天上的暗云,一手将洪水冲去地上的恶魔! 那时才解消我心头抑压的愤怒!

178

夜已深了,天空中星繁月冷,夜风凄寒,这仿佛一月前海边的情景又到眼底,怎忍想呢! 云哥已是绞台上的英魂了,这时飘飘荡荡魂在何处呢! 沉思着我的马又停住了,抬头看,原来一条大河横在眼前,在月下闪闪发着银光,静悄悄地只有深林幽啸,河水鸣咽。我下了马,把它拴在一棵白杨上,我站在它旁边呆呆地望着河水出神。

后来我仰头向天惨笑了一声! 把我的手枪握在右手,对着我的脑门扳着机。冷铁触着我时,浑身忽然打了一个寒噤,理智命令我的手软下来了。"我不能这样死,至少我也要打死几个敌人我再死! 这样消极者的自杀,是我的耻辱,假使我现在这样死了便该早死,何必又跑到这里来从军呢! 我要扎挣起来干! 给我惨死的云哥报仇!"我想如今最好乘这里深夜荒野,四无人烟,前是大河,后是森林,痛痛快快地哭哭云哥,此后我永不流泪了! 我也再无泪可流。"露寒今夜无人问",我只有自己扎挣了。拾起地下的手枪,解开我的马,我想归去罢! 它似乎知道我的心思,走到我身边抬起头来望着我,我一腔悲酸涌上心头,不由的抱住它痛哭起来。

《世界日报·蔷薇周刊》周年纪念增刊,一九二七年十二月二十八日第八二页至九〇页。原署名评梅。

卸装之夜

蘅如偶然当了一个中学校的校长，校长是如何庄严伟大的事业，但是在蘅如只是偶然兴来的一幕扮演。上装后一切都失却自由，其实际情形无异是作了收罗万矢的箭垛。

如今箭垛的命运算是满了，她很觉得值得感谢上苍。双手将这顶辉煌的翠冠，递给愿意接受的朋友后，自己不禁偷偷的笑了！这来也匆匆，去也匆匆的命运。

在纷扰的社会里，嘈杂的会场上，奸狡万变的面孔，口是心非的微笑中，她悄悄推倒前面那块收罗万矢的箭垛，摘下那顶庄严伟大的峨冠，飘然回到她幽静的书斋去了。走进了深深院落，望见紫藤的绿荫掩着她的碧纱窗。那一排新种的杨柳也长高了，影子很婀娜的似在舞动，树荫下挂着她最爱的鹦哥，听见步履声，它抬起头来飞在横木上叫着：

"快开门，快开门！"

她举眸回盼了一下。湘帘沉沉中听见姨母唤她的声音。这时帘揭开了，双鬓如雪的姨母扶杖出来迎接蘅如。一般晚香玉的芬馥，由屋中照出，她猛然清醒！如午夜梦回一样。

晚餐后，她回到自己的屋里，卸下那一套"恰如其分"的装束，换上了一件沾满泪痕酒渍的旧衣，坐在写字台前沙发上，深深地吐了一口气。觉得灵魂自由了，如天空的流云，如海上的飞鸟。瓶中有鲜艳的菡萏，清芬扑鼻，玻璃杯里斟着浓酽的绿茶，洁人心脾。磨好了墨，蘸饱了笔，雪亮的灯光下，她沉思对一迭稿纸支颐。

该从何处下笔呢！这半截惊惶纷乱，污浊冷酷的环境；狡诈奸险，可气可笑的事迹，都如电影一般在她脑中演映着。

辗转在荆棘中，灵魂身体都是一样创痛。虽然是已经受了她不曾受过的，但认识的深刻，见闻的广博，却也得到她不曾知道的。人生既是活动的变迁，力和智的奋争，那她今夜归来的情况，直有点儿像勇士由战壕沙场的梦中惊醒，抚摸着自己的创痕，而回忆那炮火弥漫,人仰马翻,赤血白骨,灰烬残堞;喟叹着身历的奇险恐怖一样。

丁零零门铃响了,张妈拿来了几封信。

她拆开来,都是学校里来的。

一封是焕之写来的。满纸都是愤慨语,一方面诅咒别人,一方面恭维着自己,左不是那一套类乎黄钟毁弃,瓦釜雷鸣的笔调。她读后笑了笑!心想何必发这无意义的牢骚。她完全不懂时势和社会的内容,假使社会或个人的环境,没有一点儿循环的变化,这世界就完全死寂了,许多好看热闹的戏也就闭幕了,那种人生有什么意味呢!

又一封信,笔迹写得很恶劣,内容大概说堂内同学素常对蘅如很有感情,不应对她忽然又翻脸攻击,更不应以一种卑鄙钻营的手段获得胜利。气了个愤填胸臆,骂了个痛快淋漓,那种怒发冲冠,拔剑相拼的情形,真仿佛如在目前。

但是蘅如看到信尾的签名呢,令她惊异了!原来这个王亚琼,就是在学校中反对蘅如最激烈的分子,喊打倒,贴标语,当主席,谒当局的都是她。

这真是奇迹呵!

蘅如拿着那封信对着灯光发呆,看见纸上那些怎样钦佩,怎样爱慕,怎样同情,怎样愤慨的话,每一字每一句都像毒刺深插入她的灵魂。她真不解:为什么那样天真活泼,伶俐可爱的女孩们,她洁白纯净的心田,如何也蒙蔽着社会中惯用的一套可憎恨的虚伪狡诈罪呢!明知道,爱和憎或是关乎切身的利害,这都是人人顾虑的私情,谁敢说是恶德呢!不过一方面喊"打倒"一方面送秋波的伎俩,总不是我辈热血真诚的青年所应为的罢!她忏悔了,教育是失败了呢!还是力量小呢?

起始怀疑了,这样的冲突。赞美你的固然是好听,其本心不见得是真钦佩你。咒骂你的自然感到气愤,但是也不必认为真对你怎样厌恶。她想到这里,心境豁然开朗,漠然微笑中,把这两封信团了个球掷在纸筐里。

夜深了,秋风吹过时,可以听见树叶落地的声音。这凄清秋意,轻轻掀动了宁静的心波,她又感到人间的崎岖冷酷,和身世的畸零孤苦,过去一样是春梦烟痕;回想起来,已是秋风起后另有一番风景了。

她愿恢复了旧日天马行空的气魄,提起了久不温存的笔尖,捉摸那飘然来去的灵感。原本是游戏人间来的,因之绝不懊悔这一次偶然的扮演。胸中燃烧着热烈欲爆的灵焰,盼这久抑的文思如虹霓一样,专在黯淡深奥处画出她美丽伟大的云彩,于是乎她迅速的提起了笔。

噩梦中的扮演

　　我流浪在人世间,曾渡过几个沉醉的时代,有时我沉醉于恋爱,恋爱死亡之后,我又沉醉于酸泪的回忆,回忆疲倦后,我又沉醉于毒酒,毒酒清醒之后,我又走进了金迷纸醉五光十色的滑稽舞台。近来我整天偷工夫到这里歌舞欢呼,终宵达旦而无倦态。

　　我用粉红的绸纱,遮住我遍体的创痕,用脂粉涂盖住我苍白血庞,我旋转在狂热的浪漫的舞台上,被各种含有毒汁生有荆棘的花朵包围着。我是尽兴的歌,尽兴的舞!毫无忌惮,各种赞颂我毁谤我的恶魔在台下做各种鬼脸。他们看着我,我也看着他们。

　　如今:我任一切远方怀念我的朋友暗地里挥泪,我任故乡的老母替我终身伤感。但,我是不再向这人间流半滴泪了,我只玩弄着万物,也让万物玩弄着我这样过去,浑浑噩噩无所知觉的过去。我还说什么呢?我整天混迹在人海中,扰扰攘攘都是些假面具,喧哗嚣杂都是些留声机,说什么,说向谁去?想到这里,我就披上那件忘忧的舞衣到剧场去了,爽性我自己就来一个虚伪的角色,妃色的氛围中遮掩了我这黑色的尸身,把一切灵感回忆都殡埋于此。这是我的一种新发现,使我暂时晕绝的麻醉剂。上帝!我该向你再祈求什么呢?除此而外?

　　灯光暗淡,人影散乱时,我独自从魔鬼狂呼声中逃到清冷的街头:那一带寒林,那一弯残月,那巍然插上云霄的剧场,像一个伟大的狮王,蹲着张开那血盆的巨口预备噬人。这刹那间我清醒了!我身体渐渐冷得发抖,我不知那里面暖溶溶是梦,这外面还冷清清是梦?这时我瞪着眼嚼着唇在寒林下飞奔回来,立在那面衣镜前,看见一个被发苍白寒缩战颤的女郎时,我不能认识了;那红绒毡上,灯光照耀着的美丽的高贵的庄严的神采,不知何处去了。

　　我对镜凝视后,便颓然倒在地上。这时耳畔隐隐有低呼我名字的声音,我便在这种幻想的声音中睡去。半夜里我会抱着桌子腿唤着母亲醒来,有时我梦见我的灵魂之影来了,扑过去会碰在板壁上哽咽着醒来!总之,我是有点不能安定的心灵了。翌晨,我依然又披上舞衣,涂上脂粉,作出种种媚人娇态,发出种种醉人的清音,来扮演种种的活剧,这时我把自己已遗失了，只是一付辗转因人的尸体。

我本是几个朋友拯救起来的一个自甘沦落的女子，那时我从极度伤心中扎挣起来也含有不少的希望：希望我成一个悲剧的主人翁，希望成一个浪漫的诗人，希望成一个小说家，更希望成一个革命先驱，或政治首领。东西南北漂游归来，梦都做过了，都不能满足我，都不能令我离开苦痛；最后才决定做戏子，扮演滑稽剧给滑稽的人们看着寻开心。

有几次我正在清歌妙舞逸兴遄飞时，忽然台下露出几个熟悉的面孔，他们虽不识我本来面目，不过我看见他们却引起我满腔悲愁，结果我没有等闭幕便晕倒在琴台傍了！以后我的含忍力强了，看见了他们也毫不动心，半年后我简直也不识他们了。我恐怖过去的梦影来扰我，我希望我的环境中都是些不相识的，新来的观众！

上帝！愿你有一天能告诉我的母亲和系念我的朋友们说："我已找到我的墓在我愿意殡埋的那个地方了。"

毒　蛇

　　谁也不相信我能这样扮演：在兴高采烈时，我的心忽然颤抖起来，觉着这样游戏人间的态度，一定是冷酷漠然的心鄙视讪讽的。想到这里遍体感觉着凄凉如冰，刚才那种热烈的兴趣都被寒风吹去了。回忆三月来，我沉醉在晶莹的冰场上，有时真能忘掉这世界和自己；目前一切都充满了快乐和幸福。那灯光人影，眼波笑涡，处处含蓄着神妙的美和爱，这真是值得赞颂的一幕扮演呢！

　　如今完了，一切的梦随着冰消融了。

　　最后一次来别冰场时，我是咽着泪的；这无情无知的柱竿席棚都令我万分留恋。这时凄绝的心情，伴着悲婉的乐声，我的腿忽然麻木酸痛，无论怎样也振作不起往日的豪兴了。正在沉思时，有人告诉我说："琪如来了，你还不去接她，正在找你呢！"我半喜半怨的说："在家里坐不住，心想还是来和冰场叙叙别好；你若不欢迎，我这就走。"她笑着提了冰鞋进了更衣室。

　　琪如是我新近在冰场上认识的朋友，她那种活泼天真，玲珑美丽的丰神，真是能令千万人沉醉。当第一次她走进冰场时，我就很注意她，她穿了一件杏黄色的绳衣，法兰绒的米色方格裙子，一套很鲜艳的衣服因为配合得调和，更觉十分的称体。不仅我呵，记得当时许多人都曾经停步凝注着这黄衣女郎呢。这个印象一直到现在还能很清楚的忆念到。

　　星期二有音乐的一天，我和浚从东华门背着冰鞋走向冰场；途中她才告诉我黄衣女郎是谁？知道后陡然增加了我无限的哀愁。原来这位女郎便是三年前逼凌心投海，子青离婚的那个很厉害的女人，想不到她又来到这里来了。我和浚都很有意的相向一笑！

　　在更衣室换鞋时，音乐慷慨激昂，幽抑宛转的声音，令我的手抖颤得连鞋带都系不紧了。浚也如此，她回头向我说：

　　"我心跳呢！这音乐为什么这样动人？"

　　我转脸正要答她的话，琪如揭帘进来，穿着一件淡碧色的外衣，四周白兔皮，襟头上插着一朵白玫瑰，清雅中的鲜丽，更现得她浓淡总相宜了。我轻轻推了浚一下，她望我笑了笑,我们彼此都会意。第二次音乐奏起时,我和浚已翩翩然踏上冰场了,不知怎样我总是望着更衣室的门帘。不多一会,琪如出来了,像一只白鸽子,浑身都是雪白,更衬得她那苹果般的面庞淡红可爱。这时人正多,那入场的地方又是来往人必经的小路,她一进冰场便被人绊了一交,走了没有几步又摔了一交,我在距离她很近的柱子前,无意义的走过去很自然的扶她起来。她低了头腮上微微涌起两朵红云,一只手拍着她的衣裙,一只手紧握着我手说:

"谢谢你!"

我没有说什么,微笑的溜走了,远远我看见浚在那圈绳内的柱子旁笑我呢!这时候,连我自己也莫名其妙,忽然由厌恨转为爱慕了,她真是具有伟大的魔术呢!也许她就是故事里所说的那些魔女吧!

音乐第三次奏起,很自然的大家都一对一对缘着外圈走,浚和一个女看护去溜了,我独自在中间练我新习的步法,忽然有一种轻碎的语声由背后转来,回头看原来又是她,她说:

"能允许我和你溜一圈吗?"

她不好意思的把双手递过来,我笑着道:

"我不很会,小心把你拉摔了!"

这一夜是很令我忆念着的:当我伴她经过那灿烂光亮如白昼的电灯下时,我仔细看着她这一套缟素衣裳,和那一双温柔的玉腕时,猛然想到沉没海底的凌心,和流落天涯的子青,说不出那时我心中的惨痛!栗然使我心惊,我觉她仿佛是一条五彩斑斓的毒蛇,柔软如丝带似的缠绕着我!我走到柱子前托言腿酸就悄悄溜开了,回首时还见她那含有毒意的流波微笑!

浚已看出来了,她在那天归路上,正式的劝告我不要多接近她,这种善于玩弄人颠倒人的魔女,还是不必向她表示什么好感,也不必接受她的好感。我自然也很明白,而且子青前几天还来信说他这一生的失败,都是她的罪恶;她拿上别人的生命,前程,供她的玩弄挥霍,我是不能再去蹈这险途了。

不过她仍具有绝大的魔力,此后我遇见她时,真令我近又不是,避又不是,恨又不忍,爱又不能了。就是冷落漠然的浚也有时会迷恋着她。我推想到冰场上也许不少人有这同感吧!

如今我们不称呼她的名字了,直接唤她魔女。闲暇时围炉无事,常常提到她,常常研究她到底是种什么人?什么样的心情?我总是原谅她,替她分辩,我有时恨她们常说女子的不好;一切罪恶来了,都是让给女子负担,这是无理的。不过良心唤醒我时,我又替凌心子青表同情了。对于她这花锦团圆,美满快乐的环境,不由要怨恨她的无情狠心了,她只是一条任意喜悦随心吮吸人的毒蛇,盘绕在这辉煌的灯光下,晶莹的冰场上,昂首伸舌的狞笑着;她那能想到为她摒弃生命幸福的凌心和子青呢!

毒蛇的杀人,你不能责她无情,琦如也可作如斯观。

今天去苏州胡同归来经过冰场的铁门,真是不堪回首呵! 往日此中的灯光倩影,如今只剩模糊梦痕,我心中惆怅之余,偶然还能想起魔女的微笑和她的一切。这也是一个不能驱逐的印象。

我从那天别后还未再见她,我希望此后永远不要再看见她。

偶然来临的贵妇人

我正午梦醒来，睁眼见窗外芭蕉后站着一个人，我问谁？女仆递给我一张名片，接过来看时，上面写着：胡张蔚然。呵！是她！

我赶快穿上鞋下了床，弄展了绉折的床毡，又掠梳了一下纷乱的散发，这时候竹篱花径传来了清脆的皮鞋声音，隐约帘外见绯红衫子的身影分花拂柳而来。我迎出去，只见她珠翠环绕，雍容端丽，无论如何也不敢认这位娇贵的妇人，就是前八年名振一时的女界伟人。

寒暄后，她抬起流媚的双睛打量了我，又打量了我的房子，蓦然间感觉到自己的微小和寒酸，在她那种不自禁流露的傲贵神韵中。

我十分局促嗫嚅着说："蔚然姊，我们在学校分离后就未再见。听同学们说你在南方很做了许多实地的工作：这次来更可以指导我们了。"她抿嘴微笑着道："我早不做什么工作了。一半灰心，一半懒惰，自从我和蘅如结婚后。大概也是环境的原故罢！无论如何振作不起往日的精神，什么当主席，请愿，发传单，示威，这套拿手戏，想起来还觉好笑呢！一个人最终的目的，谁不是梦想着实现个如意的世界，使自己能浸润在幸福美满中生活着。现在蘅如有力量使我过这种不劳而获的生活，我又何必再出去呼号奔波。有的是银钱。多少享乐的愿望，都可以达到：在社会上既有名誉，又有地位。物质的享受，我没有什么不满意。精神方面，衡如自同他妻离散后，对我的感情是非常忠诚专一，假使他有什么变化，我也不愁没有情人来安慰我，我高兴热闹时到上海向那金迷纸醉的洋场求穷奢极欲的好梦，喜欢幽静时找一两个闲散的朋友到西湖或牯岭去，那里都有自己的别墅，在天然美丽的风景中，休息我的劳顿和疲倦。如果国内的情形使我厌烦时，也许轻装简服悄悄的就溜到外国。我想手里只要有钱，宇宙万物都任我摆布。我现在才知道了，蘅如！你晓得如今一般不得志的人，整天仰着头打倒这个铲除那个，但是到了那种地位，无论从前怎么样血气刚强，人格高尚的人，照样还是走着前边人开辟的道路，行为举动和自己当年所要打倒铲除者是分毫无差，也许还别有花样呢！衡如和他现在这一般朋友，那一个不是几十万几百万的家产，四五个美貌如花的爱人。从前他们革命时那种穷困无聊的样子你也见过，世界就这样一套把戏,不论挂什么招牌,结果还是生活的问题,并且还是多数人饿死少数人吃肥的问题。"

我真没有想到她忽然发现了这样的人生哲学,又像吹法螺,又像发牢骚,这么一来我真不知她今天来的目的是什么了。

接着她又说:"藻如:别后你还是那样消沉吗?在南边时听人说你死了,隔些时又说你嫁了,无论什么谣传都是这生生死死吧!到这里打听,才知道你还是保持着旧日那孤傲静默的生涯。你真有耐心,这多年用粉笔灰撑着半饱的肚子,要是我早想别的方法了。不过这样沉默的生活也有好处,不声不响的:你就是掀天摇地翻山倒海的弄一套,结果也是这样。你瞧我,一定笑不长进,不过我想只有这样是我的需要。"她哈哈的笑了,这清脆的笑声,颤溢在这狭霉的小书斋。

我不知该说什么话好,只痴笑着陪她。仔细揣摸她这惊人的伟论,及在她那粉白黛绿,珠翠缤纷的美型中,找寻往日那种英俊的风采是隐涅不见了。

她又向我问讯了几个旧朋友的近况,最后她说了目的:是衡如的儿子想考学校,托我帮点忙让他取录。明晚她家里开个跳舞会。请的客人都是新贵,再三请我去,我向她婉谢了。我没有力量和她应酬,我愿在这小书斋当孤傲的主人,不愿去向那广庭华筵,灯光辉煌下做寒伧的来客。

送她上了汽车,灰尘中依稀似回眸一笑。

187

回来捡起茶杯,整理了一下书桌:坐在藤椅上觉屋中氤氲着一种清芬的余香,这气息中我恍惚又看见她娇贵的高傲的倩影。

惆 怅

先在上帝面前,忏悔这如焚的惆怅!

朋友!我就这样称呼你罢。当我第一次在酒楼上逢见你时,我便埋怨命运的欺弄我了。我虽不认识你是谁?我也不要知道你是谁?但我们偶然的遇合,使我在你清澈聪慧的眼里,发现了我久隐胸头的幻影,在你炯炯目光中重新看见了那个捣碎我一切的故人。自从那天你由我身畔经过,自从你一度惊异的注视我之后,我平静冷寂的心波为你汹涌了。朋友!愿你慈悲点远离开我,愿你允许我不再见你,为了你的丰韵,你的眼辉,处处都能憾的我动魄惊心!

这样凄零如焚的心境里,我在这酒店内成了个奇异的来客,这也许就是你怀疑我追究我的缘故罢?为了躲避过去梦影之纠缠,我想不再看见你,但是每次独自踽踽林中归来后,望着故人的遗像,又愿马上看见你,如观黄泉下久矣沉寂消游的音容。因此我才强咽着泪,来到这酒店内狂饮,来到这跳舞厅上跹跹。明知道这是更深更深的痛苦,不过我不能自禁的沉没了。

你也感到惊奇吗?每天屋角的桌子上,我执着玛瑙杯狂饮,饮醉后我又蹀到舞场上去歌舞,一直到灯暗人散,歌暗舞乱,才抱着惆怅和疲倦归来。这自然不是安放心灵的静境,但我为了你,天天来到这里饮一瓶上等的白兰地,希望醉极了能毒死我呢!不过依然是清醒过来了。近来,你似乎感到我的行为奇特吧!你伴着别人跳舞时,目光时在望着我,想仔细探索我是什么人?怀着什么样心情来到这里痛饮狂舞?唉!这终于是个谜,除了我这一套朴素衣裙苍白容颜外,怕你不能再多知道一点我的心情和行踪罢?

记得那一夜,我独自在游廊上望月沉思:你悄悄立在我身后,当我回到沙发上时,你低着头叹息了一声就走过去了。真值得我注意,这一声哀惨的叹息深入了我的心灵,在如此嘈杂喧嚷,金迷纸醉的地方,无意中会遇见心的创伤的同情。这时音乐正奏着最后的哀调,呜呜咽咽像夜莺悲啼,孤猿长啸,我振了振舞衣,想推门进去参加那欢乐的表演;但哀婉的音乐令我不能自持,后来泪已扑簌簌落满衣襟,我感到极度的痛苦,就是这样热闹的环境中

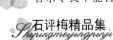

愈衬出我心境的荒凉冷寂。这种回肠荡气的心情,你是注意到了,我走进了大厅时,偷眼看见你在呆呆地望着我,脸上的颜色也十分惨淡;难道说你也是天涯沦落的伤心人吗?不过你的天真烂漫,憨娇活泼的精神,谁信你是人间苦痛中扎挣着的人呢?朋友!我自然祝福你不是那样。更愿你不必注意到我,我只是一个散洒悲哀,布施痛苦的人,在这世界上我无力再承受任何人的同情和怜恤了。我虽希望改换我的环境,忘掉一切,舍弃一切,埋葬一切,但是新的境遇里有时也会回到旧的梦里。依然不能摆脱,件件分明的往事,照样映演着揉碎我的心灵。我已明白了,这是一直和我灵魂殉葬入墓的礼物!

写到这里我心烦乱极了,我去倒在床上休息一会再往下写吧!

这封信未写完我就病了。

朋友!这时我重提起笔来的心情已完全和上边不同了。是忏悔,也是觉悟,我心灵的怒马奔放到前段深潭的山崖时,也该收住了,再前去只有不堪形容的沉落,陷埋了我自己,同时也连累你,我哪能这样傻呢!

那天我太醉了,不知不觉晕倒在酒楼上,醒来后睁开眼我睡在软榻上,猛抬头便看你温柔含情的目光,你低低和我说:

"小姐!觉着好点吗?你先喝点解酒的汤。"

我不能拒绝你的好意,我在你手里喝了两口桔子汤,心头清醒了许多,忽然感到不安,便扎挣的坐起来想要走。你忧郁而诚恳的说:

"你能否允许我驾车送你回去么?请你告诉我住在哪里?"我拂然的拒绝了你。心中虽然是说不尽的感谢,但我的理智诏示我应该远避你的殷勤,所以我便勉强起身,默无一语的下楼来。店主人招呼我上车时,我还看见你远远站在楼台上望我。唉!朋友!我悔不该来这地方,又留下一个凄惨的回忆;而且给你如此深沉的怀疑和痛苦,我知道忏悔了愿,你忘记我们的遇合并且原谅我难言的哀怀罢!

从前为了你来到这里,如今又为了你离开。我已决定不再住下去了,三天内即航海到南洋一带度漂流的生涯,那里的朋友曾特请去同他们合伙演电影,我自己也很有兴趣,如今又一个希望在诱惑我做一个悲剧的明星呢!这个事业也许能发挥我满腔凄酸,并给你一个再见我的机会。

今天又到酒店去看你,我独隐帏幕后,灯光辉煌,人影散乱中,看见你穿一件翡翠色的衣服,坐在音乐台畔的沙发上吸着雪茄沉思,朋友!我那时心中痛苦万分,很想揭开幕去向你告别,但是我不能。只有咽着泪默望你说了声:

"朋友!再见。一切命运的安排,原谅我这是偶然。"

晚　宴

有天晚晌，一个广东朋友请我在长安春吃饭。

他穿着青绿的短服，气度轩昂，英俊豪爽，比较在法国时的神态又两样了。他也算是北伐成功后的新贵之一呢！

来客都是广东人。只有苏小姐和我是例外。

说到广东朋友时，我可以附带说明一下，特别对广东人的好感。我常觉广东的民性之活泼好动，勇敢有为，敏慧刚健，忠诚坦白，是值得我们赞美的。凡中国那种腐败颓废的病态。他们都没有；而许多发扬国华，策励前进的精神，是全球都感到惊畏的。这无怪乎是革命的根据地，而首领大半是令人钦佩的广东人了。

寒暄后，文蕙拉了我手走到屋角。她悄悄指着一个穿翻领西装的青年说：“这就是天下为婆的胡先生！”我笑着紧握了她手道：“你真滑稽。”

想起来这是两月前的事了。我从山城回来后，文蕙姊妹们，请我到北海划船，那是黄昏日落时候，晚景真美，西方浅蓝深青的云堆中，掩映夹杂着绯红的彩霞，一颗赤日慢慢西沉下去。东方呢！一片白云，白云中又袭着几道青痕，在一个凄清冷静的氛圈中，月儿皎洁的银光射到碧清的海面。晚风徐徐吹过，双桨摇到莲花深处去了。

这种清凉的境地，洗涤着这尘灰封锁的灵魂。在他们的情影中，笑语里，都深深感到恍非人间了。菡萏香里我们停了桨畅谈起来；偶然提到文蕙的一个同学，又引起革命时努力工作的女同志；谈着她们的事迹，有的真令我们敬钦，有的令我们惊异，有的也令我们失望而懊丧！

文蕙忽然告我，有一位朋友和她谈到妇女问题说：“你们怕什么呢！这年头儿是天下为婆。”我笑起来了，问她这怎么解释呢？她说这位主张天下为婆的学者大概如此立论。

一国最紧要的是政治。而政治舞台上的政治伟人，运用政治手腕时的背景，有时却是操纵在女子手中。凡是大政治家，大革命家的鼓舞奋发，惨淡经营；又多半是天生丽质的爱人，或者是多才多艺的内助，辅其成功。不过仅是少数出类拔萃的女子，大多数还是服务于

190

家庭中,男子负荷着全责去赡养。

因此,男子们,都尽量的去寻觅职业,预备维持妻妾的饱暖;同时虚荣心的鼓励,又幻想着生活的美满和富裕。这样努力的结果,往往酿成许多的贪官污吏。据说这是女子间接应得的罪案。

例如已打倒的旧军阀张宗昌,其妻妾衣饰杂费共需数十万。风闻如今革命伟人之妻妾,亦有衣饰费达十余万者。(这惊人的糜费我自然确信其为谣言无疑了。)——男子一方面生产,女子一方面消费。这"天下为婆"似乎愤怨,似乎鄙笑的言论;遂在滑稽刻薄的胡先生口中实现了。我们听见当然觉得有点侮辱女性,不无忿怒。但是静心想想,这话虽然俏皮,不过实际情形是如斯,又何能辨白呢!

试问现在女子有相当职业,经济独立,不让人供养的有几多?像有些知识阶级的贵妇人,依然沉湎于金迷纸醉,富裕挥霍的生活中:并不想以自己的劳力求换取面包,以自己的才能去服务社会。

不过我自己也很感到呢!文蕙她们也正是失业者。镇日想在能力范围内寻觅点工作,以自生活,并供养她五十余岁的病母。但是无论如何在北平就找不到工作,各机关没有女子可问津的道路。除非是和机关当局沾亲带故的体己人外,谁不是徘徊途中呢!意志薄弱点的女子,禁不住这磨炼挫折,受不了这风霜饥寒,慢慢就由奋斗彷徨途中,而回到养尊处优的家庭中去了。

这夜偶然又逢到胡先生。想起他的话来,我真想找个机会和他谈谈,不过事与愿违,他未终席就因有要事匆匆地去了。

忏 悔

许久了,我湮没了本性,抑压着悲哀,混在这虚伪敷衍,处处都是这箭镞,都是荆棘的人间。深深地又默窥见这许多惊心动魄,耳聋目眩的奇迹和那些笑意含刀,巧语杀人的伎俩。我战栗地看着貌似君子的人类走过去,在高巍的大礼帽和安详的步武间,我由背后看见他服装内部,隐藏着的那颗阴险奸诈的心灵。有时无意听得许多教育家的伟论,真觉和蔼动人,冠冕堂皇;但一转身间在另一个环境里,也能聆得不少倾陷、陷害,残酷过人的计策,是我们所钦佩仰慕的人们的内幕。我不知污浊的政界,也不知奸诈的商界,和许多罪恶所萃集的根深处,内容到底是些什么? 只是这一小点地方,几个教室,几个学生,聚天下英才而教育之的学校里,也有令我无意间造成罪恶的机会。我深夜警觉后,每每栗然寒战,使我对于这遥远的黑暗的无限旅程更怀着不安和恐怖,不知该如何举措,如何忏悔啦!

我不愿诅咒到冷酷无情的人类,也不愿诽议到险诈万恶的社会,我只埋怨自己,自己是一个懦弱无能的庸才,不能随波逐流去适应这如花似锦的环境,建设那值得人们颂扬的事业和功绩。我愿悄悄地在这春雨之夜里,揩去我的眼泪,揩去我忍受了一切人世艰险的眼泪。

离母亲怀抱后,我在学校的荫育下优游度日。迨毕业后,第一次推开社会的铁门,便被许多不可形容描画的恶魔系缚住,从此我便湮没了。在广庭群众,裙屐宴席之间周旋笑语,高谈阔论的那不是我;在灰尘弥漫,车轨马迹之间仆仆之风霜,来往奔波的那不是我;振起疲惫百战的残躯,复活了业经葬埋的心灵,委曲宛转,咽泪忍痛在这铁蹄绳索之下求生存的,又何尝是我呢? 五年之后,创痕巨痛中,才融化了我"强"的天性,把填满胸臆的愤怒换上了轻浅的微笑,将危机四伏,网罟张布的人间看作了空虚的梦幻。

有时深夜梦醒,残月照临,凄凉(静)寂中也许能看见我自己的影子在那里闪映着。有时秋雨淅沥,一灯如豆,惨淡悲怆中也许能看见我自己的影子在那里欷歔着。孤雁横过星月交辉的天空,它哀哀的几声别语,或可惊醒我沉睡在尘世中的心魂;角鸱悲啼,风雨如晦的时候,这恐怖战栗的颤动,或可能唤回我湮没已久的真神。总之,我已在十字街头,扰攘人群中失丢了自己是很久了。

其初，我不愿离开我自己，曾为了社会多少的不如意事哀哭过嗟叹过，灰心懒意的萎靡过，激昂慷慨的愤怒过；似乎演一幕自己以为真诚而别人视为滑稽的悲剧。但如今我不仅没有真挚的笑容，连心灵感激惭愧的泪泉都枯干了。我把自己封锁在几重山峰的云雾烟霞里，另在这荆棘（的）人间留一个负伤深重的残躯，载着那生活的机轴向无限的旅程走去，——不敢停息，不敢抵抗的走去。

写到这里我不愿再说什么了。

近来为了一件事情，令我不能安于那种遗失自己——似乎自骗的行为；才又重新将自己由尘土中发现出，结果又是一次败绩，狼狈归来，箭锋刺心，至今中夜难寐，隐隐作痛；怕这是最后的创痛了！不过，我愿带着这箭痕去见上帝，当我解开胸襟把这鲜血淋漓的创洞揭示给他看的时候，我很傲然地自认我是人间一员光荣归来的英雄。

自从我看了亚米契斯的《爱的教育》之后，常常想到自己目下的环境，不知不觉之中我有许多地方都是在试验她们，试验自己。情育到底能不能开辟一个不是充满空虚的荷花池，而里面有清莹的小石，碧澈的水波，活泼美丽的游鱼？

第一次我看见她们——这幻想在我脑中成了一个亟待解决的问题，许多活泼纯洁、天真烂漫的苹果小脸。我在她们默默望着我行礼时，便悄悄把那付另制的面具褪去了。此后

193

我处处都用真情去感动她们。

有一次，许多人背书都不能熟读，我默然望着窗外的铁栏沉思，情态中表示我是感到失望了。这时忽然一个颤抖的声音由墙陬发出："先生！你生气了吗？我父亲的病还没有好，这几天更厉害了，母亲服侍着也快病了。昨夜我同哥哥替着母亲值夜；我没有把书念熟。先生！你原谅我这次，下次一定要熟读的。先生！你原谅我！"

一个十二岁的小女孩，她的头只比桌子高五寸。这时她满含着眼泪望着我，似乎要向我要恕宥她的答复。"先生？芬莱的父亲因为被衙门裁员失业了，他着急一家的衣食，因此病了。芬莱的话，请先生相信她，我可以作证。"中间第三排一个短发拂额的学生，站起来说。

"先生！素兰举手呢！"另一个学生告诉我。

"你说什么？"我问。

"先生！前天大舅母死了，表姊伤心哭晕过去几次，后来家人让我伴她到我家，她时时哭！我心里也想着我死去五年的母亲，不由得也陪她哭！因此书没有念熟，先生……"

素兰说着哽咽的又哭了！

我不能再说什么，我有什么理由责备她们？我只低了头静听她们清脆如水流似的背书声，这一天课堂空气不如往常那样活泼欣喜；似乎有一种愁云笼罩着她们，小心里不知想什么？我的心确是非常的感动，喉头一股一股酸气往上冲，我都忍耐的咽下去。

上帝！你为什么让她们也知道人间有这些不幸的事迹呢!？

春雨后的清晨，我由校下课赶回去上第二时，已迟到了十分钟。每次她们都在铁栏外的草地上打球跳绳，远远见我来了，便站一直线，很滑稽的也很恭敬的行一个童子军的举手立正（礼），然后一大群人拥着我走进教室，给我把讲桌收拾清楚，然后把书展开，抬起她们苹果的小脸，灵活的黑眼睛东望西瞧的不能定一刻。等我说："讲书了。"她们才专神注意的望着我看着书。不过这一天我进了铁栏，没有看见一个人在草地上。走进教室，见她们都默然的在课堂内，有的伏着，有的在揩眼泪，有的站了一个小圆圈。我进去行了礼，她们仍然无精打采的样子。这真是哑谜，我禁不住问道：

"怎么了？和同学打架吗？有人欺侮你们吗？为什么不高兴，为什么哭？因为我迟到吗？"我说到后来一句，禁不住就笑了。

"不是，先生，都不是。因为波娜的父亲在广东被人暗杀了！她今天下午晚车南下。现在她转来给先生和同学们辞行。你瞧！先生，她眼睛哭得像红桃一样了。"自治会的主席，一个很温雅的女孩子站起来说。

"什么时候知道的！唉！又是一件罪恶，一支利箭穿射到你们的小心来了！险恶的人间，你们也感到可怕吗？"我很惊惶的向她们说。

"怕！怕！怕！"许多失色苍白的小脸，呈现着无限恐怖的表情，都一齐望着我说。

我下了讲堂,走到波娜面前,轻轻扶起她的头来,她用双手握住我,用含着泪的眼睛望着我说:

"先生! 你指示我该怎样好,母亲伤心的已快病倒了。我今天下午就走。先生,我不敢再想到以后的一切,我的命运已走到险劣的道上了,我的希望和幸福都粉碎成……"

她的泪珠如雨一般落下来。

"波娜! 你不要哭了,这是该你自己承受上苦痛扎挣的时候到了。我常说你们现在是生活在幸福里,因为一切的人间苦恼纠葛,都由父母替你堵挡着,像一个盾牌,你们伏在下面过不知愁不认忧的快乐日子。如今父亲去了,这盾牌需要你自己执着了。不要灰心,也不要过分悲痛,你好好地侍奉招呼着母亲回去。有机会还是要继续求学,你不要忘记你曾经告诉过我的志愿。常常写信来,好好地用功,也许我们还有再见的机会……"

我说不下去了,转身上了讲台,展开书勉强镇静着抑压着心头的悲哀。

"我们不说这会事了,都抬起头来。波娜! 你也不要哭了;展开书上这最后一课吧! 你瞧,我们现在还是团聚一堂,刹那后就风吹云散了。你忍住点悲哀罢,能快活还是向这个学校同学、先生同乐一下好了。等你上了船,张起帆向海天无际的途程上进行时,你再哭吧! 听我的话,波娜! 我们今天讲《瘗旅文》。"

我想调剂一下她们恋别的空气,自己先装作个毫不动情漠然无感的样子。

无论怎样,她们心头是打了个不解的结,神情异常黯淡。

下课铃摇了! 这声音里似乎听见许多倾轧陷害,杀伤哭泣的调子。我抬起头望了望波娜,灰白的脸,马上联想到(她那)僵毙在地上,鲜血溅衣惨遭暗害的父亲。人间这幕悲剧又演到我的眼前;如此我只有走了。匆匆下了课,连头都不曾抬就走出了教室。隐约听见波娜和她们说话的声音,和许多猛受了打击的惊颤小心的泣声。

我望望天上无心的流云,和晴朗的日光;证明这不是梦,也不是夜呢!

第二天上课时,她们依然神情颓丧,我的目光避躲着波娜的空位子,傍近她的同学都侧着身体坐着,大概也是不愿意看见那个不幸的地盘。那日下午那个空位子我就叫素兰填补了。

自从那天起我们都不愿意谈到波娜,她们活泼的笑容也减少了,神态中略带几分恐怖顾虑的样子,沉默深思,她们渐渐地领略了。我怨恨这残毒万恶的人间呢!污染了这许多洁白的心灵!求上帝,允许谅恕我的忏悔吧!我愿给我以纯真如昔的她们,不再拿多少未曾经见的罪恶刺激残伤她们。

平常一件不经常的小事,有时会弄到不可收拾、救药的地位。罪恶都是在这样隐约微细中潜伏着,跃动着。

学校里发生了一宗纠葛不清的公案,这里边牵涉到素兰。我一直看着她宛转在几层罗网几堵石壁中扎挣,又看见她在冷笑热讽威吓勒逼中容忍;最后她绞思焦虑出许多近乎人情的罪恶来报恩,她毅然肩负了一切,将自己作了一个箭垛,承受着人们进攻射击而坦然无愧于心。多少委曲求全,牺牲自己来护别人的精神,这是最令我惭愧的,汗颜的。

我曾用卑鄙的态度欺凌她,我曾用失望的眼光轻视她;我曾用坚决的态度拒绝她,我曾用巧语诱惑她。如今我忏悔了,我不应随着多数残刻浅薄的人类,陷她在极苦痛中呻吟着;将她的义气侠性认为罪恶,反以为这是自己的聪明。

当她听了我责备她的话时,她只笑了笑说:"先生!我希望你相信我,我负了这件罪恶时,却能减少消失一个人的罪恶,我宁愿这样做,我愿先生了解我,我并不痛苦!"她面色变为灰白了。

"我爱我死(去)的母亲之魂,如我的生命;先生!我请母亲来鉴谅我,这不是罪恶,这是光荣。"她声音颤抖的说。

当我低头默想这件事的原因时,她已扶着桌子晕过去了!

四周都起了纷扰,吓的许多女孩望着她惨白的面庞哭了!我一只手替她揩着眼泪,一只手按着她搏跃的心默默祷告着,愿她死去的母亲之灵能原谅我的罪过,我悄悄说:"让她醒来吧!让她醒来吧!"

从三点钟直到五点钟,她在晕迷中落泪,我也颤抖着心,想到人间的险艰,假如她真个是牺牲上自己代别人受过时,那么我们这些智慧充分,理智坚强的人,不是太对不住她了吗?可怜她幼无母亲的抚爱,并遭继母的仇视,因此她才得了神经衰弱之疾,有一点刺激便会昏厥不醒的。她在无可奈何中,寄居在舅母家,这种甘苦我想绝不是聪明的人所能逆料到的吧！每次读到有关慈母或孝养的书时，她总泪光模糊的望着我。我同情她，我也可怜她，因此我特别关心挂想这无人抚管的小孤女。但是这一次我是不原谅她，因为我自认她曾骗过我。

她晕厥归去的那一夜，我曾整夜转侧不能入寐，想到她灰白的面庞，和黑紫的嘴唇，我就觉得似乎黑暗中有种细小的声音在责备我。我一直在悬心着怕她有意外，假如她常此失去健康，那我将怎样忏悔这巨大的罪戾呢？我想到母亲，她在炮火横飞的娘子关内，这时正在枕畔向我祝福吧！母亲！我真辜负了你濒行的教诲和嘱咐。

翌晨我去学校，打听了她的住处，我拟去看素兰。后来莲芬说我不去好，怕她见了我又伤心。打电话去问时，说她病已有转机了。

为了这件事，我痛心到万分，自己旧有的创痕也因此迸溃。几周后，素兰来校上课了，她依然是那样沉默着，憔悴的脸上，还隐约显着两道泪痕，我不忍仔细注视她，只微微笑了笑，这也许表示忏悔，也许是表示欣慰！

事情就这样糊涂了结。作文时，我出了"别后"的题目，素兰写了一封信给她死去的母

亲爱的母亲：

我已经觉着模糊中能看见你慈祥的面容儿，但如今又渐渐在清醒中消灭了！我是如何的怅惘呵！这件事我想你的阴灵该早知道了，不过母亲，我不能得若何人了解同情的苦衷，我该诉向母亲的，母亲！你知道吗？

在一月前你的侄儿翔持着一封信，托我顺便带给莲芬，不解事的我，便不假思索的带给她。母亲呵，我哪知道这是封冒名的情书。学校先生叫了我去盘诘，但我因顾及翔的前途，不敢直说，终于说了个"不知道"蒙哄过去。

奇怪呵！每天在我书桌上笑盈盈督促我用功勤读的你的遗照，竟板起面孔来向着我。这时我的良心也似乎看见你的怒容叱责我：'你为什么欺骗先生，小孩子不应该说谎话。'

我是小孩，我哪知道人事情形是如此复杂，我鼓起了勇气，到先生处以实情相告，如释重负般跑到家里，预料到你一定是笑盈盈的迎我了。哪知事实与理想是常常相背的，你依然郁郁不乐的向着我。我现在说实话了，为什么你还不乐呢？隐约中良心又指示：'你竟这样的糊涂，虽然说了实话，但翔将如何？翔的前途便因你这一句话完全布满了黑暗和惊涛。他固罪有应得，不过舅父对你那样好，你忍心看他的爱子被学校惩罚革除吗？'母亲？我那样真不知怎样才好，不实说，将蒙欺骗之罪对不起先生，实说了，翔将不利又对不起舅父。终于用我幼稚愚拙的脑筋，想了一个我认为最完善的办法。

第二天，我鼓起那剩余的勇气，毅然决然的再到先生处，去实行我昨夜的计划——代翔认过——然而不幸又被莲芬指破，她不忍看我受先生的埋怨，她不忍见先生失望我是如斯无聊的一个学生，她将我代翔受惩以报答我恩深义重的舅父一番心都告诉了先生，我真悔，无论如何不该告诉莲芬以致泄漏。母亲呀！请你特别原谅我，因为我意志不坚，想及代翔认过后的前途和名誉，不免有点畏缩；但你的影子，你的话，都深深缭绕于我的脑际，又使我不得不自认。终于想了这个拙法告诉莲芬，在我的愚笨心理以为有一个人知道我的曲衷，就是死也不冤枉了。

不幸翔家人都认为我诬赖翔，学校先生也疑惑我诬赖翔，都气势汹汹的向着我，我宛如被困于猛兽之林的一只小羊。而且翔的姐姐到先生处声辩质问，先生又叫我去审问。母亲呵！我为了你，为了翔，为了恩深情重的舅家，我最后，承认冒名情书是我写的，以前的话是虚伪的。我只能说这一句，别的曲衷我不愿让表姐知道的，哪知先生说：

"这封信原来就是你写的，我万想不到你是这样一个学生，我白用苦心教你了。你一直在欺骗我,你说的话以后教我怎能相信?素兰,我白疼你了,你对不起我,也对不起亡去的母亲。"这话句句像针一样刺着我,我不能分辩,只默受隐忍着这不白之冤;不过先生又用慈悲的眼光望着我,她似乎在我坦然的态度上看出了我是代翔认过的情景真实了。但是,母亲,这几天的惊恐,颤栗,劳疲,绞思,到如今不能支持了,我的小心被这些片片粉碎了。我的神魂失主了,躯壳也倒地了……醒来,父亲抱着我,继母没有来,舅母和表姐和翔都含泪立在床畔,我欣慰中得到一种可骄傲的光荣。你的遗照上满布了笑容,而且你似乎抚慰我说:"兰儿!努力你的功课吧!这点小事不必介介于怀呵!如今她们都了解你了,翔的前途也无危险了,不过你告翔以后务要改过谨慎,星星之火足以燎原,连你也要记着!"

正在热望你复活的爱女

素兰

我深夜在灯下读完这篇作文时,我难受得落下泪来!我在文后批了这几句话:

我了解你,不过我怨恨人类,连自己。这次在我心版上深印了你的伟大精神,我算一件很悲哀、残忍、冷酷、庄厉的罪恶忏悔着。愿你努力读书,还要珍爱你的身体;母亲在天之灵是盼望你将来的成就,成就的基础是学问和身体。

四月十号清华园归来后完稿。

北平女一中编《女一中周刊》第二期,一〇六至一一五页,原署名评梅。这期为女一中十五周年纪念号,一九二八年五月六日付印。

199

一　夜

我吃了晚饭独自一个正在楼上望西沉的落日,侄女昆林跑上来说:"梅姑!祖父让我来请你,不知为了什么事。祖母在哭呢!"我怀着惊诧的心情来到母亲房里,芬嫂也在这里。他们都正在沉默着,母亲坐在椅上擦眼泪,屋里光线也很黯淡,所以更显得冷森严肃。父亲见我进来,他望着我说:"刚才珑珑来,他说你七祖母病得利害,你回来还未看过她,这时候我领你去看看罢,也许还来的及。那面的事情我已都让你瑾哥去理了。"

骤然听得这消息,我心里觉着万分凄楚!母亲也要过去,我们因为天太晚了,劝阻她明天再去。我换了件衣服,随着父亲出来,昆林也伴着我,提了芬嫂燃着的玻璃灯。这正是黄昏时候,落日照在树林菜圃,发出灿烂的金光。缘着菜圃的堎走去。

走过了菜圃,下了斜坡,便是一道新修的马路,两旁的杨柳,懒懒地一直拖到地上。夜幕渐渐垂下,昆林手中提着的玻璃灯,发出极光亮的火焰,黑暗的阴森的道上,映着我们不齐的身影。父亲拄着龙头拐杖,银须飘拂,默无一语的慢慢踱着,我和昆林也静悄悄的随在他身畔,我们都被沉重的严肃的悲哀包围着。

马路的南边现出一带青石的堤,进了石堤门口有两棵老槐树的便是七祖母家了。

我们在这黑漆的大门口。我的心博跳的很厉害,我等候一个悲剧来临在这叩门声中。门开了,是瑾哥。后面还跟着一个十三四岁的小童,提着一把药壶,他就是珑珑。

"病人怎么样?"父亲问。"医生刚走,他说老病没有希望了。现在还清楚,正在念着梅妹呢!快进去看看去吧!一直是喊着你的名字。"瑾哥又转头向我说。

瑾哥先把父亲让到东厢房,留着昆林伴着他,小童给沏上茶,我随了瑾哥来到上房,上了台阶揭帘进去,是三间大的一个外间,中间长桌上供着一座白瓷观音,两旁挂着杏黄绸神幔,香炉里还有余烟未尽,佛龛前燃着两支蜡烛。西间垂着一个软竹帘,映着灯光,看见里面雪帐低垂的病榻。我轻轻地走进去,一个女仆向我招呼了一下,我就来到病床前。她的面色十分的枯干苍白,双眼深陷下去,灰白的头发披散在枕畔,身体瘦小的盖着绒毡和床一样平。我哽咽着喊了一声"七祖母",她微睁开那慈和温祥的眼望着我,她似乎不敢相认。

"谁?"一个细小的声音由帐中传出。"是梅玲妹妹来看你的,你不是正在念她吗?"瑾哥伏在床前向她说。"啊!原来就是玲玲。"她惊喜的把头微微抬起,伸出一只枯瘦不能盈握的手,握住我;她瞪眼望着我流下泪来,她道:"玲玲!我恐怕不能再见你呢!前些天你父亲来,说你怕暂时不能回来,火车又快不通了,我很念你呢!可怜我病了许久了,今年春天就不能起床了。我天天祷告着,让我快快死了罢,我在这世上早就是废物了。我在你小时就抚抱着你,从摇篮里一直看你长了这么大,我真欢喜呀!我时时都想着你,玲玲!我莫有白疼你,你能在这时候回来给我送终。"她说着老泪流到颊上,手在抖擞着。

屋里点着两盏煤油灯,但我只觉你昏暗的可恐怖。女佣人给我搬一个椅子在床边,我坐下后详细的和七祖母谈她的病况,她有时清楚,有时糊涂,病象是很危险了。我心里凄酸的说不出什么,可怜她孤苦无儿女的老人,她从小那样珍爱我抚育我,今天既然来了,当然愿意伴着她令她瞑目死去。乘她昏睡时出来到东厢去看父亲,我道:"父亲;七祖母病危,怕今夜就过不去的,我想今夜留在这里陪着她,父亲,我求你的允许。"我说时哽咽的泣了,父亲也很难过,他吩咐瑾哥去买办衣服棺材,并请几个人来帮帮忙。瑾哥走后他和昆林到上房来看病人,已不如见我时清楚了,似乎在呓语着,父亲唤她几声"七婶"她只睁开眼看看,也不说话,面部的表情非常苦痛悲惨!

父亲出来到外间向我说:"梅玲,你就在这里伴着她好了,回头我让你乳娘也来,如果无事明晨我再来;假如情形不好你就让珑珑去报个信。瑾哥今天晚上也在这里,也许还有别的人,你不要怕。七祖母抚养你的小,你送终她的老,是应当的。梅玲!你好好安慰她令她含笑而终……"父亲说话的声音有点颤抖了。

我燃亮了玻璃灯,仍让昆林提着,送他们到大门口,我又嘱咐昆林好好招呼着祖父。一直望着他们的灯光给树林遮住着不见了,才掩门回来。

女佣人和我伴着七祖母,珑珑在厨房煎药。瑾哥回来已十点多钟了,衣服已买来,我都交给女佣人去看一遍,还少什么不少。我们匆忙中现出无限的凄凉和惨淡,我时时望着她的脸抚着她的手,我希望她再和我说几句话,这真是痛心的事情,顷刻中她的灵魂便去了永不回来。

一会功夫乳娘也提了灯笼挟着一个衣包来了,是母亲给我带来的衣服。

这一夜我便在病床边伴着她,她已失了知觉。只余了一点未断的气息慢慢喘着,在她那枯干苍白的脸上,看出她在人间历经苦痛的残痕。我祷告。最好就这样昏迷的死去,不然她在这时候一定会感到人间的恨憾呢!她是个孤独者,她是扎挣奋斗了七十多年,一员独守残垒的健将。

她二十岁嫁给了七祖父,结婚不到三年,七祖父便客死异乡,余下一点薄薄的财产,也都被强暴的族人占了去。她困苦无所归,便只身来到我家,给我们帮忙做点粗活计,祖母很同情她可怜,常嘱咐父亲要照顾着她。我生后一月,不幸爱我的祖母便死了,那时母亲也病着，一切料理丧事，看护母亲，都是七祖母。后来我的乳娘走了几天，也是她代理着母亲的职务来抚养我，那时她真把一切的爱都集注在我身上，我的摇篮中埋殡着她不可言说的悲痛和泪痕。那时我的浅笑，我的娇态，也许都是她惟一的安慰呢！

十数年来，凭着她的十指所得，也略有点积蓄，父亲劝她承继一个儿子，将来也有个依靠，她只含泪摇头的拒绝。后来她也老了，我们又都是漂泊在外边不常回去。父亲就借她这所房子让她住着，雇一个小孩服侍她，她虽然境遇孤苦，但还不至于令她作街头饿莩的，自然是我父亲的力量。

为人是非常的和蔼，不论心里有什么悲哀的事情，表面上都是那一付微笑的面靥；她是忍受着默咽着一切的欺凌和痛苦。她是无抵抗主义者的信徒。她似乎认定人间不会给与她什么幸福快乐的，所以她宁愿依人篱下求暂时温饱，不希望承继儿女，来欢娱她荒凉的暮景。她甘于寂寞的生活，不躲避自己孤苦的命运，不怨天不尤人，很平淡的任其自然的来临；这种漠然的精神也许是旁人做不到的。我虔诚的替七祖母祈祷，愿她将这永久的平淡和漠然，留给世间苦痛的朋友们自己慰解着！

阴森的夜里，我在她床前来回的走着，一盏暗淡的灯，在黑暗中摇晃着现出无限的恐怖，我勉强抑压着搏跳的心等待着死神黑翼的来临！一会工夫我又去看看她的面色和呼吸，乳娘整理着她的殓衣，女佣人在分散族人的孝帽；瑾哥常常探首来问消息，他的面色已现得十分憔悴！

天黎明时，病人渐渐垂危，呻吟苦闷，气息也喘的很紧；瞳孔也缩小了，而且昏暗无光。我注视着她，抚着她的手，轻轻呼着"七祖母"，她似乎还想说什么，嘴唇微微动着但一点声音也没有发出，面色渐渐红了。身体转动了几下，微睁开眼望了望我，她就闭上眼，喉间痰涌上来，喘息着；一阵一阵气息低微，我这时低低喊着她，泪已落满了床褥。

《世界日报·蔷薇周刊》第五五期，一九二八年二月七日，第一、二版。原署名评梅。